ハヤカワ文庫NV
〈NV1488〉

ハンターキラー 東京核攻撃

〔下〕

ジョージ・ウォーレス&ドン・キース
山中朝晶訳

早川書房
8732

DANGEROUS GROUNDS

by

George Wallace and Don Keith

Translated by

Tomoaki Yamanaka

First published 2021 in Japan by

HAYAKAWA PUBLISHING, INC.

This book is published in Japan by

direct arrangement with

THE JOHN TALBOT AGENCY, INC.

登場人物

〈アメリカ〉

海軍原子力潜水艦〈シティ・オブ・コーパスクリスティ〉

ロバート（ボブ）・デブリン……艦長。中佐
ブライアン・ヒリッカー……副長。少佐
ブラッド・ハドソン……航海長。少佐
ケビン・ウィンズロウ……当直機関士。哨戒長。中尉
ドノバン……ソーナー員長。中尉
チャーリー・ディアナッジオ……先任伍長。潜航長。最先任上級兵曹
ダニー・スアレス……機関兵長。原子炉制御科最先任上等兵曹
ジム・シュトゥンプ……ソーナー員。一等兵曹
ジム・ワード……少尉候補生。ジョン・ワードの息子
ニール・キャンベル……少尉候補生

海軍原子力潜水艦〈トピーカ〉

ドン・チャップマン……艦長。中佐

サム・ウィッテ……………副長。少佐
マーク・ルサーノ…………水雷長。大尉
ジョー・カリー……………発射管制指揮官。大尉

海軍軍艦〈ヒギンズ〉（誘導ミサイル駆逐艦76）

ポール・ウィルソン………艦長。中佐
ブライアン・サイモンソン…戦術管制士官。大尉
ジョー・ペトランコ………一等掌砲兵曹

海軍特殊部隊SEAL

ビル・ビーマン……………チーム3指揮官
ブライアン・ウォーカー…チーム3リーダー。中尉
ジョンストン………………上等兵曹
トニー・マルティネッリ…隊員
ジョー・ダンコフスキー…隊員
ジェイソン・ホール………隊員

ミッチ・カントレル……………隊員
ルー・ブロートン……………隊員

海軍指導部
ジョン・ワード……………第七艦隊潜水艦部隊司令官。准将
エレン・ワード……………植物学者。ジョンの妻
ミック・ドノヒュー……………海軍西太平洋兵站群参謀長。大佐
トム・ドネガン……………海軍情報部長。海軍大将

領事館員
ヘザー・ジョーンズ……………ムンバイ領事館員

ホワイトハウス
アドルファス・ブラウン……………アメリカ合衆国大統領
サミュエル・キノウィッツ……………国家安全保障問題担当大統領補佐官

〔イスラム武装勢力アブ・サヤフ〕
サブル・ウリザム……………宗教指導者
マンジュ・シェハブ…………ウリザムの側近
エリンケ・タガイタイ………テロリスト
ザルガジ・ワッハーブ………テロリスト

〔北朝鮮〕
金在旭（キム・ジエウク）……………北朝鮮総書記。最高指導者
金大長（キム・ダイジャン）……………朝鮮人民軍大将。特殊兵器局局長
文江熙（ムン・ジャンシー）……………朝鮮人民軍大佐。金大長の副官（張の後任）
王（ワン）…………………朝鮮人民軍特殊工作員。大尉
卓（タク）…………………同特殊工作員。中尉
延（ヨン）…………………同特殊工作員。大尉
皇甫（ファンボ）………………同特殊工作員。大尉
マス・アル・マトゥリス……エジプトの商社エル・ドラドの社員
ベントゥ・シュバジ…………同エル・ドラドの社員

アハブ・ベン・ムテリ……………トラック運転手

〔麻薬組織関係者　捜査関係者〕

隋海俊（スイ・カイシュン）……………東南アジアの麻薬王
林泰槌（リン・タイツイ）……………隋海俊の執事
隋暁舜（スイ・ギョウシュン）……………隋海俊の一人娘
孫令（スン・レイ）……………隋暁舜の経理責任者
ロジャー・シンドラン……………植物学者。エレンの同窓生
トム・キンケイド……………国際共同麻薬禁止局（JDIA）局長代理
ベニト・ルナ……………フィリピン国家捜査局（PNBI）麻薬捜査官
マヌエル・オルテガ……………同ミンダナオ支局長。大佐
サム・リウ・チー……………マレーシア連邦警察捜査官
アル・ワフビル……………貨物船〈イブニング・プレジャー〉船長

【南シナ海の危険水域（東側）】

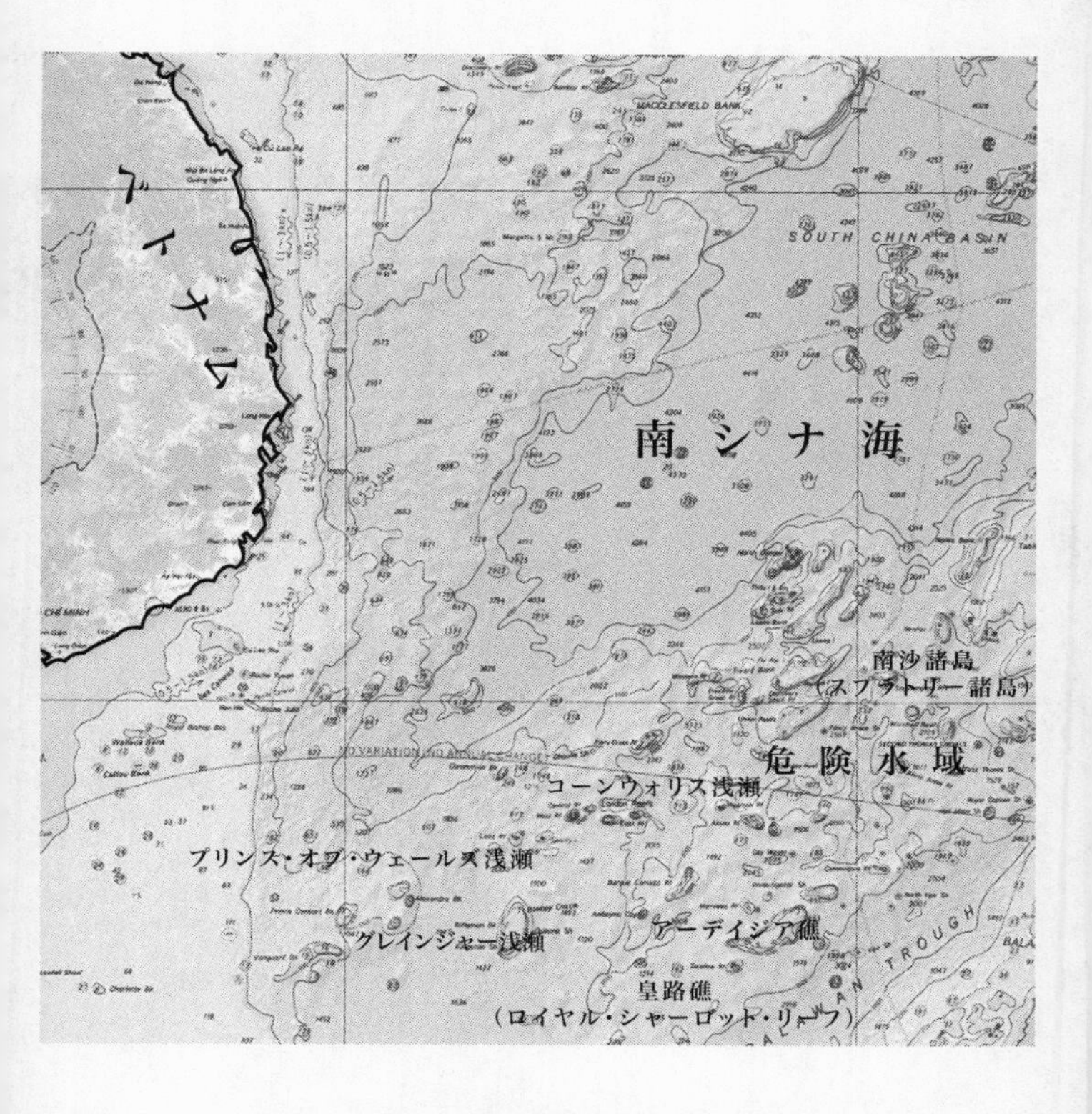

【南シナ海の危険水域（西側）】

ハンターキラー　東京核攻撃

〔下〕

20

金大長（キム・ダイジャン）大将は足音荒く会議室に入り、不吉な雷鳴さながらに、扉を叩きつけるように後ろ手に閉めた。この日もまた、彼の督励（とくれい）を必要とする仕事が山積している。不運なことに、この祖国で、先見の明と勇気をもって未来を切り拓こうとする指導者は、どうやら彼一人しかいないようだ。あの出来損ないの父親の愚鈍な息子、金在旭（キム・ジェウク）は、この場に居合わせ、計画の詳細まで統轄（とうかつ）すべきなのに、どこかでハリウッド女優の卵と同衾（どうきん）する妄想に耽（ふけ）っている。

金大長は室内を歩きまわるペースを落とし、ひねくれた笑みを浮かべた。あのどこぞの田舎娘の私生児に、何が期待できる？　あの小男は吃音（きつおん）がひどく、〝真珠の知恵〟なるものの中身は誰にも理解できない。諸外国はこぞって、あの小男の口ぶりを嘲笑（あざわら）っているにちがいない。

しかし、〝親愛なる指導者〟がこの概況説明(ブリーフィング)を欠席したのは、そのためではない。金在旭にはこの水ぎわだった作戦の意義を理解できる知性がないのだ。当然、作戦を遂行できる胆力も持ち合わせていない。すべてが予定どおり進捗し、世界が朝鮮民主主義人民共和国の力に震撼(しんかん)したときには、金大長が前面に出て、小男の僭主(せんしゅ)に取って代わるだろう。その暁(あかつき)にわが人民は、ついに真の指導者が現われ、この国をアジアで正当な地位に就かせたことを知るのだ。

金大長は、長いチーク材のテーブルの首座でぴたりと止まった。目の前には四人の男たちが、左右に二人ずつ、直立不動の姿勢で起立している。いずれも、金が誇りとする戦士たちだ。金が考案した最も苛酷な訓練により、鉄の意志を鍛え上げられた兵士たち。さらに彼らは、アジア全域であまたの危険な秘密作戦を遂行して、その気概を証明した。彼らが勇敢に、かつ狡猾(こうかつ)に遂行してくれた秘密作戦のおかげで、北朝鮮は他国にその責任を転嫁することができた。その兵士たちに、いま金大長は、新たな栄誉を授けようとしている。命をなげうって、新たな統一朝鮮を建国した英雄たちという栄誉を。

この四人は、苛酷な経験をくぐり抜け、朝鮮人民軍の数百万の兵士たちから選び抜かれた精鋭だ。重要なのは、勇敢さと戦闘能力である。大義への忠誠心は、言うまでもない。

しかし選抜にあたって何より重要なのは、彼ら自身の努力ではどうにもならない部分だった。すなわち、彼らの外見だ。

数千年にわたるアジアの大草原地帯(ステップ)での人種混淆(こんこう)により、この四人のような、際立った特徴を持つ風貌の持ち主が生まれた。浅黒い肌に、骨の突き出たアラブ人の容姿だ。北朝鮮人とは似ても似つかない。

「諸君」金が嗄(しゃが)れ声で呼びかけた。四人の頭がいっせいに、テーブルの首座を向く。「かけろ。楽にしたまえ」四人の兵士が同時に座った。四人とも、背筋はぴんと伸びたままだ。

金は自らの背後に掲げられた、大きな地図のほうを向き、しばしそれを眺めて、自分に注目している四人の男たちの興味をかきたてた。その地図には東南アジアとインド洋、アフリカの海岸からアンダマン海までが示されている。東から西へ、二本の青い線が伸びていた。一本はインド西岸の大港湾都市、ムンバイで終わっている。もう一本はアラビア海を横断し、紅海に入って、ジッダまで伸びていた。イスラム世界の至高の聖地メッカから、一〇〇キロ弱の場所にある港湾都市だ。

「いよいよ、任務の詳細を知ってもらうときが来た。このためにこそ、諸君はいままで厳しい鍛錬を積んできたのだ」金は声を張った。四人はほとんど無表情のまま座っていたが、老将軍には、それぞれの黒い目に炎が宿り、一同の頸動脈の鼓動が高鳴るのがわかった。

「諸君の名誉は、幾世代にもわたって語り継がれるだろう。諸君の先祖は、真の愛国者を生んだ誇りに満ち、快哉（かいさい）をあげるにちがいない。諸君の息子たちもまた、父の偉大な業績をたたえ、何世代にもわたって、諸君の名をあがめるだろう。

諸君の任務は単純明快だ。王（ワン）大尉と卓（タク）中尉は、内燃機船〈ドーン・プリンセス〉がシンガポールに寄港したときに乗船する。諸君には命に代えても、〈ドーン・プリンセス〉がメッカへと移動する。同船がジッダに到着したら、諸君は積荷を運んでメッカへ運ぶ特別な積荷を守ってもらう。メッカ到着は、断食月（ラマダン）初日のきっかり正午だ。諸君は兵器を設置し、タイマーを六時間後にセットする。爆発が起きるのは、大巡礼（ハッジ）を行なう信者が、その日の断食を終えるちょうどそのときだ。六時間あれば、きみたちは核兵器が爆発する前に安全にジッダへ戻れるだろう」

四人の特殊工作員が、一様に息を呑んだ。地図から目を離し、テーブル越しに互いを見交わす。恐るべき任務の目的に、誰もが呆然としていた。

金は地図から向きなおり、怒りで顔を朱に染めた。

「諸君はこの任務に疑問を呈するのか？」金は咆吼（ほうこう）した。「諸君には荷が重いのかね？それとも、メッカのムスリムの群衆に哀れみを覚えるのか？」

王大尉が最初に立ち上がり、答えた。

「大将、われわれはご命令どおりに任務を遂行します。ただ、任務の性質が思いがけなかったのです。それだけのことです」大尉は間を置き、心に懸かっていることを口に出したものかためらっているようだったが、勇を鼓して語を継いだ。「大将、われわれが尋ねるのはおこがましいことは承知していますが……ただ……戦略の大目的を知っておけば、より祖国に奉仕するべく、機略を働かせる余地があるものと愚考します」

　金大長はかすかに笑みを浮かべた。王大尉には洞察力がある。それに、同僚が誰しも疑問に思っていることを、ずばりと訊ける勇気の持ち主だ。大将は顎を撫でさすった。確かに、もう少し計画を明かしたほうが、その重要性をより理解できるかもしれない。彼らの忠誠心には、疑問の余地がないのだ。工作員たちが核兵器を据えつける前に捕まってしまったら、彼らは拷問で自白させられる前に、自殺して逮捕を免れるだろう。それに事が終わったら、何ひとつ秘密を漏らすことはできない。

　核兵器には、タイマーなどセットされていないのだ。起爆装置をセットした瞬間に、爆発するようになっている。目撃者をいたずらに増やすのは、得策ではないからだ。

「確かに、王大尉の言うとおりだ。諸君に戦略の要諦を知ってもらったほうが、わが人民が諸君に寄せる絶大な信頼に思いをいたすことができるだろう。では、これから諸君にその要諦を開陳し、祖国への凱旋をより確実なものにしたい。知ってのとおり、アメリカ人とその飼い犬である日本人は、この五十年以上にわたって、われわれを隷属させ、わが朝鮮民主主義人民共和国がアジアの指導者という正当な地位に就くのを妨げようと、さまざまな工作をしてきた。彼らはわが国の経済が破壊されるのを黙認し、人民を飢餓に追いやった。連中がわが国の兵器開発計画を頓挫させたせいで、わが国は朝鮮半島を再統一して、南の人民を帝国主義から解放することができなくなった」

金は間を置き、ひと呼吸入れながら、室内を見わたした。四人の工作員はみな、威儀を正して座り、彼の一語一句に耳を傾けている。

「だが、アメリカは別の問題を抱えている。われわれはその問題を利用し、わがほうに有利になるように活用するのだ。あの国の指導者は、ムスリムから、ユダヤ人の走狗とみなされている。ひとたび、イスラム諸国がそのユダヤ人への積年の怒りを解き放つような事件が起これば、アメリカは否応なしに、歴史上未曾有の嵐に巻きこまれるだろう。ここで考えてみてほしい。もしも世界が、イスラエルが核兵器を使ってメッカを破壊したと信じたとしたら、いかなる事態が起きるだろうか？　この惑星では、いまだかつてなかったような聖なる戦いが勃発するだろう。しかもそのとき、わがささやかな朝鮮半島は、その戦争にいかなる関わりも持たないでいられるというわけだ」

王大尉はうなずき、笑みを浮かべた。彼はすべてを理解しはじめたのだ。王はこれまでつねに、彼の政府の正統性に確信を抱いてきたが、心のどこかでは、疑問も抱いてきた。すなわち朝鮮民主主義人民共和国は、ふたたび南に進軍しようとするとき、そのかぎられた資源と地理的な位置で、いかにして日本、アメリカ、その背後にいる国々に致命傷を与えられるのだろうか、と。そしていま、彼は悟った。この任務こそは歴史的な作戦として、子孫に語り継がれるだろう。

金は続けた。

「ここまでは作戦の半分にすぎん。延(ヨン)大尉と皇甫(ファンボ)大尉は、内燃機船〈イブニング・プレジャー〉に、ジャカルタから乗船する。同船は重機を積んでムンバイに向かう。甲板に載った貨物容器に、われわれのもう一基の兵器が入っている。諸君はその貨物容器を運んでプーナに向かい、メッカが破壊されたという知らせを聞いたらすぐに、起爆装置をセットするのだ。世界はすぐさま、メッカを失った怒りのあまり、パキスタンが核ミサイルを撃ちこんだと思いこむだろう。そうすれば、アジア全域が炎に包まれ、われわれは敵国の炎が静まるのを待てばよい。しかるのちに、統一へ向けて行動を起こすのだ。ほかに質問は?」

会議室は静寂(せいじゃく)に包まれた。四人の工作員は身じろぎもしない。金はうんと大きくうなずき、踵(きびす)を返して、会議室をあとにした。

〈シティ・オブ・コーパスクリスティ〉は音もなく、滑るように南シナ海の深みを潜航していた。これほどの巨艦としては、驚くほどの静けさだ。ニール・キャンベルがソーナー室に座り、画面を見ている。ソーナー画面には、数百フィート頭上の海面を行き交う無数の漁船群の航跡が映し出されていた。この若い候補生にも、混雑した洋上の音を聞き分ける、精妙な技の片鱗を学ぶときが来たのだ。

ジム・シュトゥンプ一等兵曹が、この若者の教育係を務めることになった。シュトゥンプは緑と黒のスクリーンに点滅する、かすかな白い点を指して言った。

「ミスター・キャンベル、方位二二〇に点滅しはじめたこの航跡は、なんだ?」

少尉候補生はスクリーンに目を凝らしたが、ソーナー員が言っている方向には何も見えない。

「シュトゥンプ兵曹、何も見えません。何かの音が聞こえるだけです」

「頭も耳も鍛えないといかんな」シュトゥンプはぶつくさとつぶやき、それからはっきりと言った。「そこのアナログ追跡装置をまわして、何か聞こえないか試してみたらどうだ」

キャンベルはデスクの垂直パネルに据えつけられたボタンを押し、アナログ追跡装置を選択した。この装置を使えば、生の海中の音が聴ける。その音は、CCSマーク2戦闘システムがコンタクトを自動的に解析するのに使われる、再現されたデジタル音とはちがう。さらにキャンベルは、小さなデスクの中央に突き出したジョイスティックを操作し、追跡装置を、シュトゥンプが何かあると考えている方位へ回転させた。

　追跡装置を方位二二〇に合わせるや、キャンベルのヘッドセット越しに、水を叩くドスン、ドスン、ドスンという重低音が聞こえてきた。

　別のヘッドセットで聴いていたシュトゥンプが、にやりと笑った。

「何が聞こえる、ミスター・キャンベル？」

「船のようです」

「ああ、船なのはまちがいない。ほかには？」シュトゥンプが訊いた。「俺のおふくろでも、それぐらいはわかるが、それだけでは海軍兵学校（アナポリス）にはとても合格できんぞ。ほかには？」

　キャンベルは喉をごくりと鳴らした。これはひどく難しい。しかも、四六時中この作業ばかりやっている専門家たちが、彼が泡を食うのを座って見ている。操作手順書には、シュトゥンプがやっているようなことは何ひとつ書かれていなかった。

　少尉候補生はヘッドセットを両手で押さえ、一心に耳を澄ました。海中の音は低く響き、ときおりカチリという金属音が混じるようだ。キャンベルはさらに集中して聴き、ドスンドスンという音を数えた。四度目のドスンで、金属音が混じる。

「貨物船だと思います。スクリュー音は大型船のように低いです。漁船のような高い音ではありません」キャンベルは言った。

「なかなかやるじゃないか」シュトゥンプが答えた。「ほかには？」

「はい。低い音が四回響くたびに、カチリという金属音がします。四枚スクリューで、軸が摩耗しているのではないでしょうか」

シュトゥンプは拍手する手真似をした。

「すばらしい。よく勉強しているな。きみ、見こみがあるかもしれんぞ。さて、発令所に報告しよう」

シュトゥンプはソーナー系統の27MCのマイクを摑み、通話した。

「発令所、ソーナー室です。新たなコンタクトあり、S43(シエラ)とします。方位二一九。四枚スクリューの貨物船と推定します。推定距離三一〇〇〇ヤード、針路一九一。速力一五ノット、南方のシンガポールへ向かっていると思われます」

間髪(かんはつ)を容れず、応答があった。

「おい、シュトゥンプ！　何度言ったらわかるんだ？　コンタクトを発見したら、ただちに哨戒長に報告し、それから方位の解析をしろ。まずコンタクトを報告しないと、いくら完璧な解析をしたって意味がないぞ」

シュトゥンプは目をすがめ、頭を振った。

まったく士官ときたら！ いつだってご不満なようだ。ミスター・ドノバンは、ふだんはもっと好人物なのだが。そもそも、ドノバンはソーナー員長で、シュトゥンプにキャンベル候補生の教育をまかせたのも彼だ。だが、いまはミスター・ドノバンが哨戒長で、シュトゥンプを頭ごなしに叱りつけている。しかもその理由は、〈コーパスクリスティ〉の半径一〇マイル以内に接近する恐れのない、どこかの貨物船の探知報告が遅れたというだけのことだ。

シュトゥンプは肩をすくめ、やり過ごした。自分の専門領域だから、よけい口うるさくなるのだろう。彼はソーナー画面に注意を戻し、頭上の混雑した海面の様子をふたたび確かめた。

〈シティ・オブ・コーパスクリスティ〉から距離一五マイル、上方三〇〇フィートの鏡のように穏やかな海面では、内燃機船〈ドーン・プリンセス〉が、韓国の国旗を掲げ、一路シンガポールへ向かっていた。同船は五日前に釜山を出港したが、最初の寄港地への到着が、すでに予定より一日遅れている。スクリュー軸のベアリングが摩耗して高温になってしまうため、一五ノット以上出すのは安全ではないと、機関長が船長を説得した結果だ。この老朽船が無事シンガポールに到着したら、さっそく修理しなければならない。

船員の誰一人として、主甲板に固定されたコンテナに不審の目を向ける者はいなかった。その積荷はまぎわになって届いたため、積みこみ作業で出港が遅れてしまったのだが、青と白の国連旗が封印に貼りつけられていたので、誰も疑問を抱かなかったのだ。

韓国から中東向けの、国連援助物資にちがいない。乾燥して荒涼とした国土で貧困にあえぐ人々への人道支援物資だ。

トム・ドネガン海軍大将は、いまの地位がいやでたまらなかった。世界最強の権力者に、大胆不敵な秘密作戦を実行するよう提案しておいて、いまさらどんな申し開きができるというのか。ドネガンが説得した行動は、無謀きわまる潜入作戦であり、事態が紛糾した場合には、全世界から非難を浴びるのは必定だ。北朝鮮がロシアの核兵器をかすめ取り、どこかに隠している疑いがあると主張したとき、そこには有力な裏づけがあり、ブラウン大統領もドネガンの主張を信用していた。その結果、大統領はドネガンの提言を受け入れ、SEALチームを北朝鮮へ送りこんだのだった。

ドネガンは自らの直観に従った。ところが、彼は誤っていたようだ。彼の直観は、危うく第二次朝鮮戦争を勃発させるところだった。

国家安全保障問題担当大統領補佐官のサミュエル・キノウィッツ博士が、この黒人将官の広い肩に手を置いた。

「きみ一人で背負いこむことはない、トム」キノウィッツはささやいた。「安全保障というゲームは、きみでさえ見誤るぐらい難しいということだ」

ドネガンは旧友を見下ろし、低い声で言った。「だからといって、大した慰めにはなりません。われわれのゲームでは、見誤ることは高い代償をもたらします。たとえ納税者に知られなかったとしても、です」

二人は開け放たれた扉から、大統領執務室（オーバルオフィス）に足を踏み入れた。アドルファス・ブラウン大統領が重厚なマホガニーの机の奥からさっと立ち上がり、扉へ近づいて二人を出迎えた。大統領は手を差し伸べて言った。「サム、トム。会えてうれしいよ。立ち寄ってくれてありがとう。羅津（ラジン）の作戦は、残念だった」選挙運動のトレードマークになっている、とびきりの笑顔を投げかける。「ときには、失敗することもあるさ」

「恐れ入ります、大統領閣下」ドネガンは答えた。「確かに、ときには失敗することもあります。それに人間は、成功ばかりではなく失敗も受け入れなければなりません。しかしわたしは、今回の件で、こうしたまずい提案をしてしまったことを申しわけなく思います。次回は、よりよい助言をできる人材が必要だと思うのです」

海軍大将は軍服の上着のポケットに手を入れ、淡黄色の封筒を取り出し、大統領に手渡した。

「いったい、これはなんだ？」ブラウンが訊いた。

「辞職願です、閣下。それに、海軍大将の職からも身を引きたいと思います」ドネガンは答えた。「わたしは国家を危険にさらしました。もうとっくに、公職を退くべきときが来ていたのでしょう」

ブラウンは封筒を受け取り、しばし見ていたが、おもむろに引き裂いて紙片にした。そして、紙吹雪のように紺の絨毯（じゅうたん）に散らした。

「きみの辞表はわたしに届かなかった、トム。仮に届いたとしても、断じて拒否しただろう。わたしの記憶が確かなら、わたしはまだきみの最高司令官であり、いまはきみを辞めさせるわけにはいかない」

「しかし、大統領閣下……」

ブラウンは手をかざして制した。

「トム、黙ってくれ。わたしはきみのろくでもない辞表を却下した。これは最終決定だ。

いまこそ、きみのような百戦錬磨の強者(つわもの)が必要なのだ。とりわけ、こうした情勢だからこそ。きみが一度出し抜かれたからといって、わたしはきみを放り出すつもりはないぞ。いいか、きみもわたしも、核兵器がどこかで野放しになっていることはわかっているんだ。北朝鮮がそのことに関係していることも。そいつがどこに隠されているかは悪魔にしかわからん。そしてわたしは、どこかでキノコ雲が湧き起こったときに初めて、そいつのありかがわかるような事態にはしたくないのだ」

「ありがとうございます、閣下」

大統領は机に戻り、椅子に腰を下ろして、机の上のブランデーグラスから葉巻を手に取り、火をつけないまま噛んだ。

「トム、わたしはこれまでいつも、きみの据わった肚(はら)を信頼してきた。だから今回だって信頼している。わたしを助けてくれ。核兵器が爆発する前に、なんとしても見つけねばならん。さあ、きみたちもいっしょに座って、葉巻を手に取り、そいつがどこにあるのか、北朝鮮が何をたくらんでいるのか、心当たりを話し合おう。やつらが核を爆発させる前に、行方を突き止めるんだ」

21

海軍特殊部隊（SEAL）のブライアン・ウォーカー中尉はのろのろと歩き、肩をがっくり落として、第七艦隊地下司令部へ向かっていた。ふだんは大股できびきびした歩調だが、この日は引きずるような重い足取りだ。〈トピーカ〉が繫留されている埠頭から、司令部がある岩山までの上り坂は、まるで葬儀に至る道のように思えた――彼自身の。ある意味、まさしくこれは彼の葬儀だった。長年の夢が、いま葬り去られようとしている。作戦成功の暁（あかつき）には、SEALの仲間たちや上官からの称賛を聞けるはずだった。重要な任務を成し遂げ、祖国と世界をより安全にして、胸を張って帰還するはずだったのだ。息子にSEALでやっていけるだけの機略と体力があるのか疑っている父に、その懸念はまちがいだと証明できるはずだった。

横須賀海軍基地内の主要道路をひんぱんに行き交う車両も、彼の目にはほとんど入らなかった。艦艇を東京湾の外洋へ出港させるべく、その周囲で忙しく働く水兵たちの姿も。

ウォーカーの心を占めているのは、数分後に起きるにちがいない事態だ。そのことを考えると、彼はいよいようなだれた。

ブライアン・ウォーカーは最初の実戦任務に失敗した。しかもそれは、きわめて重要な作戦だった。これではビーマン指揮官に合わせる顔がない。

地獄の一週間と呼ばれる基礎水中爆破訓練（BUD/S）からこのかた、ウォーカーはこの任務を待ち焦がれてきた。夢にまで見た任務。あらゆるSEAL隊員が、その日のために訓練に明け暮れる。彼もまた、苛酷な訓練を途中で放棄したくなるたびに、任務で活躍するところを想像して自らを駆り立ててきた。その性質上、SEALの任務は大半が国家機密であり、誰にもその話をして自慢することはできない。彼らがやり遂げたことを知っているのは、同じチームのSEAL隊員以外にいないのだ。わずかな例外は、ビーマン指揮官、ワード司令官、ドネガン大将、大統領――いずれも重要人物だ。そしていずれは、なんらかの方法で父親に、国家の浮沈に関わる重要な任務をやり遂げたと知らせることができるかもしれない。いままで何度、脳裏にそのときのことを思い描いてきただろう。任務を成功させて帰還し、戦友たちと抱擁して、自分はただ、義務を果たしただけだと控えめに答えるときの誇らしい気持ちを。

しかし、夢にまで見た任務の結果は、そうしたイメージとまったくちがっていた。何カ月にも及んだ、耐えがたいほど苛酷な訓練の日々、周到に練り上げた計画もむなしく、ウォーカーは失敗したのだ。核兵器はあの北朝鮮の山奥の施設に保管されていた。その点に疑いの余地はない。諜報機関が収集した情報も、それを裏づけていた。潜水艦は、彼が希望した時間と場所に、まちがいなく彼のチームを送り届けてくれた。彼のチームは本物のプロ集団だった。ジョンストン上等兵曹と隊員たちは、誰にも見とがめられることなく、北朝鮮に潜入し、生還した。それはきわめて重要なことだ。

しかし、目的地の現場への到着が遅すぎたのは、ウォーカーの過失だ。核兵器は影も形もなかった。あと一日早く着いていたら、どうだっただろう。現場に到着したとき、検分に時間を浪費することなく、ただちに突入していたら、結果はちがっていたのではないか。そうすれば発見できていたかもしれない。しかし、彼は間に合わなかった。彼のチームは間に合わなかった。彼は敗残者なのだ。

「身分証を拝見してよろしいでしょうか?」

事務的な声が、ウォーカーの物思いをさえぎった。見上げると、戦闘服を着た海兵隊員が、いかめしい顔つきで彼の前に立ちはだかっている。その哨兵は直立したままだが、ウォーカーが黙って通りすぎるのを見過ごす気はなさそうだ。このSEAL隊員が、正規の身分証を提示しないかぎりは。

「身分証を拝見してよろしいでしょうか？」海兵隊員は、より強い口調で繰り返した。周囲に砂嚢を積んだ哨舎で、隊員の相棒が目をすがめ、遅鈍な士官を見ている。大きな金の、〝バドワイザー〟と称される鷲の紋章を左胸につけているのだから、SEAL隊員にまちがいないはずなのだが。

「ああ、そうか。わかった」ウォーカーはあたふたし、身分証を出した。海兵隊員に、緑の軍用身分証を渡す。哨兵は念入りに確認し、分厚い黒のバインダーに載っている、入場許可者リストと照合した。ようやく検分が終わった。哨兵は身分証を返し、きびきびと敬礼した。

「お疲れさまでした、中尉。ビーマン指揮官がお待ちです」海兵隊員は、岩山の入口に通じる重厚な鉄扉を指した。「道順はおわかりですか？」

ウォーカーはうなずき、先へ進んだ。岩山の周囲を迂回し、司令部の入口の扉に立つ。そこにも海兵隊員が二名、紺の制服に身を固め、入念に磨き上げられたホルスターに九ミリのベレッタを携えて、扉を固めていた。もう一度、身分証照合の儀式が繰り返され、ようやく鉄扉が開けられて、ウォーカーが通された。

室内は、二週間前にウォーカーが出発したときと比べ、まったく変わっていないように見えた。世界を救うべく、任務に出発したときと。だが、室内の空気や感触は、明らかに異なる。前回は、緊迫感と期待がみなぎっていた。しかしいまは、まるで通夜の会場に足を踏み入れたようだ。

「よく帰ってきてくれた、カウボーイ」ビル・ビーマンが立ち上がり、長い大股の歩幅で室内を横切って、手を差し出しながら近づいてきた。「きみたち全員が無事に帰還できて何よりだ」

ビーマンは再会できたことを、心から喜んでいるようだ。ウォーカーは腑(ふ)に落ちなかった。ビーマンはウォーカーの無能さと失敗に終わった任務に、誰よりも失望しているにちがいないのだ。

しかしビーマンは、そんな様子をおくびにも出さず、若きSEAL士官に、重厚なマホガニーの会議机に向かって座るよう勧めた。そのときウォーカーは、テーブルの首座に大型スクリーンとビデオカメラが設置されているのに気づいた。罷免というより、概況報告(ブリーフィング)を思わせるしつらえだ。

ジョン・ワード司令官が立ち上がり、テーブルをまわって、ウォーカーと握手した。

「帰ってきてくれてよかった、ブライアン。ちょうど、これから始まるところだ。衛星の信号を受信できたら」

「何を始めるんです？」ウォーカーは椅子に座りながら訊いた。

返事をする間もなく、スクリーンが明るくなった。何度か明滅し、色とりどりのテストパターン画面が表示されたあと、画面が切り替わって、横須賀の司令部とよく似た会議室が映し出された。海軍大将の制服を着た、大柄の黒人男性がスクリーンの大半を占めている。その左に座るのは、茶色の三つ揃えのスーツがよれよれになった民間人だ。ウォーカーはすぐに、黒人男性がトム・ドネガン大将であることに気づいた。海軍で彼を知らない者はいない。とりわけ、潜水艦乗りや特殊部隊の隊員のあいだでは、伝説的存在だ。もう一人の民間人も、どこかで見たような気がするのだが、ウォーカーには思い出せなかった。どこか、テキサスA&M大学の教授に似ている。あるいは、部屋をまちがえた一般調達局(GSA)の会計士だろうか。

中継が繋がったことに気づくと、ドネガンは咳払いし、話しはじめた。雷のようなどら声が、スピーカー越しに轟(とどろ)く。

「諸君、この件の結果をくどくどと話して、時間を浪費するのはやめよう。いまは何より、時間が貴重だ」ドネガンは隣の民間人を示し、矢継ぎ早に言った。「大統領の命令で、キノウィッツ博士とわたしが、きみの概況報告を聞くことになった、ウォーカー中尉。その結果に基づき、われわれが次に打つ手を決める。ではさっそく、現地で何を見たか話してくれないか?」

ウォーカーは息を呑んだ。ビーマンとワードに、任務の失敗を報告するだけだと思っていたのだ。不意に口のなかが、テキサス西部の牧場の土埃を嚙んだように、からからになった。

「も……申しわけありません、大将。自分は任務に失敗したので……」

ドネガンは片手をかざし、カメラに向かってどすの利いた声で言った。

「ここにいる人間で失敗したのは、キノウィッツ博士とわたしだけだ。きみたちは、われわれが命じたとおり、現地に潜入し、やるべきことをやった。きみたちがあの施設に核兵器が保管されていたことを確認してくれたので、作戦前よりもずっと多くのことがわかったのだ。それからきみは、部下をまとめて無事帰還し、北朝鮮の連中に潜入を知られずにすんだ。露見していたら事態は紛糾し、われわれが死んでからもずっとCNNで非難されただろう」

「しかし大将、自分には……」

「黙れ、水兵！　この件で〝しかし〟は無用だ。手前勝手な詫び言など聞きたくない」ドネガンの声はほとんど怒号に近かった。カメラに向かって身を乗り出す。「われわれはひとつのチームであり、成功するのも失敗するのもチーム全員だ。BUD-Sでそのことを教わらなかったのか？」そこまで言うと、大将はやや声を落ち着けた。「さて、北朝鮮のぼろ小屋で何を見たか、詳しく聞かせてくれないか？」

隋暁舜（スイ・ギョウシュン）はジャンク船の磨き上げられたチーク材の甲板を、忙（せわ）しなく歩きまわっていた。船の大きな真四角の赤い帆は、タイランド湾の穏やかな熱帯の風を受け、舳先（へさき）はシンガポールの方向へ向かっている。草木が鬱蒼（うっそう）と生い茂るマレーシアの緑の丘陵地帯が、右舷からかすかに見える。狭い水路にひしめく数十隻のタンカーがなければ、唐代の水墨画に出てきそうな風景だ。

だが、心潤（うるお）すその景色も隋の目には入っていないようだ。彼女は携帯電話を耳元に押しつけている。暗号化された衛星回線で、経理責任者の孫令（スン・レイ）の声は聞き取りづらい。孫の言葉の一語一句に、彼女は神経を集中していた。経理責任者は彼女に、テロリストのサブル・ウリザムからの要求を伝えているところだ。

「ウリザムは計画を実行するために、さらに一千万ドルが必要だと言っています。起重機船とフェンタニルを調達するためだそうです。フェンタニルというのは、暴徒鎮圧に使われるロシア製のガスのようです。それを何に使うつもりなのかはわかりませんが」

隋は船の舳先でくるりと向きを変え、ふたたび船尾へ向かって歩きだした。

「あの小悪党は、わたしたちからさんざん巻き上げてきたわ。あの男の手下たちに働いてもらいたいのは確かだけど、あいつはそれにつけこんでいるのよ、孫。どうせなら香港の銀行口座の鍵をあの男にくれてやって、おさらばしたいところね。それで父を倒せるなら、まだ安いものだけど」

孫は彼女の罵詈雑言に取り合わず、続けた。

「ウリザムによると、一週間以内に動き出す準備はできているそうです。いったん動き出したら、大変な見ものになるので楽しみにしてほしいと言っています。始まってから三週間は、シンガポールから遠くに離れていたほうがいいそうです」

「ウリザムはシンガポールで計画していることを、信頼すべきビジネスパートナーであるわたしたちに明かしてくれたの？」

「いいえ、ひとことも。それに、われわれが訊くべきことでもなさそうです。おおかた、市街地で銃撃戦を引き起こすか、自爆テロリストをマクドナルドに突入させるといったあたりでしょう。あるいは、またスクールバスを燃やすつもりかもしれません」

隋はまるで、孫がかたわらに立っているかのようにうなずいた。実際には、孫はバンコクのホテルの一室にいるのだが。

「くれぐれも、わたしたちの関与を誰にも知られないようにしてちょうだい」隋は命じた。

「ウリザムのささやかな反乱に金を払うのはいいんだけど、二流のテロリストやその馬鹿げた陰謀にわたしたちが結びつけられるのは、まっぴらご免だわ」彼女はせかせか歩きまわるのをやめ、手すりにもたれた。それでも、遠くの海岸線や近くを通りすぎる船舶は目に入らないようだ。「ところで、オルテガ大佐の牢屋から国際共同麻薬禁止局（JDIA）の捜査官を脱獄させる件については、何か言っていたの？　二週間前に命じてから、何も聞いていないけど」

「ウリザムは、計画実行にはそれなりの時間がかかるとか言っていました。不審を抱かれることなく、手下をサンボアンガに配置しなければならないそうです。わたしの見立てでは、本当のところウリザムは乗り気じゃないように思えますが」

隋は携帯電話をきつく握りしめた。頸動脈が浮き立つ。目は怒りに爛々（らんらん）としていた。彼女に逃げ口上を打つような人間はめったにいない。

「あのシラミのたかった野良犬が何をしたいのかなんて、知ったことじゃないわ。もうすでに、一億ドル以上も支払ってきたのよ。わたしがやれと言ったら、そのとおりにやってもらいます。わたしはあの二人の捜査官を牢屋から出して、隋海俊（スイ・カイシュン）の屋敷に差し向けたいの。麻薬捜査官を銃弾にして、父を山のてっぺんから叩き落としてやる。いますぐにやらせなさい！」

彼女は通話を切り、憤然とした足取りで船室へ降りた。怒りのあまり、彼女はジャンク船の右舷数千ヤードの距離を通過する、なんの特徴もない錆びついた貨物船には気づかなかった。その船の船籍は韓国だ。〈ドーン・プリンセス〉という船名が、錆の浮いた船尾にかろうじて見えた。

ジム・ワードは額(ひたい)の汗を拭った。まったく難問ばかりだ。ディアナッジオ先任伍長の研究会は、厳しい試練だった。ワードは鉛筆の端についた消しゴムを嚙みちぎり、断片を吐き出して、目の前の紙に仕上げの線図を記入した。

先任伍長はスアレスとワードの二人に、ある日突然トリムポンプ（潜水艦を水平の姿勢に保つためのポンプ）が使用不能になった場合、水中で静止するホバリングに必要なシステムの一覧を図に示すよう命じたのだ。まちがいは許されない。ワードは紙に汗をしたたらせ、最後のバルブの位置を描き入れて、その紙をディアナッジオに渡した。機関兵長のスアレス上等兵曹は、それから数秒後に描き終えた。

先任伍長は節くれだった手で、二人から紙を摑み取り、テーブルに放った。

「まあいいだろう、二人とも」ディアナッジオはうなるように言った。「そこに座ってコーヒーを飲みながら、今回はどこでへまをしたのか教えてやる。そのうち、二人のうちのどっちかが、偶然正解にたどり着くこともあるかもしれん」

〈コーパスクリスティ〉の先任兵曹室(CPO)には、この三人しかいない。そういえばここ最近、ワードはここで過ごす時間が長くなっている。先任伍長をはじめとした熟練の潜水艦乗りから、勘と経験によって培(つちか)われた操作の妙技を教わる時間だ。固い絆(きずな)で結ばれた先任兵曹たちは、口汚く毒づきながらも、ワードを助けたいと心から思っていた。艦長からこっぴどく叱責され、出ていけと言われたあの日から、ワードは発令所に戻っていない。やるべきことは山ほどある。原子力潜水艦の複雑精妙なシステムがなぜ、どうやって動くのか、ワードは学びはじめたばかりだ。いまや彼は、緊急用の装備がどこにどれだけあるか、すべて把握していた。真っ暗闇のなかでも、緊急時呼吸装置のホース接続口の場所を見つけられる。迷宮のように入り組んだ配管の働きも熟知し、衛生タンクのポンプ操作は寝ていてもできるだろう。

先任伍長はワード少尉候補生に目を向け、肩越しに近づいた。しかめ面(つら)だ。

「悪くはない、ミスター・ワード。ほとんど正解に近い。トリムと排水用のシステムを接続させ、排水ポンプをホバリングに使うのは、筋が通っている。だがきみは、空気抜き用のプライミング・システムを接続するのを忘れている」先任伍長は候補生に、紙を突き返した。「プライミング・システムも描けないやつが、どうやってシステムを使うつもりだ?」

「そのう……」ワードは口ごもったが、ディアナッジオの言うとおりだった。「忘れていたと思います」恥じ入った口調で答える。

「まだまだだな、ミスター・ワード」ディアナッジオは叱咤激励した。「きみの頭は、髪を伸ばすためだけにあるんじゃないぞ。もっと考えろ。問題に直面して、手順書に書かれていることがよくわからなかったら、まず目的は何かを考えろ。それから、目的に達するためにはどうすればいいか考えるんだ」

ワードはうなずいた。

「いいか、きみはたったの二カ月やそこらで、俺たちが何年もかけて習得してきたことを吸収しようとしているんだ。失敗したらどうしようなどとくよくよしないで、頭を使え。そうすれば、きっとうまくいく」ディアナッジオは言った。「ではさっそく、スアレス上等兵曹に、プライミング・システムとはいかなるものかを説明してやれ。上等兵曹もそいつを描き忘れていたからな」

ワードは記憶を探り、操作手順書のどこかに書いてあった文章を思い出した。

「プライミング・システムとは、艦内各所に設置された、バキュームポンプとボール弁によって吸引を行なうための装置である」

ディアナッジオはさえぎった。

「ミスター・ワード、きみは技術マニュアルの文章をそのまま繰り返しているだけだ。もっと実践的に考えろ。そいつがやることはつまり、システムの吸引ヘッダーから余分な空気を抜いて、ポンプが水をくみ上げられるように空気圧を調整することだ。そうしないと、ポンプは水をくめない。きわめて単純明快なことだ。それじゃあ、これから二人で艦内をまわり、トリム・プライミング・システムをすべて、自分たちの手で確かめてみろ。ひとつ残らず、あらゆるバルブを確かめるんだ。いますぐ行ってこい！」

ワードはよろよろと立ち上がり、ＣＰＯ室から艦内通路に出た。スアレス上等兵曹があとに続く。

「ああ、上等兵曹、もうくたくたです」ワードは不平をこぼした。「少し仮眠を取ろうと思っていたんです。前部の補助電力室で夜半直が終わったところでした。ずっと、バッテリー充電の換気点検作業をしていたんです。あと二時間ぐらいしか、睡眠時間がありませんよ」

スアレスは若い候補生の肩を叩いた。

「候補生よ、これが潜水艦だってところだな。しかしこれで、プライミング・システムとその仕組みを、二度と忘れることはないだろう。俺も忘れないさ。きっといつか、海軍兵学校（アナポリス）の教官がみんなディアナッジオ先任伍長みたいになってほしいと思うときが来るはずだ」

ちょうどそのとき、副長のブライアン・ヒリッカーが上部区画から梯子（はしご）を降り、二人を止めた。

「ミスター・ワード、どこに隠れていた？　ずっと艦内を捜していたんだぞ。艦長が発令所に来てほしいそうだ。いますぐに」

ワードは副長をじっと見た。艦長は前回、断固とした口調で、どんな難題を投げつけられても対処できる準備ができるまで、発令所に顔を見せるなと言い放ったのだ。これはさらなる屈辱を味わわせようとする罠なのではないか。ワードには、そうとしか思えなかった。

ヒリッカーはワードの考えを読んだ。

「これから訓練を始めるんだが、おまえは運のいいやつだ。なんと、実習潜航長に指名されたぞ」

ワードはいよいよ混乱した。緊急対処訓練の当直を務めるのは、たいがい、直員として実際に配置に就けるかどうかを見きわめる総仕上げのときだ。不測の事態は数百通りも予想される。ワードは心のなかで訂正した。いや、数千通りだろう。潜航長は、それらすべてに対処できなければならない。

梯子を昇って戻る前に、ヒリッカーはワードだけに聞こえるよう、小声でささやいた。

「もうすぐ、水深の浅い〝危険水域〟を通過するために浮上航行することになる。きょうは浸水訓練だから、心おきなく浮上していいぞ」それから、声をふだんどおりに戻した。

「ミスター・ワード、何をそこに突っ立っている？　発令所に行くぞ」

「アイ、サー」ワードは返事とともに、梯子に飛びついた。浸水なら対処できる。先任伍長の即席潜水艦講義で、そうした場合の手順は、寝ていてもできるぐらい叩きこまれた。それを思い出すだけでいい。浸水区画を隔離できない場合や、浸水が動力系統に脅威を及ぼす場合、あるいは艦のトリムに影響する場合は、哨戒長に指示されたときに緊急ブローを行ない、急速浮上すればよい。それ以外の場合は、〈前進全速〉を指示して一五〇フィートまで上昇することだ。

簡単明瞭だ。

ワードが発令所に足を踏み入れると、そこは漆黒の闇だった。室内は何も見えない。暗闇に小さな赤いライトがいくつか明滅しているだけだ。

「ミスター・ワード！」デブリン艦長の声が、頭上のどこかから響いてきた。おおよそ、潜望鏡スタンドの方向だ。今回はやけに親しげだった。「ようやく来てくれて、うれしいかぎりだ。わたしをはじめ、当直員や、この艦の乗組員のほとんどが……おまえさんが来るのを心待ちにしていた」

艦長が本当に親しみを込めて言っているのか、それとも皮肉を利かせているのかは定かではなかった。もしかしたら、前回のひどい扱いをやましく思っているのかもしれない。それとも、もう一度罠を仕組んで、さらなる失敗をさせようとしているのか。

艦長の言葉にどんな裏があるにせよ、ワードはいっさい考えないことにした。そんなことは問題ではない。今夜の訓練が成功するか失敗するかは、すべてワード自身の力にかかっている。

ワードは躊躇なく、潜航長席に着き、艦のトリム状態を一瞥した。問題なさそうだ。強いて言えば、やや艦尾が重い。

「当直先任、後部トリムタンクから二〇〇〇を海中に排水」ワードはわれながら、確信に満ちた口調が誇らしかった。

艦は思いどおりに反応した。横舵手が舵の角度を水平にし、〈コーパスクリスティ〉は静止した。これまでの寸暇を惜しむ刻苦勉励が、まちがいなく活きている。ワードにはこの艦が自らの手足になり、自分が発令所そのものになったような感じを覚えた。

「いつでも準備はできているな、ミスター・ワード」今度は、デブリンの口調に多少とげがあった。「これから訓練を始めるが、おまえさんはリラックスしてくれ」

「イエッサー」ワードはきびきびと答えた。「トリムよし、艦長。準備よし」

不意に衝突警報が鳴り響き、平静だった発令所内の空気が一変した。

居合わせた誰もが、瞬時に状況を理解した。艦内に浸水したのだ。太平洋の暗く、冷たい海底の水が、どこかから潜水艦の〝乗員用トランク〟すなわち内殻（ないこく）になだれこんできた。浸水は乗組員の生死に直結する。古くから潜水艦乗りのあいだでは、「水漏れが見つかったら、あっという間に洪水だ」と言われてきた。

ワードは深度計と角度計を注視した。どちらにも変化はない。艦は静止したまま、持ちこたえている。

そのとき、緊急報告システムの4MCスピーカーが耳をつんざいた。「浸水！　浸水！　機関室前部に浸水！」

本能的にワードはかがみこみ、速力指示器（エンジン・オーダー・テレグラフ）を〈前進全速〉に合わせて、ディアナッジオ最先任上級兵曹と練習したとおり、大声で矢継ぎ早に指示を出した。いまはただ、練習どおりに繰り返すだけでよかった。

「深度一五〇フィート。潜舵、上げ舵一杯。上げ舵一〇度」

潜水艦は猛然と前に飛び出し、速力を上げた。ワードの一連の指示に、艦が応えてくれる。深度計の数値が上昇を示しはじめた。

いやに順調だ、とワードは思った。デブリンが、浅深度への上昇だけで訓練を終えるはずがない。何か仕掛けてくるにちがいない。ほどなく、答えがわかるだろう。

と、指示器（テレグラフ）が〈全機関停止〉を指した。艦の速力がたちまち落ち、このままでは浅深度で停まってしまう。まずいことに、上昇角度が増してきた。艦尾に何かひどく重いものがのしかかっているようだ。

「艦長、動力喪失しました！」ワードは叫んだ。「上昇角度は一五度、さらに増していきます。緊急ブローによる急速浮上を推奨（リコメンド）します」

「ミスター・ワード、本当に確かなのか？」デブリンが訊いた。

「艦長、この深度と角度では、あと五秒で決断しないと手遅れになります。ブロー願います」

　デブリン艦長が当直先任を向き、命じた。「緊急ブローにより急速浮上せよ。潜航アラームを三度鳴らせ」

　当直先任が立ち上がり、頭上に手を伸ばして、二本の真鍮のノブを掴んだ。両方とも前に強く押すと、発令所内に、ジェット旅客機が滑走路に着陸するような轟音（ごうおん）が響いた。艦は多少揺れたが、それ以外に変化はない。

　ややあって、深度計の数値がゆっくりと上昇を示しはじめた。上昇スピードが増し、まっしぐらに海面をめざす潜水艦の動きを、誰もがはっきりと感じ取った。

「発令所、制御盤室です」操艦系統の7MCスピーカーから、ケビン・ウィンズロウの震えを帯びた声が聞こえてきた。「メインエンジン二基、タービン発電機二基がすべて停止しました。主復水器、二基とも真空度低下」

この報告で、〈コーパスクリスティ〉の巨大なスクリューが停止し、浮上をやめてしまった謎が解けた。浸水区画を隔離するため、復水器への冷却用海水を止めたことが原因だ。巨大な復水器が高圧蒸気で一杯になり、爆発するのを防ぐため蒸気弁が閉じられた。復水器がなければ、蒸気流がメインエンジンを動かすことはできない。こうして原潜は、瞬く間に海中で停止したのだ。

それでもバラストタンクから海水が排出されたため、急速浮上は依然として進行している。〈コーパスクリスティ〉が上昇するにつれ、艦首はますます急角度で上がりはじめた。

「横舵、下げ舵一杯」ワードは轟音に負けじと声を張った。「上昇角度を二〇度に抑えよ」

ワードは艦の反応を見きわめた。どうもしっくりこない。何かが艦を浮上させまいと、艦尾を押さえつけ、深淵に引き戻そうとしているようだ。

そのとき、ワードはその正体に思い当たった。彼は向きなおり、轟音のなかで号令した。

「当直先任、後部トリムの海水を排出せよ。ポンプ最大圧。艦尾の海水が多すぎるんだ」
潜水艦は海面に向かって突進している。角度がつきすぎているものの、速すぎるわけではなさそうだ。角度が大きくなりすぎて、バラストタンクの貴重な空気が底をついてしまう前に、浮上しなければならない。計算する時間はないが、ジム・ワードの頭のどこかに、うまくいくという感触が兆(きざ)していた。

〈コーパスクリスティ〉はすさまじい飛沫(しぶき)とともに、轟音をあげて熱帯の夜の太平洋に飛び出した。誰かが見ていたら、黒い巨鯨が海面に飛び出し、純白の潮を吹きながら腹ばいになったかと思うだろう。

ワードは安堵の笑みを浮かべた。先任伍長から伝授された、経験と勘を駆使した技は本物だったのだ。艦は無事に浮上することができた。今度は浸水箇所を特定し、修理する番だ。

「発令所、制御盤室です」スピーカーから声がした。「機関室の淦水(ビルジ)（汚水や不要液体）溜(だま)りの水位が七フィートになっています。浸水は止まりました。ポンプで排水しなければ、浸水箇所の特定はできません」

ワードは当直先任に向きなおり、命じた。「機関室のビルジに、トリムポンプを接続して排水せよ」

「ミスター・ワード、何をするつもりだ？」デブリン艦長が訊いた。

「艦長、機関室のビルジをトリムポンプで排水するのです」ワードはよどみなく答えた。「ビルジ溜りに七フィートも水が溜まったら、ブローのあいだ、排水ポンプは水に浸かり、ほとんど使用できないと思われます。無理に作動させようとしたら、ショートして感電する危険があります。一刻も早く排水するには、こうするのが最善です」

ワードには、デブリンが不承不承うなずくのがわかった。口をひらいた艦長の声は、ずっと柔和に聞こえた。「大変結構だ、ミスター・ワード、やるじゃないか」

ワードは笑みを浮かべながら、当直先任に向かってふたたび言った。「それから、プライミング・システムにもクロス接続するのを忘れないように」

22

サブル・ウリザムは座ったまま、通りの向かいの高い石壁を一心に見ていた。通行人が彼を見ても、長年にわたる野良仕事で心身を消耗し、寿命が来る前に廃人になった年寄りの農夫だとしか思わないだろう。ウリザムは何時間もかけて扮装に念を入れた。髪も鬚も真っ白だ。額にはメーキャップで深い皺を入れ、目の下にも黒ずんだ涙袋を描いた。仕上げは、すり切れた緩いチュニックと、ひどく色褪せただぶだぶのズボンだ。

今夜の出来事を見届けるのが、彼にとってはきわめて重要なのだが、ウリザムの顔写真はオルテガ大佐の部下にも知れ渡っており、本来ならこんなところで自由に座っていることなどできない。変装でもしなければ、たちまち武装警官に取り囲まれ、花崗岩の壁の内側へ引っ立てられるだろう。

そのときを待ちながら、ウリザムは現状を反芻した。あの不信心者の魅惑的な美女、隋暁舜は厚かましくも、すぐに行動に出ろと命じてきた。本来であれば、彼には真の使命である、ムスリム解放のための聖戦(ジハード)遂行こそが最優先であり、貴重な時間を費やし、逮捕される危険まで冒して、こんな無意味な仕事をするいわれなどない——あの女がジハードの資金を援助してくれるのでなければ。彼女を勘当した父との麻薬戦争など、ウリザムにも彼の大義にもなんの関わりもないことだ。それに彼女の要求のせいで、ウリザムが入念に練り上げた計画は混乱を来たしている。この攻撃は、本来の目的を実行したあとに行なうはずだったのだ。実行前ではなく。ウリザムはフィリピン国家捜査局(NBI)に陽動作戦を仕掛けて、その注意を逸らしたいのであり、わざわざ本拠地で蜂の巣をつつくような真似はしたくない。

しかし本音を言えば、彼女の資金は必要不可欠であり、そのためにこそ、ウリザムはここに座っている。これもアッラーの思し召しかもしれない。今夜のちょっとした冒険でも、当局の注意をミンダナオ島に引きつけて、アブ・サヤフが本来の目的を実行しようとしているパラワン島の西から注意を逸らすことはできる。それに、ロシア製の神経ガス、フェンタニルの効き目を試すチャンスでもある。はるかに重要な本来の目的に使う前の、いわばテストだ。パレスチナ人の武器商人によると、このガスは即効性があり、一度さらされた人々は、一歩も歩けないうちにその場に昏倒してしまう。しかも、パレスチナ人の警告では、ガス中毒者の死亡率は十五パーセントから二十パーセントに達するという。ウリザムは民間人の巻き添え被害など意に介していなかったが、反応時間は決定的に重要だ。本来の目的では、ものの数秒で敵の全員が意識を失うことが必要なのだ。さもなければ、ウリザムたちは失敗する。少なくとも今夜で、本番前にパレスチナ人の触れこみが正しいかどうかがわかる。

サブル・ウリザムは右手を上げた。一秒間、高く上げてから、勢いよく振り下ろす。監獄の屋根の尖端で配置に就いていたマンジュ・シェハブが、導師(ムッラー)の合図を見ていた。老人に変装したウリザムは、高い石壁から通りを挟んだ公園のベンチに座っている。サンボアンガの善良な市民と、冷たく湿っぽい監房に収容された凶悪な犯罪者を隔てる石壁だ。

主人の合図を受け、シェハブは引き綱を引き、換気用の導管にくすんだ緑の缶を投げ入れた。屋根の綱を見下ろすと、ほかの導管からも、同じ成分の缶が三つ投入されるのがわかった。

それが終わると同時に、シェハブはロープを掴み、屋根の端から飛び降りた。ものの三秒足らずで、彼はロープを両手で摑んだまま、五階下の玉石敷きの中庭に降り立った。そこでは彼のチームが待機していた。シェハブはガスマスクをベルトから出し、顔に装着して、手下の男たちに、監獄の正面入口にあるオーク製の両開きの扉を指さした。

パレスチナ人の武器商人は、このガスは十五秒で完全に効果を発揮すると請け合った。

だとすれば、屋内の人間はいまごろ、一人残らず意識を失っているはずだ。ただし言うまでもなく、不運な十五パーセントの人間は死んでいるだろうが。ロシア人はアヘンをもとにして、暴徒鎮圧用に即効性のあるこの神経ガスを開発したが、その彼らでさえも、これほど高い死亡率は受け入れられなかった。それでもやはり、致命的な副作用を顧慮しなくていい場合はとりわけ、このガスはきわめて効果的に所期の目的を達成できる。さらに言えば、この欠点のゆえに、フェンタニルは手頃な価格で調達できた。

シェハブは重厚な扉を開け、地面に伏せて内部に転がりこみ、愛用のデザート・イーグルを構えた。

劇的な銃撃戦は無用のはずだ。屋内から彼らを迎え撃つ者はいないのだから。果たして、制服を着た十人の看守が、ガスを吸ったその場で倒れていた。シェハブは一顧だにすることなく、彼らの前を駆け抜けた。

右へ曲がると、看守用の高い机に一部が隠れているものの、小さな鉄扉が見えた。エリンケ・タガイタイがシェハブに退避するよう合図し、擲弾発射筒（グレネードランチャー）を構えた。ロケット推進式擲弾（てきだん）が放たれ、鉄扉を粉砕する。爆発音で屋内にいる者の聴力が麻痺したが、扉はひらき、ぐらつきながらも強靭な蝶番（ちょうつがい）にぶら下がっていた。

シェハブはその扉を突き倒し、急勾配の狭い石造りの通路を駆け下りて、奥の監房へ向かった。苔むして滑りやすく、たいまつにほのかに照らされた通路を想像していたが、実際には白い水漆喰の壁が、蛍光灯に煌々と照らされている。階段を降りた先には、一〇〇フィート以上の長い通路が伸び、その両側には一〇フィートおきに施錠された扉が並んでいた。

シェハブは左側の五番目の扉で立ち止まった。この監房でまちがいないはずだ。情報提供者の話では、アメリカ人がここに拘禁されており、ルナという名のフィリピン人もいっしょに捕まっているという。シェハブは情報提供者を信頼するしかなかった。監房をすべて調べている時間はない。サブル・ウリザムの話では、五分足らずで、オルテガ大佐とその部下が怒り狂って突入してくるだろう。

シェハブは扉を引き開け、一人の男を通路に引きずり出して、ふたたび監房に引き返し、もう一人の動かない身体を運び出した。狭苦しい監房を二度目に出たとき、通路を一瞥すると、チームの男たちが爆薬を数フィートおきに並べ終えるところだった。

シェハブは振り返ることなく、死んだようにぐったりした男の身体を抱えて、階段を上がった。それでも、スピードは入ってきたときとほとんど変わらなかった。中央中庭に出て、玉石に男の身体を放り出すのと同時に、エリンケ・タガイタイが続いて現われ、もう一人の意識を失った男を引きずってきた。

シェハブはガスマスクを引きはがし、腕時計を見た。と同時に、白いトヨタのミニバンが猛スピードで中庭に現われ、片側の車体が花崗岩の壁にこすれて黄色い火花が飛び散った。シェハブが目を上げると、車はタイヤを軋ませて停まった。彼は重荷をバンの開け放たれたスライドドアから投げ入れ、自分も飛び乗った。チームの男たちも次々と乗りこみ、しんがりのタガイタイがもう一人の死んだような男を引きずり上げて、スライドドアを勢いよく閉めた。運転手がアクセルを踏みこみ、バンは急発進した。

シェハブは腕時計をもう一度見て、ひとまず安堵した。残り三十秒だ。

国家捜査局(NBI)ミンダナオ支局長のマヌエル・オルテガ大佐は先頭の車に乗り、渋滞に足止めされてなかなか進まないのに苛立ち、ダッシュボードとステアリングを拳で強打した。現代的な金属とガラスの支局本部ビルと、古びた石造りの牢獄は五ブロックしか離れていない。それなのに、サイレンを鳴らして青い警告灯を点滅させても、夕方の交通渋滞で周囲の車は進路を空けるのに時間がかかり、彼の車とほか二台の警察車両は、現場到着が遅れた。

警報が鳴ったのは、あの鼻持ちならないオカマ野郎のアメリカ外交官、レジナルド・モリスとの夕食に出ようとしていたときだ。あの男——やつを男と呼べるなら——はこのところ、しじゅうせっついてくる。なんの結論も出ない夕食の会合を今夜も要求してきたのは、国際共同麻薬禁止局（JDIA）のアメリカ人捜査官の処遇問題に決着をつけるためらしい。モリスは明らかに、捜査官たちを釈放せよという強い圧力にさらされているが、オルテガはその点に協力的ではなかった。隋海俊（スイ・カイシュン）が捜査官たちの収監（しゅうかん）を命じているかぎり、その期間があすまでであれ、彼らの惨めな一生のあいだであれ、オルテガはあの二人を古い牢獄に隔離しつづけるつもりであり、あの気取り屋のアメリカ人外交官が彼らを釈放するよう説得を試みても、応じるつもりはなかった。

モリスとの夕食に出かけなくてすむのなら、どんなことでも歓迎したい気分だ。あのなよなよした男を見るとぞっとする。そんな気持ちに応えてくれるかのように、警報サイレンが鳴った。

どうせ牢獄で不注意な人間が、うっかり警報スイッチに身体をぶつけたのだろう。よくあることだ。気晴らしに確認し、囚人を殴りつけて見せしめにしようか。叱責する時間を長引かせ、モリスとの夕食を断わる口実にできるかもしれない。

しかし、牢獄の職員が誰一人応答しなかったとき、オルテガは悟った。これは誰かがたまたま警報スイッチにぶつかったのではない。支局本部の警官を武装させて車両に分乗し、出動するのに二、三分かかった。

　オルテガの車が通りを曲がり、監獄の構内に入った瞬間、最初の爆薬が爆発した。ほとんど同時に、ほかの爆薬も次々と炸裂する。目が眩むような閃光に続き、爆発の衝撃波と耳をつんざく轟音が、人と車でごった返した通りに押し寄せ、その直後にむせるような煙や塵芥が充満した。オルテガは急ブレーキを踏み、三百年前に築かれた監獄がもうもうと噴き上がる煙とともに崩壊していくのを、信じがたい思いで見つめた。

　四百人もの収容者と二十名あまりの看守が一瞬にして犠牲になり、通りに居合わせた罪のない市民が大勢巻き添えになったことなど、このNBI支局長は気にしていなかった。それよりも、自分が面目を失い、何者かがこれほど公然と攻撃してきたことに、オルテガは怒り心頭に発し、われを忘れた。

　オルテガは車から飛び出し、広場のまんなかに立って、瓦礫が周囲に降り注ぎ、煙がくすぶるなか、いましがたまで彼が主人だった牢獄の残骸を前にして、拳を振りまわした。

「復讐してやる！」オルテガは叫んだが、爆発現場の近くにいた者は、聴力が麻痺し、その言葉を聞き取れなかった。「覚えていろ、ウリザム！　この借りは必ず返してやる！」

　彼は知るよしもなかったが、そのときウリザムは目と鼻の先の通りで、怯えきって逃げ惑う農民の一人に身をやつしていた。そして、二人の重要な囚人がこの悲惨な爆発で死んでいないことも、オルテガは知らなかった。

まちがいなくわかっているのは、オルテガが維持するのに腐心してきたささやかな王国が、たったいま、根底から崩れ去ったことだ。

オルテガは通りにがっくりと座りこみ、涙を流しながら、空に立ちのぼる盛大な黒煙を眺めた。ウリザムに奪われたものを再建するのに、どれほどの費用と労力がかかるのか、考える気力すら湧いてこなかった。

金大長（キム・ダイジャン）大将は話すのを中断し、背もたれに身体を預けて、不気味な笑みを浮かべた。文江熙（ムン・ジャンシー）大佐は思わず身震いした。金の副官になってまだ日は浅いが、この将軍が笑みを浮かべるときには、何かが進行中であることはわかった。ということは、誰かが深刻な厄介事に巻きこまれているのだ。あるいは、早晩巻きこまれる。それが自分ではないことを、文は祈るしかなかった。

文大佐はごく最近、金大長大将の少人数の部下に加わった。不運な張光一（チャン・グアンイル）に代わって、朝鮮人民軍本部から送りこまれたのだ。噂によれば、金大長は張を、何かに違反した廉（かど）で至近距離から射殺したということだが、それを裏づける証拠はなかった。ささやかれている話では、金大長はきわめて激しやすい気質であるのみならず、秘密の施設や計画を不正に運営しているという。文がこの将軍の副官に転属するよう命じられたとき、新たな役職にともなう権限を得たのを喜ぶべきなのか、自らの不運を嘆くべきなのか、よくわからなかった。

文には、金大長の作戦の全貌を知るだけの時間はなかった。それに実際、この将軍は最低限必要なことしか明かしたくないようだ。最側近の部下に対してすら、なかなか話そうとしない。たとえば文が、サウジアラビアに工作員を送りこんだことを将軍の口から聞いたのは、今回が初めてだ。

「文大佐」金大長は、独特の嗄れ声で話していた。「アメリカ人どもも、いまごろは完全に混乱しているにちがいない。〈ドーン・プリンセス〉からの報告では、同船は午前中にシンガポールに入港するそうだ。順調に航海している。〈イブニング・プレジャー〉は出港してまだ二日目だ。王大尉と卓中尉は、北京から空路で南下している。この二人はエジプトの重機輸出入業者エル・ドラドの社員マス・アル・マトゥリスとベントゥ・シュバジという身分で、北東アジアからの出張帰りということになっている」

文は鋭敏に眉を上げた。金大長大将に反問するのは、明らかに賢明ではないが、カバーストーリーの信憑性がどの程度確かなのか、疑問を覚えずにはいられなかった。それは任務の成否、あるいは工作員の生死に直結するからだ。

大将は大佐の無言の疑問に気づいた。金は続けて言った。「エル・ドラド社の北京支社には実際に、マス・アル・マトゥリスと、ベントゥ・シュバジという営業社員がいた。その二人は、われわれの建設プロジェクトに関して協議するため、平壌（ピョンヤン）に招かれた」

「いま、〝社員がいた〟とおっしゃいましたが、大将？」

「そうとも。昨夜、わたしがその二人を夕食に招待したのだ」答える金の笑みはやや大きくなり、眉は誇らしげに上がった。「料理は二人の口に合わなかったらしい。わたしの軍医の診断では、過度の鉛を摂取したことによる急性中毒死とのことだ。だからきみは、本物の二人が突然現われて、われわれの任務を台無しにするのを心配する必要はない」

「かしこまりました」文は静かに言った。

「では、戻ってよろしい」金は命じ、追い払うように手を振った。

　文は重厚な鉄扉を、後ろ手にそっと閉めた。金はすでに、赤い秘話回線の電話で誰かを呼び出し、地図のテーブルに寄りかかって、複雑な大計画に没頭している。

　文はほの暗い灰色の廊下をゆっくり歩きながら、自室へ向かった。じっと考えに耽（ふけ）っていたので、足早にすれちがうほかの副官たちから慌ただしく挨拶されても、まったく気づかなかった。将軍の概況説明（ブリーフィング）には、どうも腑（ふ）に落ちないところがある。そもそもなぜ、朝鮮人民軍の士官がサウジアラビアの浸透工作員になろうとしているのか？　たとえ、偉大な指導者が同国にスパイを送りこむ必要を認めたとしても、それは国家保衛省の管轄であって、かつて核兵器開発をしていた将軍の関与すべき事項ではないはずだ。それに、なぜ貨物船で工作員を送りこむのか？　この現代社会では、キャセイパシフィック航空の旅客機に乗せたほうが、リスクは少ないはずだ。

　文が自分の机の前に座り、ゆっくり茶をすすったときに、すべてが符合した。こわばった指から、陶磁器の茶碗が落ちた。茶碗は机にぶつかり、横倒しになって茶をこぼすと、顧みられることなく転がり落ちて、コンクリートの床で砕け散った。茶色がかった液体がゆっくりと机の上に広がり、書類を濡らして、端からしたたり落ちる。

　文大佐には、それも目に入らなかった。

　断片がすべてはまれば、あまりに明白なことだ。文はようやく、思い出したように息をしはじめた。

　核兵器開発計画。秘密工作員。中東。

　すべてが繋がった。金大長大将はサウジアラビアに核兵器を売ろうとしているのだ。そうにちがいない。サウジなら、それだけの武器を買う金がある。しかしなぜ、彼らには核兵器が必要なのだろう。

　そのとき文は、もうひとつのひらめきを得た。そうか！　金が核兵器を売却しようとしているのは、サウジ政府ではない。サウジアラビアから資金援助を受けている、テロ組織が使うにちがいない。

それにしても、金大長大将が核兵器をテロリストに売るとしたら、それは北朝鮮のためにやっていることだろうか？　それとも、私腹を肥やそうとしているにすぎないのか。両方ともありうる。

文はこぼれた茶の上に肘を置き、考えに耽った。軍服の袖に染みができるのにも気づかず、こめかみを揉み、たったいま知ったことがどう展開するのか、思いをめぐらす。

朝鮮人民軍の一員となって祖国に奉仕するあいだ、文は一瞬たりとも、外国の勢力に核兵器を売り渡そうなどと考えたことはなかった。そのような兵器を開発するのは困難をきわめる。その存在はなんとしても守らねばならないのであって、祖国を防衛する最後の切り札として、アメリカ帝国主義と軍事境界線の南にいる傀儡に対抗するため、偉大なる指導者の決断によって使うべきなのだ。

金大長大将は祖国を売り渡そうとしているのだろうか？　それとも、より大きな計画が進行中なのか？

文は手がかりがないことに気づいた。立ち上がり、床に飛び散った茶碗のかけらを拾い集める。

ひとつだけ確かなことがあった。彼の生存は、何が進行中なのかを突き止められるかどうかに懸かっている。

ロジャー・シンドラン博士は満面の笑みをたたえ、うっとりとエレン・ワードを見つめていた。彼女は優雅な足取りで大理石の床を滑るように歩き、贅を尽くした正餐室に入ってきた。淡い黄色のシフォンドレスは、彼女の曲線をそっとなぞっている。いままでこれほど美しい眺めがあっただろうか、とシンドランは思わずにいられなかった。彼女の姿はまるで、シンドランが発見したなかで最も美しい、満開の稀少種のランのようだ。

「こんばんは、ロジャー」エレンは言いながら、彼がかいがいしく後ろに引いた、隣の席に腰を下ろした。「わたしのひなたちは、午後はお行儀よくしていたかしら？」

この日の午後、シンドラン教授はエレン・ワードの教え子たちと自らの研究室で過ごし、ラン科植物の複雑な系譜を遺伝子追跡する精妙な作業を実演して見せた。

「あの子たちに、知的刺激への鑑識眼は充分あるようだ」シンドランは答えた。「ただしそれが充分発揮されるのは、エアコンが効いた研究室だ。断じて、きみが最初に提案したジャングル探検ではない」

エレン・ワードは朗らかに笑った。胸の奥深くから湧き上がってくるその笑い声を聞くだけで、シンドランはワイングラスを落としそうになった。彼がいまにも手を伸ばし、腕のなかにエレンを引き寄せて、きみを愛さずにはいられないと訴えようとしたとき、隋海俊が正餐室に入ってきた。

「お待たせして申しわけない」老紳士は二人に挨拶した。「よんどころない用事で遅れてしまった。どうかお許しいただきたい」

シンドランは、雇い主が上機嫌なのに気づいた。隋の笑顔と陽気な雰囲気が、広い室内を照らしているようだ。

「電話しないといけない相手がいてね」隋は続けて言った。「ビジネスの話だ。いい知らせだった。しかし、そんなことを長々と話して、お二人を退屈させたくはない。お二方は、いかがお過ごしかな？　滞在を楽しんでおられるだろうか？」

隋は温かい笑みとともに、二人の向かいに座り、答えを聞きながらワインをすすった。

この二人は、これほどあからさまなお互いの感情に気づかないのだろうか。必死に思いを隠そうとしているがゆえに、ごくささいな挙措（きょそ）を見ても、二人のあいだに何が起きているのかすぐにわかってしまう。

隋はグラスを手に取り、テーブルの中央に置いた気に入りの花に向かって乾杯した。

「ランの美しさに乾杯。繊細で、まばゆいほど輝かしい。そして、その花をこよなく愛しているわれわれにも」

「まさしくそのとおりです。乾杯！」シンドランは答えたが、その目はテーブルの中央を見ていなかった。

23

トム・キンケイドは何度か試した末、無理に右目を開けてみた。すぐに後悔した。光に目が眩み、激痛が頭を突き抜ける。思わず目を閉じ、うめき声とともに、ゆっくりと腹ばいになった。

どういうことだ。こんなひどい二日酔いは、妹の葬儀の翌朝以来だ。だが、それはおかしい。このところ、酒を飲んだ記憶はないからだ。記憶が途切れる前は、監房で灰色の壁を眺めていたはずだ。

今度は左目を開けようとした。最初は細目を開ける。右目と同じく、ひどいまぶしさに目が眩んだ。だが、最初ほどの激痛ではない。石だらけの道を見下ろす。珊瑚礁のような、白い石に見える。朝の太陽が、むき出しの背中に照りつけるのを感じる。鳥たちのさえずりが耳をつんざき、頭がうずいた。

キンケイドはうなり、その場に座ろうとして、ゆっくりと身体を起こした。吐き気で胃が締めつけられる。嘔吐したい衝動と闘い、深く息を吸いこんだ。

キンケイドはでこぼこした狭い道のまんなかに座っていた。道の両方向に轍（わだち）がのたくっている。道ばたの排水路には水が深く溜まり、鬱蒼（うっそう）と茂る草に覆われていた。背の高い草が頭上を覆い、日陰を作っている。それでも、隙間からは日光が差しこんできた。葉の生い茂る茎が、わずかな風をせき止めてしまう。空気は信じがたいほど暑く、湿気が多くて息が詰まりそうだ。血のにおいを嗅（か）ぎつけた蚊の大群が、羽音とともにたかってきた。

俺はもう死んでいて、ここは地獄なんだろうか。

そのとき、隣に誰かが横たわっているのが見えた。その裸体は、いっしょに投獄されたベニト・ルナにちがいない。彼も意識が回復したようで、ゆっくり動き出している。

「ベニー、大丈夫か？」キンケイドがざらついた声で言った。喉はまるで、剃刀（かみそり）の刃でも含んでいるようだ。唾を飲みこみ、もう一度声を出す。「大丈夫か、相棒？」

ルナは腹ばいになってそっと起き上がり、ゆっくりと首を振った。

「何が起きたんだ？」彼はうめいた。「どうしてここに？　ちくしょう（マードレ・デ・ディオス）、頭が爆発しそうだ」

キンケイドはおそるおそる見まわし、周囲を観察した。背の高い草にさえぎられ、前後に伸びる道路以外に、現在地の手がかりになるものは何も見えない。

「どこかの農道に放り出されたとしか言えんな、ベニー。見えるのはサトウキビ畑だけだ」いっしょに張りこみをしていた相棒を見やる。「それに、おまえのむき出しのケツしか。正直、サトウキビのほうがまだいい」

「こっちからの眺めもひどいもんだ。いったい何が起きたんだと思う？　確かついさっきまで、オルテガ大佐ご自慢のヒルトンで、部屋のゴキブリを眺めていたはずだ。ところが今度は、素っ裸でサトウキビ畑の道に放り出されたときたもんだ」

キンケイドは肩をすくめ、よろよろと立ち上がった。

「薬を嗅がされ、監房から連れ出されて、ここに放置されたんだろう。ここがどこかはわからないがね。ひょっとしたら、国家捜査局（NBI）の新手の労働釈放プログラムかもしれない。そんなことをするぐらいなら、正門の扉から蹴り出してくれたほうがずっと簡単だったと思うが」

ルナはその隣に立ち上がり、むき出しの背中と臀部から、小石や小枝を払い落として、ゆっくりと歩きだした。

「おい、どこへ行く？」キンケイドが言った。

「あんたの白いケツが赤く日焼けする前に、どこかで服を探そうと思ってね。最寄りの家がこっちの方向かどうかは、五分五分だが」ルナは前を向き、ふたたび歩きだした。

キンケイドは肩をすくめ、うめきながら、あとに続いた。

「航海長、この海域はなぜ、〝危険水域〟と呼ばれるんですか？　実際、そんなに危険なんでしょうか？」ジム・ワードが訊いた。

そんなことを訊くのにはためらいがあったが、本当に知りたかったのだ。ワードは〈シティ・オブ・コーパスクリスティ〉の発令所で、右舷後部の海図台に寄りかかっている。航海長のブラッド・ハドソン少佐は、潜水艦の航跡を記録していた。海図に記されたその航跡は、南シナ海のこの海域でいたるところに散らばる、岩礁や珊瑚礁を縫うように走っている。こうしているいまも、ハドソンは頭上の受信機に表示されたGPSの位置を読み、海軍標準仕様のデバイダーを使って海図に穴を開け、GPSが告げている現在位置を記録していた。

「待ってくれ。いまはちょっと忙しいんだ」ハドソンは海図に向かいながら言った。

航海長補佐の一等操舵員が、ハドソンの作業を見て「現在位置、確認」と言った。

入念に練習した合唱さながらに、ワードが立っている場所からやや舷側寄りにいた深度計監視員が、機器のLED表示を見て告げた。「深度二〇尋」

ハドソンは海図に記載された水深を見た。二〇尋に〈コーパスクリスティ〉のキール深度を足した数字は、海図の水深と合致した。

「深度確認」

それから航海長は、実際の現在位置と、予測していた位置とのずれを算出した。このずれは潮の流向によるもので、絶えずこうして計算値を修正していくのだ。最新のGPS受信機、高精度の慣性航法措置、デジタル追跡装置を完備した原子力潜水艦でも、乗組員はいまだに紙の海図を使い、手作業によって航路を記録している。潜水艦乗りは、その職務上、どうしても保守的になるのだ。つねに二重、三重のバックアップを用意している。航海長が海図台の下から真鍮の六分儀を取り出し、正中時の太陽高度を計測すると言いだしても、ワード青年は驚かないだろう。

ようやくハドソンが海図台から目を上げた。

「このあたりの岩の名前が見えるか、ミスター・ワード?」航海長が示した海図には、小さな点が無数に散らばり、奇妙なことに英語やオランダ語の名前がついていた。「何か変わったところに気づくかな?」

ワードはその名前を読んでみた。コーンウォリス浅瀬。炎の十字岩礁（ファイエリー・クロス）。プリンス・オブ・ウェールズ浅瀬。

「わかりません。ただ、このあたりが東南アジアであることを考えれば、妙な名前だと思います。まるでイギリス海峡のようです。あるいは、船の名前に似ているような気もします」

「なかなかいい読みだ、ワード。これは、座礁した船の名前にちなんで名づけられているんだ。大半は、中国にアヘンや紅茶を輸出していた時代の快速帆船(クリッパー)だ。このへんの岩礁で、当時の人骨が見つかることもある」ハドソンは金属製のデバイダーの尖端で、現在位置の南東にある岩礁を示した。「第二次世界大戦中、わがほうの潜水艦〈ダーター〉が、日本の巡洋艦を追跡中、まさしくここに座礁した。そのまま動けなくなったため、僚艦の〈デイス〉がひと晩がかりで離礁させようとしたが、うまくいかなかった。それで結局、〈ダーター〉の乗組員を移乗させて、〈デイス〉甲板の機関砲で破壊のやむなきに至った。日本の帝国海軍に回収されるのを防ぐためだ。この海域で細心の注意を払わなければならないのは、そういうわけだ」

ワードはうなずいた。だからこそ、艦長は昨夜、浮上航行を主張したのだ。艦長が昨夜のほとんどを艦橋で過ごしていたのも、うなずける。性格はともかく、優秀な潜水艦乗りであることはまちがいない。

ハドソンは海図台の下に手を伸ばし、大きな木箱を取り出した。航海長はその箱を台に載せ、ずっしりした真鍮の掛け金を外した。緑のフェルトを敷いた箱に納まっていたのは、海軍仕様の六分儀、モデル20だった。

「ようやく、岩礁地帯をやり過ごしたところだ。このあたりで、昔ながらの航海術をいくらか教えてもいいころだろう。同期のキャンベル候補生を呼んできたまえ。正中時の太陽高度を計測する準備に、ちょうどいい頃合いだ」

六分儀の予感が的中し、ワードはにやりとしながら、キャンベルを捜しに行った。彼はソーナー室で、狭帯域パッシブ解析機の解読に没頭していた。キャンベルは海中の謎めいた音を解く奥深さに魅了されているようだ。シュトゥンプ一等兵曹の薫陶を受け、彼はここで過ごす時間が長くなっていた。そのうちキャンベルは、イルカと会話ができるようになるのではないか、とワードは思った。

「おい、いっしょに来るんだ」ワードはキャンベルの袖を引いて言った。「きっとびっくりするぞ。オハイオ州立大学で、六分儀の使い方を教えてくれた人がいたか？」

「冗談だろう。コロンバス（オハイオ州の州都）のどこで、六分儀を使うっていうんだ？　オレンタンジー川で？　どうしてそんなことを？」

「航海長が俺たち二人に、艦橋に上がって計測するよう命じたんだ。人工衛星が使えなくなったりしたときに備えて、非常手段を覚えておけってことさ。とにかく急げ」

ワードは海図台に駆け戻り、六分儀を掴んで、革と帆布製の鞄に押しこんだ。それから潜望鏡スタンドを横切り、艦橋へ通じる長い梯子（はしご）の下へ向かった。

航路を記録している海図台周辺は緊張や活気がみなぎっているが、発令所前部の空気は対照的だ。艦が浮上航行しているいまは、潜航中よりずっと静かで閑散としている。哨戒長は艦橋に上がっているので、不在だ。潜航長と横舵手は、ともに発令所に詰めていなかった。当直先任と操舵手、それに当直発射管制員（FTOW）だけが、発令所前部に詰めている。当直発射管制員は第二潜望鏡の接眼部を覗（のぞ）き、ゆっくりと潜望鏡を回転させ、何度も円を描いて歩きながら、高く上げた潜望鏡を拡大させて、水平線の向こうから何か来ないか見張っていた。

　副長が緑の合成皮革のベンチロッカーに座り、発射管制コンピュータのコンソールに向かっていた。副長は、山積みになったファイルの書類を読んでいる。彼が行くところ、どこへでも書類がつきまとってくるようだ。それらに目を通しながら、副長は発令所の様子にも目配りしていた。そういえばワードは父から、副長の仕事は「子どもの監督をする親のようなものだ」と聞いたことがあった。

　ワード青年は昇降筒の下に立ち止まり、当直先任に向かって「太陽高度の測定のため、艦橋に上がる許可を求めます」と大声で言った。

「安全用のハーネスをつけないと、どこへも行かさんぞ」当直先任は怒鳴り返した。

当直先任は、蛍光色のオレンジの帯ひもと金属の留め金をワードに投げてよこした。ワードが艦橋で活動するあいだ、ハーネスは彼の身体と艦をしっかり繋ぎ止めてくれる。潜水艦から乗組員が転落するのを防ぐための安全索具だ。よしんば、転落した乗員が水死を免れたとしても、艦が大海原で停止し、回頭して捜索するような事態は望ましくない。ワードはハーネスに身体をくぐらせ、ストラップをズボンの股に通して引いた。それから、肩と腰にも通して装着する。

当直先任は艦長専用通話装置の21MCのマイクを摑み、「哨戒長、航海長と二人の候補生を艦橋に上げ、太陽高度の測定を行なう許可を求めます」と言った。

バラスト制御盤の上に据えつけられたスピーカーががなった。「三人を上げてくれ」

ワードは帆布の鞄をロープで肩から吊り下げ、艦橋までの長い梯子を昇りはじめた。昇りながら、艦内から吹き上げてくる微風を感じる。それが意味するのは、艦が海上で換気を行なっており、主吸気用ファンを使って、シュノーケルマストから新鮮な空気を取りこみ、艦内各所に供給しているということだ。それにより、古い空気が昇降筒を通って艦外に押し出される。

ワードは無意識のうちに、浮上時の換気を可能にするファンや排気口の配置図を、脳裏に思い描いた。先任伍長の実践的なスパルタ教育は、若い候補生の血となり肉となっていた。外気はシュノーケルマストから取りこまれ、送風機室に送られる。そこから、大半の空気は二三番ファンにより、艦尾の機関室に届けられる。ほかの空気は艦内各所に供給され、昇降筒を通じて排出される。操作手順書によれば、この方法を採用することで、すべての空気が二時間以内に完全に入れ替わるという。低圧ブロワーやディーゼル・エンジンを使えば、ずっと早く艦外に排気できるが、現代の潜水艦では、そんなに大きく、うるさい装置はほとんど必要ない。こうした手順が実行に移されるのは、生死がかかった状況のときだけだ。すなわち、一刻も早く空気を取りこむ必要に迫られた場合や、なんらかの事故で充満した有毒ガスや煙を排気しなければならない場合だ。

ようやく梯子の上までたどり着き、艦橋の上部へ通じるハッチに昇ると、ジム・ワードの目の前には、二人の足があった。頭上のセイル上端に、狭苦しい艦橋コクピットが見える。

「艦橋に上がる許可を求めます」ワードは大声で言った。

「上がってこい」哨戒長のケビン・ウィンズロウ中尉が言った。

ワードは重厚な鋼鉄製の支柱のまわりを慎重に進み、梯子の横木から、艦橋コクピットに這い上がった。

世にも美しい眺めだ。信じられないほど青く澄み切った空が、青緑の海と、水平線の向こうで溶け合っている。父の話では、海がこうした色になるのは水深が浅いからで、深い海は紺色に見えるということだ。はるか西のほうに、小さな雨まじりのスコールがいくつか見え、そこだけが暗がりになっているものの、ほかは快晴だった。温かい微風に、潮の香りが混じっている。

すばらしい。まさしくこれこそが海だ。なるほど、父がこよなく愛していたのも道理だ。

「観光客みたいにぼうっと突っ立っているんじゃない」ハドソン航海長が下から文句を言った。「キャンベルとわたしも、おまえのケツをいつまでも見上げていないで、早く新鮮な空気を吸いたいんだ」

ワードが見下ろすと、航海長がコクピットの甲板に頭を突き出していた。哨戒員とウィンズロウ哨戒長のほかに、三人も上がれる余地はない。さて、どうしようか？

そのとき、ケビン・ウィンズロウが問題を解決した。コクピットからセイルの最上端に、ひょいと飛び上がったのだ。

「ハーネスを固定して、こっちへ飛び上がれ、ミスター・ワード。全員がコクピットには入れないから、きみとわたしはこっちだ」

ワードは命綱を、艦橋の折りたたみ棚の蝶番（ちょうつがい）にくくりつけ、ぐいと引いて、しっかりハーネスを繋ぎ止めているかどうか確かめた。それから、やや湾曲した黒い鋼鉄のセイル最上端へ上がった。

ウィンズロウは、立っている場所までマイクを引き寄せ、命じた。「当直先任、BRA-34第一アンテナを、少しだけ上げてくれ」

楕円形に近い、全長一八インチの黒い鋼鉄製マストが、セイルの二フィートほど上へゆっくりと上がり、止まった。楕円部の中心には、直径三インチの円形の穴が見える。アンテナマストを目一杯伸ばすと、この黒い鋼鉄部が整流板の上端になり、潜望鏡深度での潜航時に、繊細な通信用マストを荒波から守るのだ。内側の小さな円形の穴からは、送受信用のアンテナが空中高く突き出し、電波をやり取りする。

ウィンズロウはその整流板に腰を下ろし、満足げに息をついた。

「ああ、これでいい。座るのにうってつけだ。哨戒員、コーヒーを取ってくれたら、もう言うことはないんだが」

哨戒員は舷側寄りに手を伸ばし、折りたたみ式の棚から、金属製の魔法瓶と白い陶器のコーヒーカップを取り出した。湯気が立つ液体がなみなみと入ったカップを、哨戒員がウィンズロウに手渡すあいだに、ハドソンとキャンベルがハーネスを固定し、上がってきた。

空と海が遠くでひとつになり、獰猛(どうもう)な海獣のような艦体は眼下で楽しげに鼻歌を歌っている。温かく湿った海風に頬を撫(な)でられて、ジム・ワードは、自分がいるべき場所はここだと思った。潜水艦に乗れる人間も、こんな絶景を楽しめる人間もそう多くはない。

ジム・ワードは、その両方をかなえたのだ。

「誠に僭越ですが、わが師（ムッラー）」マンジュ・シェハブは、下の洞窟で働いている手下たちに聞こえないよう、声を低くして訊いた。「次の段階に移るのが、早すぎるのではありませんか？　サンボアンガでの襲撃は、昨夜終わったばかりです。NBIは血眼になって、われわれを捜しています。しばらく、鳴りをひそめていたほうがよろしいのでは？」

ウリザムは静かに、腹心の弟子の言葉を聞いていたが、シェハブを睨（にら）みつけて答えた。

「国際共同麻薬禁止局（JDIA）の二人の不信心者どもについては、わたしの指示に正確に従ったんだろうな？」

「はい、ご主人様」シェハブは頭を垂れて答えた。彼が導師の決断に疑問を投げかけると、ウリザムは決まって苛立たしげな表情を浮かべる。「麻薬の隠し場所から一マイルのところに、二人を置いていきました。二人はヘロインの隠し場所を見つけ、牢獄襲撃の背後に、隋海俊（スィ・カイシュン）がいた証拠を突き止めるでしょう。わたし自身の手で、ヒズボラ（レバノンを拠点に活動し、シーア派主導のイスラム国家樹立を主張するテロ組織）の小冊子と、クアラルンプール発ダマスカス行きの航空券を隠しておきました。どんなにぞんざいに捜しても、必ず見つかるはずです。ですが、なぜこんなことをしているのか、わたしにはまだよくわかりません」

二人はパラワン島の洞窟で並んで立ち、手下の男たちが背の低い、黒い船体のシガレットボートに燃料や武器を積みこむのを見守っていた。

「それでよろしい。少なくとも、わたしの命令に反することはしなかったと見える。あの二人は、隋海俊の摘発に動くだろう。隋海俊の背後に、イスラム原理主義テロリストがいると判断するにちがいない。麻薬を売って、テロ活動の資金にしているのだと。アメリカ人のJDIA捜査官はあらゆる武器や警官隊を動員して、隋を潰しにかかる。なんと理想的な展開だ」ウリザムは高笑いした。「われわれの同胞に対するアメリカ人の恐怖心を利用して、後援者の敵をやっつけてもらうのだ」

「なるほど、よくわかりました」シェハブは静かに言った。

「ではもうひとつ、おまえのぶしつけな質問に答えてやろう」ウリザムは言った。「今晩でなくてはならないのだ。われわれが探していたアメリカの潜水艦は、いまこの瞬間にも、南沙諸島の東を浮上航行している。情報提供者からの報告では、払暁にナンシャン島を通過したそうだ。今夜半、襲撃を決行する。そうすれば潜水艦をここへ運びこみ、太陽が昇る前に艦を隠蔽するのに充分な時間がある。では、計画に関してほかにくだらん質問がなければ、出発することを提案したい」そう言うや、ウリザムは祝福の印に右手を上げ、ほんの少し、まなざしをやわらげた。「今夜、アッラーがわれわれに大きな成功を授けてくださいますように」

シェハブはうなずいて祝福を受け入れ、頭を垂れると、すばやい身ごなしで先頭のボートに飛び乗った。エンジンが始動する。ウリザムは後ろのボートに乗った。ボートは航跡に泡を立て、ゆっくりと洞窟の入口を出た。入り組んだ水路を進んでほどなくすると、マングローブの湿地帯を抜け、ひらけた外海に出る。シェハブが足もとに波のうねりを感じるころには、ボートはスロットルを全開にし、大海原へ向かっていた。

より正確に言えば、彼らが高速で向かっていた海域は、数百年も昔から、海図に〝危険水域〟とまがまがしく記された一帯だった。

24

　太陽が情け容赦なく照りつける。白熱した火の玉が、トム・キンケイドの裸体を直撃するようだ。国際共同麻薬禁止局（JDIA）の捜査官は、広い背中と肩のあちこちに、すでに火ぶくれができているのがわかった。もう何年も、多忙で海水浴へ出かける時間はなかった。生まれてこのかた、日焼けサロンに行ったこともない。仮に着るものが見つかったとしても、シャツを着たらさぞかし痛いだろう。

「おーい、そこのおっさん」キンケイドの一〇〇ヤード先から、ベニト・ルナが叫んだ。

「キャンプみたいな場所があるぞ。トラックの轍（わだち）がたくさんついているようだ。がらくたも捨てられているぞ。何か使えるものがあるかもしれない。陽差しをさえぎる場所はまちがいなくありそうだ」

　キンケイドはできるかぎり急いだ。サトウキビ畑のあいだを通る、焼けつくように熱い赤土の道を、何マイルも裸足（はだし）で歩いてきたのだ。それでも、剃刀（かみそり）の刃のように鋭いサトウキビの葉や、道ばたの茂みにひそんでいる蛇よりはましだった。

現地機関の捜査官で、いっしょに投獄されていた相棒のルナは、この窮地も意に介していないようだ。きっと、フィリピン人の遺伝子がなせる業（わざ）だろう、とキンケイドは思った。この熱帯の国の強烈な陽差しの下で育てば、肌も鍛えられるにちがいない。

キンケイドの左足の裏で、ついに火ぶくれが潰（つぶ）れた。左脚全体に広がる痛みに、彼はうめいた。これで、引きずっている右足のうずきとおあいこだ。

「氷で冷えた缶ビールでも残っていないか？」彼はルナに叫び返した。「冷たいサンミゲール（フィリピンの代表的なビール）がほしいな。三本あれば最高だ。一本を飲んで、あと二本で両足を冷やすんだ」

「すまないね、ボス」ルナが答えた。「車の轍の固まりと、掘っ立て小屋があるだけだ。日陰でひと休みはできる」

キンケイドにはベニト・ルナが見えなかったが、サトウキビがガサガサする音は聞こえるので、近くにいるのだろう。

「こいつはたまげた！　何が見つかったと思う？」ルナが素っ頓狂な声をあげた。「一〇キロ……いや一五キロの麻薬の粉末が、こんなところに積んであるぞ。誰かが急いで、置いたまま逃げたようだ。さもなければ、サトウキビ畑のどまんなかに、こんなものをわざと置いていくような馬鹿がどこにいる」

キンケイドがよろめきながら道を外れ、キャンプ場に入っていくと、ルナが大きなビニール袋の束を引きずってきた。一見、小麦粉の袋のようだ。ルナが袋をひとつ開け、中身をキンケイドに見せた。いかにも怪しげな、白い粉末で一杯だ。

そこはキャンプ場ではなく、サトウキビ畑の労働者が強烈な陽差しや突然の雷雨から逃れるために建てたようだ。小屋は道のすぐそばにあった。トラックを小屋に横づけして駐めれば、車体の後ろが道にはみ出してしまうだろう。トラックが荷物を積み下ろしできるように、最低限のスペースだけサトウキビを切り拓いたらしい。それでも、この避難小屋は道から丸見えだ。麻薬の隠し場所としてはおよそ向いていない。

避難小屋には空き缶や食事の包みが散乱していた。ペットボトル入りの水と、紙箱入りの食事が小屋の日陰に置いてある。まるで誰かが、全裸で腹を空かせた脱獄者が二人来るのを知っていたかのようだ。

キンケイドは小屋に足を踏み入れ、床に座りこんだ。水の入ったボトルを一本掴み、もう一本をルナに放る。相棒は麻薬の包みを落とし、器用に受け取った。キンケイドはペットボトルの蓋を開け、中身を見、においを嗅いで、ひと口味見すると、あとは喉を鳴らしてぐびぐび飲んだ。

「おしっこみたいにぬるいが、それでもうまい」いっきに半分ほど空け、キンケイドは言った。「ほかにどんなメニューがあるのか、見てみよう」食事の紙箱を引き寄せる。「いったいこいつはなんだ？」彼はつぶやきながら、紙箱の上蓋にテープで留められた封筒を手に取った。封筒の中身を取り出し、じっと見る。「ううむ。どうやら航空券のようだ。クアラルンプール発、ダマスカス行き。一般的な観光客が選ぶようなルートではないな」それからルナを見て訊いた。「ベニー、いったいどうして、あすのクアラルンプール発ダマスカス行きの航空券が、ミンダナオ島のサトウキビ畑のどまんなかで、麻薬が山積みになった避難小屋から見つかったと思う？」

ルナはキンケイドの隣に、うめき声をあげてどっかり座った。ボトル入りの水を、うまそうに飲む。

「冷えたサンミゲールとはいかないが、それでもうまい」彼はキンケイドから航空券を受け取り、丹念に記載事項を読んだ。「乗客名はアル・シャヒールだ。サム・アル・シャヒール。何か心当たりは？」

キンケイドは残りの水を飲みながら、首を振った。

「ないな。どのみち偽名だろう。それにいまは腹が減って、とても頭が働かない。ランチメニューは？」

ルナは紙箱を破り、透明プラスチックの使い捨て容器を取り出した。

「ボス。どちらか選んでくれ。冷たい米飯の野菜炒め添えか、シェフのお薦めだ」

「シェフのお薦めはなんだ？」

ルナは笑いをこらえ、もうひとつの容器を取り出した。

「野菜炒めの冷たい米飯添えだ」

キンケイドはため息をついた。

「われわれの謎の後援者は、生きるのに必要なものを置いていってくれたらしい。では、シェフのお薦めをいただこうか」

ルナは紙箱のなかに、何かを見つけた。手を入れると、出てきたのは小冊子の束だ。

「ここにも、不思議なものがあるぞ。食事のあとに、ちょっとした読み物はいかがかな？俺はアラビア語がわからないんで、あんたに解読してもらおう」

キンケイドは小冊子を一部手に取り、冷たい食事にありつきながら、ざっと読んだ。

「まず最初に、こいつはアラビア語ではない」キンケイドは言った。「現代ペルシャ語、つまりイランの公用語だ。わたしもペルシャ語に詳しいわけではないが、どうやら内容は、邪悪なイスラエルと神なき不信心者アメリカを糾弾しているようだ。作者の第一候補はヒズボラだろう」

ルナは食事を嚙みながら、壁にもたれ、掘っ立て小屋の周囲を見まわした。それから、小首を傾げて言った。「探偵さん、こいつは手がかりに見えてきた。俺の考えでは、ここにあるものは、われらが古なじみの麻薬王、隋海俊(スイ・カイシュン)と、聖なる戦いの資金が必要なイスラム過激派のテロリストを繫ぐ接点だ」

キンケイドは冷たい米飯を口一杯に頰張った。それをむしゃむしゃ嚙んで答える。

「そのとおりかもしれないし、誰かがわれわれをその方向へ誘導したいのかもしれない。ベニー、どうも臭いぞ。話がうますぎる。いったいなぜ、われわれを牢獄から連れ出し、サトウキビ畑のまんなかに放り出して、ちょっと歩けば簡単に見つかる避難小屋に、これだけの証拠がそろっているんだ？　それに、用心を重ねるはずの麻薬王が、はるか遠くのテロリストに資金援助している証拠を、こんなにわかりやすい場所に放り出していくと思うか？　ついでに言えばその証拠は、おあつらえ向きに用意してあった食事に、見つけてくれと言わんばかりに入っていたんだぞ。これで疑わないほうがおかしいぐらいだ」

「オーケー。刑事コジャックさんよ」ルナは皮肉たっぷりに言った。「ご見識、恐れ入ります。アメリカではなんと言うんだ？　カモのように歩き、カモのように鳴く鳥は、たぶんカモだろう、だっけ？　で、次はどうする？」

トム・キンケイドは米飯と野菜炒めを、手で口に放りこんで平らげた。

「ケツ丸出しで立ち上がり、証拠が示す方向へ進もう。だが、いくつかの方向性を考えてみたい」

ボートのモーターは低くうなり、音よりも力強い振動が響いている。かすかなエンジン音は、グラスファイバーの船体に打ち寄せる穏やかな波にささやいているようだ。漆黒の夜闇（やあん）で、サブル・ウリザムにはもう一艘のボートも見分けがつかない。わずか二〇メートル程度の距離で、近接して航行しているのだが。

雲が垂れこめる夜は、隠れるにはうってつけで、大胆不敵な作戦を敢行するには好条件だ。だがウリザムには、あえて口に出さない疑問があった。この真っ暗闇で、真っ黒なアメリカ潜水艦をどうやって見つけるのか？

ウリザムは前甲板でよろめきながら立ち上がり、精一杯背を伸ばして、水平線と思われる方向を探した。ひたすら、暗闇が広がるばかりだ。ウリザムは操舵席に戻ろうとして、鋼鉄製の風防の枠に向こうずねをしたたかに打った。悪態をつきながら、どさりと座る。

必ずや、アッラーのご加護があるはずだ。偉大なる神は、ウリザムをここまで連れてきておいて、不信心者のアメリカ人どもを無傷で通過させるはずがない。アッラーの道を信じなければならない。

「まだ見つかりませんか、わが師(ムッラー)?」エリンケ・タガイタイが背後からささやいた。長身で屈強なテロリストの姿はほとんど見えないが、彼はわずか二メートルほど後ろの船尾梁(トランサム)に座り、愛用のＡＫ‐47をいま一度磨いていた。

「信じるのだ、エリンケ」ウリザムはささやき返した。「信じる心を強く持つのだ。アッラーはわれわれの祈りに答えてくださる。いまは静かにするんだ。音は水面を遠くまで伝わり、しかもアメリカの潜水艦には高性能の探知機があるからな」

ウリザムのささやきを裏づけるように、マンジュ・シェハブの声がもう一艘のボートから聞こえてきた。

「ご主人様、光が見えます。白い光の下に、黄色い光が点滅しています。赤い光も見えたように思います。方位〇三五です。こちらに近づいているようです」

ウリザムは双眼鏡を掴み、ふたたび前甲板に立った。そこに足を踏ん張り、シェハブが指示した方角に目を凝(こ)らす。深い闇夜しか見えないようだ。もう一度ゆっくりと、北東の方向に双眼鏡を転じる。

待て！　あったぞ。シェハブは鷹の目を持っているにちがいない。水平線でかすかに明滅する光だ。白いマスト灯と、黄色に点滅する潜水艦の識別灯が、かろうじて見えた。愚かなアメリカ人の艦(ふね)はやはり、ウリザムが仕掛けた罠に向かってくる。

ウリザムは水面の向こうのシェハブへ向かい、アイドリングしているモーターにかき消されない程度に、低い声でささやいた。

「慎重に潜水艦の艦尾へまわれ。計画どおり、おまえは右舷から潜入するんだ。われわれは、おまえが乗りこんだあと、左舷から侵入する。あせらず、ゆっくり行け。アメリカ人の見張りに、見られたり聞こえたりしないように」

「はい、ご主人様」

「今夜、アッラーがわれわれに勝利を授けてくださいますように」ウリザムは声に出して祈り、ふたたび操舵席に座った。スロットルを少し前に倒し、黒いボートを加速する。低いエンジン音が、静かなゴボゴボした音に変わった。それから舵輪をまわし、何も知らずに近づいてくるアメリカ潜水艦を襲撃すべく、針のように鋭い船首を向けた。

「この海域は本当に真っ暗になりますね」ジム・ワードは言った。にわかに厚い雲が垂れこめ、夜空の星を覆い隠してしまったのだ。黒い水面を航行する巨大な原子力潜水艦〈コーパスクリスティ〉の艦橋からは、何も見えなかった。

「いまの時季、このあたりではよくあることだ」ブラッド・ハドソンが答えた。二人は

〈コーパスクリスティ〉のセイル上端に座り、操艦区画の上で脚をぶらつかせている。ハドソンは哨戒長として当直任務に就いている。ワードは哨戒員兼ハドソンの訓練生だ。現地時間で〇二三〇時、あたりは静まりかえっている。周囲の海に航行中の船舶は見えず、艦内でもこれといって動きはない。当直の乗組員が、交替しながら各自の職務を行ない、シンガポールへ向かっている。

「バージニア州で、父と探検に行った洞窟を思い出します」ワードは言った。「ランプを消したら、本当に真っ暗で、静かでした」

「ああ、雲で星がすっかり見えなくなってしまったからな。しかも月が出ていないから、真っ暗闇で何も見えないわけだ。だが、幸運の星の下に生まれたことに感謝するんだな。こんな闇夜でも、われわれはGPSで操艦できる。レーダーさえも、この海域ではあまり頼りにならない。海面下に隠れた岩がたくさんあるんでね」ハドソンは、二フィートほど後ろのレーダーアンテナに向かって顎をしゃくった。レーダーは二人の頭上で回転し、周囲の海にひそむ危険を探している。「ともあれ、こんなに暗い海には、ひとついいこともある。われわれのような度胸試しの人間以外には誰もおらず、われわれはできるだけ速く、次の寄港地に向かってこの海域を通過できるからな」湯気を立てるコーヒーを、音をたてすする。「深夜の当直で何より難しいのは、がんばって起きていることだ。あと二時間で、交替要員を居心地のいい寝台から蹴り出せるぞ」

「イエッサー」ワードは答えた。「これといった動きもないようなので、緊急対処法の話をしてもよろしいでしょうか？ 火災、有毒ガス、オットー燃料漏洩時については、準備ができています」

ハドソンは声を殺して笑った。

「副長から、絶対に合格しろとケツを叩かれているんだろう？」

「イエッサー、おっしゃるとおりです」ワードは答え、大きくうなずいた。「ですが、人に言われたからやっているのではありません。ペルシャ湾に到着する前に、なんとしても潜水艦乗員記章（ドルフィン・マーク）を取得したいのです。そうすれば、海軍兵学校（アナポリス）に帰る前に、少しでも当直員として配置に就けますから」

「何度繰り返せばわかるんだ、わたしと話すときに〝サー〟はつけなくていい」ハドソンは、半ば本気で鼻を鳴らした。「〝航海長〟にしてくれ。そのほうが、わたしも返事をする気になる。まあいい、心配無用だ。兵学校に帰る前に、当直に就ける時間はたっぷりある」ハドソンはコーヒーをもうひと口すすり、続けた。「よし、火災緊急時の手順については、準備ができているんだな？ それじゃあ、確かめてみよう」

「ありがとうございます……」ワードは「サー」と言いかけたが、慌てて「航海長」と答えた。

「よろしい。ではきみは潜航長で、深度四〇〇フィート、前進微速で潜航中だとしよう。いたって快適に航海している。そのとき緊急報告システムの4MCスピーカーから、〝火災発生、火災発生、機関室で火災発生！〟とアナウンスがあった。さて、どうする？」

ワードは覚えたばかりの手順を、ひとつずつ記憶から再生しはじめた。消火装置をどうやって作動させるか答えようとしたとき、突如、鋭い断続的な音が、二人の周囲の闇を切り裂いた。

まちがいない。機関銃の銃声だ。どこからともなく聞こえてきたが、あらゆるところから聞こえてくるようにも思える。

ブラッド・ハドソンが痛みに絶叫し、そのままコクピットに投げ出された。ジム・ワードは顔と腕に、熱いものと濡れた飛沫を感じた。熱い金属を浴びせてくる銃火で、目が眩んだ。

若き候補生は、本能的に遮蔽物を求め、鋼鉄に囲まれた潜水艦のコクピットへ飛びこんだ。落ちたらどれぐらい痛いか、考えている暇などなかった。ほかに逃げ場がないのだ。

落ちるあいだにも、ふたたび機関銃の鋭い銃声が聞こえた。切り裂くような金属音が、いまのいままで彼とハドソンがいた場所の鋼鉄に食いこむ。若い反射神経が、ワードを救った。

　それから、コクピットの甲板で身体を丸めようとしたとき、大きな重いものがワードの頭をかすめて飛んだ。それはけたたましい音をたて、開いたハッチに転がり落ちた。ガス擲弾（てきだん）が下に消える前に、ワードも一瞬、刺激性の煙を浴びた。

　たちまち意識が朦朧（もうろう）とし、ジム・ワードの世界は胃がよじれるぐらい宙に浮き、上下が逆さになった。

　そして、彼は落ちていった。

　とても高い場所から、まっしぐらに暗闇に落ちていく。そこは〝危険水域〟の夜闇よりもさらに深い、漆黒の闇に覆われていた。


　シェハブはこれから乗っ取ろうとする巨獣の大きさに圧倒された。この黒い悪魔が秘める力を思うと、一瞬、恐れに足がすくんだ。それでも深呼吸し、波に揺れるシガレットボートから身を躍らせて、潜水艦の滑りやすい鋼鉄の甲板に飛び移った。揺れる小型ボートですくんでいるところをウリザムに見つかったら、どうなるかはわかっている。それよりは、得体の知れない悪魔に飛びこんでいくほうがまだましだ。

　シェハブはカーボン繊維の引っかけ鉤（かぎ）を投げ上げ、それがセイル上端の何かに引っかかると、綱をぐいと引いた。シェハブはガスマスクを装着し、綱をもう一度強く引いてから、這い上がった。

瞬く間に、シェハブはアメリカ潜水艦の上端に一人でたどり着いた。

ウリザムから指示されたとおり、シュノーケルマストからガス榴弾を、すばやく二発投げ入れた。低いゴツンという音が二回響き、マグネットがシュノーケルマストの内部にしっかりくっついたのがわかった。シェハブには見えないが、ガス榴弾が潜水艦の吸気口から、有毒ガスを直接送りこんでいるのはわかった。

さらに、潜水艦の開け放たれたハッチからもガス榴弾を投げ入れ、同じハッチにもう一発投下した。頭のなかでゆっくり三十秒数えてから、梯子を降りる。

三十段降りたところで、シェハブはどこへ行き着くか考えもせず、梯子を飛び降りた。気がつくと、彼は一人きりで、潜水艦の発令所のまんなかに立っていた。動かなくなった乗組員の身体がうつ伏せになったパネルには、意味のわからない光の列がずらりと並び、明滅している。壁という壁を、計器やダイヤルや電子スクリーンが埋め尽くしているようだ。いったいどうやったら、この複雑な機械を操作できるんだ、とシェハブは思った。これだけのメーターやら、点滅する数字が何を意味するのか、果たして理解できるのか？これは人間の手に余る所行だ、と彼は結論づけた。アッラーがこのような野蛮な企てを認めるはずがない。

獲物の鼠を探すコブラさながら、シェハブは狭い室内で、AK-47を構えて四方に向けた。何ひとつ、動くものはない。倒れている乗組員の身体を、ブーツの先で突いた。身体はあおむけになった。青年のうつろな目が瞬(まばた)きもせず、シェハブを見上げている。

シェハブはすばやく、二人目、三人目の水兵を確かめた。どちらも死んでいる。アッラーのもとへ行き、地上で何をしたか答えているのだろう。

シェハブは誇らしい気持ちで、ガスマスクのフィルター越しに、空気を胸一杯吸った。ついにやった！ アメリカの潜水艦を乗っ取ったのだ。

そのときシェハブは、背後に人の気配を感じた。密林の猫のように敏捷な動作で、彼は向きを変え、左に飛び出した。

梯子の下に、ウリザムが立っていた。カラシニコフAK-47はいつでも撃てる構えだ。ガスマスクで顔の大半が隠れていても、その容貌は見まがいようがない。ウリザムはシェハブをまっすぐに見据えた。

「わたしの予言どおり、アッラーが勝利を授けてくださった。これでアメリカの潜水艦は、われらのものだ。さあ、まだ生きている乗組員を全員集め、食堂の甲板に引っ立てろ。艦橋にいた二人も忘れるな」

シェハブはすばやい身のこなしで、主人の命令を実行しに動いた。そのあいだにも、手下の男たちが続々と、梯子を伝って発令所に降りてくる。

あとから思いついたかのように、ウリザムはシェハブの背後から呼びかけた。

「シェハブ、くれぐれも忘れないでほしい。われわれには、この艦を動かすために、アメリカ人乗組員が必要なのだ。当面はできるだけ多くの者を生かしておき、その目的に最低限必要な人間を見きわめろ」

シェハブはうなずき、発令所を出ようとした。テロリストの指導者は、声をひそめて締めくくった。「その目的が果たされたら、この者たち全員に、慈悲深き死を与えてやろう。本来は、それだけの価値もない連中だが」

25

エリンケ・タガイタイは操舵席で意識を失っている乗組員を乱暴に摑み、鋼鉄の床に叩きつけた。そしてぐったりした身体を踏み越え、空いた席に座った。ガラスのパネルを埋め尽くす計器類の意味は、理解しようとも思わない。わからなくてもよかった。彼らが独自の情報源から入手した、浮上している潜水艦を航行させる方法は、それなりに正しかった。基本的には、車を運転するのと大差ない。方位を示すコンパスと、舵輪さえあれば動かせる、というものだ。アメリカ人乗組員のうち、ガスで死なずにすんだ者が意識を取り戻すまでには、二時間以上かかるだろう。この海の巨獣を従わせるために、彼らは神経ガスのフェンタニルを使ったのだが、そのガスを売ったパレスチナ人武器商人は、そう請け合っていた。

「エリンケ、針路〇三六」ウリザムの命令が、静まりかえった発令所に大きく響く。このアブ・サヤフの指導者は潜望鏡を覗き、シガレットボートのうち一艘の船尾に灯る、小さな白い光の方角を見ていた。もう一艘のボートは、すでに視界から消えて、数千ヤード先を先導している。

「針路〇四五に変更」ウリザムの叫び声は、最初より差し迫っていた。

テロリストたちは、シガレットボートに先導させて潜水艦を操艦し、岩礁や浅瀬が迷宮のように入り組んだこの水路を通過しようとしている。このあたりは、ミンダナオ島沖合の水深が深く安全な海とはまったくちがった。速度計によると、いまは五ノットで航行している。岩礁や水面に隠れた岩を迂回する時間の余裕は充分にあるが、ウリザムは日が昇るまでに、乗っ取り地点からできるだけ遠ざかっていたかった。アメリカ軍が潜水艦を失ったことに気づき、捜しはじめたときに、これほどの黒い巨艦をどうやって隠せるだろう？　すぐに答えは浮かばなかったが、いままでと同じように、時が来たらアッラーが解決策を授けてくださる。ウリザムはそう確信していた。

「針路一二一」ウリザムは、潜望鏡で赤く点灯するコンパスの表示板を見ながら言った。

先導する細長いシガレットボートは、危険な水域をやすやすと通り抜けられる。しかし、この巨大な原潜の舵取りをするのはまったくの別問題だ。この大型艦で、ウリザムの配下の男は十名しかいないので、これはいちかばちかの賭けだった。ウリザムは、大金を払って入手した事前の情報が正しいことを祈るしかなかった。それによれば、彼らはこの巨艦を座礁させることなく、先導のボートに従って通過できるはずなのだ。ウリザムはおろか、手下の誰一人として、これまで潜水艦に足を踏み入れた者はいなかった。アッラーの栄光により、彼らはこの大きく不恰好な艦を、乗組員の意識が回復するまで舵取りできるだろう。そのあとはアメリカ軍の水兵に強制して、操艦させる。拒否したら、殺すまでだ。

　ウリザムの右耳の背後で、どこかのスピーカーから声がした。

「わが師（ムッラー）、ワッハーブです。いま、機関室にいます。スロットルのようなものを動かす方法が、わかったような気がします」

　ウリザムは全神経を研ぎ澄ませ、報告の続きを待った。ザルガジ・ワッハーブは、配下で最も聡明な兵士とはとてもいえないが、いまは全員の手がふさがっている。大半の者は、意識朦朧（もうろう）としたアメリカ兵を引きずって一カ所に集めているのだ。計画に成功の望みが一縷（いちる）でもあるなら、ウリザムは潜水艦の複雑な機関室を制御しなければならない。日が昇り、潜水艦が乗っ取られたという知らせが広まる前に、彼らが安全にパラワン島へ引き返すには、ワッハーブが潜水艦の速力を制御する方法を突き止めることが肝要だ。

「大きなクロムめっきの環を右にまわすと、艦は速くなります。左にまわすと、遅くなります」ザルガジ・ワッハーブは誇らしげに報告した。「小さな環をまわせば、後ろに進めると思います」

ワッハーブの声は、ウリザムの頭上の箱から聞こえてくるようだ。その箱から突き出しているマイクに話しかければ、機関室にいる聖戦主義者にも聞こえるだろう。

「ワッハーブ、おまえは何にも手を触れるな。アメリカ兵が目を覚ますのを待て。それから、士官を射殺しろ。襟におかしなピンをつけたやつだ。そしてほかの乗組員に、言うとおりにしないと、おまえたちも撃つぞと言うんだ。わたしの命令がわかったか、ワッハーブ？」

「はい、ムッラー。わかりました」

現実がゆっくりと戻ってきた。霧がしだいに晴れ、痛みが襲ってくる。ジム・ワードは頭のなかから、灰色の蜘蛛の巣を払った。

いったい何が起こったんだ？　ここはどこだ？

最後に覚えているのは、艦橋に座り、苦いコーヒーを飲んで、航海長と緊急対処法について話していたことだ。誰かに撃たれたのか？　航海長は負傷したのか？　それともこれは、すべて悪夢なのか？

ワードは無意識のうちにうめき、目を開けようとした。しかしどんなにがんばっても、まぶたを開けられない。

何が起きたんだ？　何かに目をふさがれているようだ。

ワードはどうにか、上半身を起こし、座る姿勢を取った。どこもかしこも、筋肉が苦痛に悲鳴をあげる。

「おい！　床に伏せろ！」

暗闇のどこかから、怒鳴り声が響いてきた。ワードには聞き覚えのない声だ。奇妙なアクセントの嗄れ声は、絶対的な権力を帯びているようだ。

どこからともなく、ワードは強く頬を打たれ、それを予期できなかったことで、痛みがいや増した。

殴られた力で、ワードは冷たい床にふたたび倒れこんだ。顔が焼けるように熱く、鋼鉄の床にぶち当たった頭は、さらに痛んだ。

ということは、これは夢ではない。何か不可解な、恐ろしいことが起こっているのだ。疑問が脳裏に渦巻いた。ここはまだ、〈コーパスクリスティ〉なのか？　ブラッド・ハドソン少佐は無事なのか？　さらに重要な疑問は、ほかの乗組員と艦がどうなったのか、だ。そんなことが可能なのか？　誰かが艦を……？

そのときワードの耳に、自分以外の誰かのうめき声が聞こえた。確信はないが、グアムの〈アンディーの小屋〉で痛飲したときに、同僚の乗組員があげた声に似ている。何が起こったんだ？　怒鳴ったのは誰だ？　俺を殴ったのは？　ワードにはまだ、全体像が見えてこなかった。

誰かに乱暴に摑まれ、立たされた。眩暈と吐き気がひどいが、それでも目は開かない。

「おとなしくしろ！」さっきと同じ嗄れ声だ。誰なのかはわからないが、すぐ近くにいるようで、ワードは男の唾がかかるのを感じた。その男は最近、ニンニクを食べたようだ。

見えない手がワードの顔、肌、髪からテープを引きはがした。突如降り注いできたまぶしい光に、ワードは目をしばたたき、周囲の人間に焦点を合わせようとした。どうやらここは、〈コーパスクリスティ〉の食堂の床らしい。

床に積み重なったものが目に入ってきた。狭いスペースに、人間の身体が薪のように積み上げられている。

誰かが――ニール・キャンベルのように見える――ゆっくり意識を取り戻し、ワードの前でよろよろと起き上がろうとしている。それ以外の乗員は、見分けがつかない。テープのせいか、光がまぶしいせいかはともかく、視力が戻るにはしばらくかかりそうだ。

そのとき、何か硬いもので脇腹を小突かれた。

「歩け、不信心者。仕事をやってもらう。死ぬ前にな」

さっきと同じざらついた声が、どすを利かせた。そいつはまだ、ワードのすぐ後ろに立っている。硬いものは銃身にちがいない。いまはそれが、背中に押しつけられている。ワードは命令に従い、前に進んだ。銃身を押しつけた男は、ワードを前部の梯子へ追いやった。

「上がれ、犬め」ひどい訛りの英語で、声が命じた。「上がらなければ、ここでおまえを撃つ。おまえも、天国で俺の奴隷になるのだ。おまえに妹がいたら、ついでにそっちも楽しんでやろう」

ワード青年は、振り向いてそいつの首を絞めてやりたい衝動と闘った。そうしなかったのは、ある考えがよぎったからだ。父だったら、どうするだろうか？　ワードが自問するまでもなく、答えは明らかだった。父だったら、自らの感情を制御するだろう。状況を分析し、最善の解決策を見出して、最適なタイミングが訪れるのを待ってから、活用できる武器をすべて使って反撃する。ジム・ワードには、自分がいまいかなる事態の渦中にいるのか見当がつかなかった。だが彼は、梯子を昇りながら、必ずや父の期待に応えようと誓った。同じ状況に立たされた場合、父がやるであろうことをやろう。そのためにも当面は、背中に銃を突きつけている嗄れ声の命令に従うしかない。

ワードは上部区画への梯子を昇った。最上段に足をかけたところで、右側を見た。甲板に積み重なった身体のなかに、ヒリッカー少佐も横たわっている。この副長の生死すら不明だが、まちがいなく状況は悪い。

通路をゆっくりと歩き、発令所へ向かう。銃を構えた男は背後にぴったりくっつき、何歩か歩くたびに銃を押しつけてくる。艦長室の扉は閉まっていた。デブリン艦長の状況を確かめるすべはない。彼が艦の指揮を執っていないのは明らかだ。では、誰が？

銃を持った男は、ワードの肩を摑み、発令所に押しやった。室内のいたるところに、死亡したか意識を失った男たちが、じっと動かずに横たわっている。ハッチからガス榴弾が投げ落とされたとき、その場に居合わせた同僚の乗組員と思われた。第二潜望鏡のそばに、奇妙な黒い服を着た、見慣れない男が立っている。もう一人、やはり黒ずくめの服を着た男が、あたかも自分の居場所であるかのように操舵席に座っていた。その男はぎこちない手つきで、〈コーパスクリスティ〉の舵取りをしている。明らかに、艦は航行中だ。

潜望鏡を覗いていた男は、ワードがそこに立っていることに気づいた。男は一歩踏み出し、若い水兵を吟味するように見た。

「ミスター・ワード」候補生の胸の名札を見て、男は切り出した。「わたしはサブル・ウリザム。アッラーにより、全アジアを不信心者どもから解放する使命を託された。おまえは選ばれて、わたしの聖なる使命を手助けすることになった。これから、おまえがこの艦を動かすのだ。わたしの命令を忠実に実行しなければ、わたしはおまえの仲間たちを、一度に一人ずつ、おまえの目の前で殺す。わかったか？」

　ワードは息を呑んだ。この男は正気ではない。それ以外に、筋が通る説明はない。しかし、正気であろうとなかろうと、艦を掌握しているのは明らかにこの男だ。

「しかし……そんなことは……自分は……」ワードは言葉に詰まった。

　その男は平静な表情で拳銃を取り出し、ひざまずいて、横たわって動かない舵手のこめかみに銃口を押しつけた。男はワードの目をまっすぐ見据え、笑みを浮かべて引き金を引いた。

　あまりのことに、ワードはあえいだ。発令所に、鋭い銃声が響きわたる。舵手の身体が無意識のうちに痙攣した。脳の組織と血飛沫が、ワードの作業服に飛び散り、彼は思わずあとずさろうとした。まだ背後にいたもう一人の侵略者が、銃を突きつけて押し戻した。

　ウリザムと名乗る男の目が、爛々と光っている。まぎれもない快楽を覚えているようだ。ワードが見ている前で、その男の身体が打ち震えた。まさか、オーガズムに達しているのだろうか。

「では、わたしの言うとおりにしてもらおう。質問せずにやれ。さもなければ、また誰かが死ぬことになる」

「イエッサー、ミスター・ウリザム」ワードは喉元にこみ上げる吐き気と闘いながら、大声で言った。否応なしに、信じがたい現実が目の前に突きつけられる。この男、サブル・ウリザム——本名かどうかはともかく——は、邪悪そのものだ。ジム・ワードには、どうすればこの男を止められるのかわからなかった。わかっているのは、どうあっても止めなければならないことだ。

「では、いまから潜水艦を操艦してもらおう」ウリザムは冷笑し、血まみれになった拳銃の鼻先を振って、操舵席に座るよう促した。「たとえ一瞬でも、わたしを止められるなどと考えたら、すぐにわかるぞ。おまえが考える前からわかるだろう。おまえがためらうたびに、仲間を一人ずつ撃ち殺してやる」ウリザムはワードににじり寄り、候補生に、うつろな邪悪さをたたえた、冷たく黒い目を見せた。「さあ、ここに座って操艦しろ！」ウリザムが叫んだ。

ワード青年は、言われたとおりにした。席に着き、舵輪を握って、本能的に舵を左に切り、艦首をゆっくり北東に向けた。

ウリザムがすかさず立ち上がり、拳銃でワードの左耳を強打した。

「おまえは自分の命をそんなに軽んじているのか？　目の前でこのわたしを欺こうとするとは？　いったい何をしている？」

ワードは舵輪から、ゆっくりと両手を離した。パニックの衝動と闘い、平静な声を保とうと努める。

「艦首を北東に戻そうとしただけです。話しているあいだに、針路が南に逸れていました」ワードは昂ぶる感情を抑えた。喉はからからだ。「あなたの部下は、針路〇九〇のほうへ向かっていました。それで、その針路を保とうとしたのです。それから、どの針路へ向かうか訊くつもりでした」ワードは少し間を置いた。続く言葉には、われながら吐き気を覚えた。「これは標準的な手順です……サー」

この怪物のような男に、「サー」という敬称を使うことには、違和感があった。とてつもない違和感が。

しかしその言葉はたちまち、目に見える変化をウリザムにもたらした。彼はいまや、ワード青年を完全に意のままに操れると確信した。テロリストは立ち上がり、潜望鏡を覗いて命じた。「針路〇五五に変更、ミスター・ワード」

にわかに起きた騒ぎが、彼らの注意を操艦から逸らし、数フィート前の前部通路に引きつけた。下着とTシャツ姿の男が、背後から追い立てられ、通路をよろめいて歩いている。乱暴に押され、彼はバランスを失って、艦橋へ向かう梯子の下の格子へ激突した。

ロバート・デブリン艦長は、梯子に掴まり、ゆっくりと身体を起こした。ほぼ立ち上がりかけたところで、エリンケ・タガイタイが背後の影から踏み出し、拳銃の銃把で艦長の後頭部を強打した。潜水艦の指揮官はふたたび、床に昏倒した。低いうめき声が唇から洩れ、灰色がかった茶色の薄い髪から、血が流れ出す。

デブリンはどうにか、ワードの足もとまで転がり、もう一度立ち上がろうとした。ワードが手を差し出し、デブリンを助け起こした。艦長は驚くほど強い握力で、若者の助けを借りて立ち上がった。

「艦長、突破口はあるはずです」ワードがささやいた。「連中を止める突破口が」

稲妻のような一撃とともに、ワードは頬を張り飛ばされ、舵輪に叩きつけられた。鉄のような鮮血の味が、口に広がる。

「黙れ」ウリザムは驚くほど静かな口調で言い、銃把についた髪や皮膚片を拭き取った。「今度こそ話したら、床で横になっている友だちの仲間入りだ」

デブリン艦長はうなだれ、そこで初めて、水兵の死体が横たわっているのに気づいた。絶命した操舵手のかたわらにがっくりと膝を突き、それからウリザムを見上げた。憎悪をたたえたその目から、涙があふれ出す。

「このちくしょうが！　なぜだ？　なぜ彼を射殺した？」デブリンの声は、悲嘆と苦悩に満ちていた。「まだ子どもだったんだぞ。おまえたちに反撃することもできなかった。この若者はまだ鬚（ひげ）も生えそろっていなかったんだ」失った乗組員にふたたび目をやり、拳（こぶし）で床を叩く。「母親から手紙をもらった……無事に故郷へ戻すよう、約束させられたんだ。息子はホノルル交響楽団で、ピッコロを演奏することになっていると……」

艦長の言葉は、そこで途切れた。感情に打ちのめされたのだ。

ウリザムは意に介していないようだった。彼はすでに〈コーパスクリスティ〉の潜望鏡に戻り、シガレットボートの方向を見て、ジム・ワードに変針を指示し、障害物を迂回しようとしていた。

26

夜明けまであと一時間だ。サブル・ウリザムの行く手に、願ってもないものが見えた。タグボートと、それが曳航（えいこう）する艀（はしけ）。アッラーの贈り物だ。ウリザムがずっと確信していたとおり、アッラーは答えを啓示してくれた。

テロリストは、徐々に近づいてくるどっしりした二隻の船をじっと見た。大義のために犠牲を払うことを、その船の乗員はまだ知らない。ウリザムの手下が操縦する二艘のシガレットボートは、すでにタグボートの側面にまわっている。シガレットボートの低く、黒い船影は、この暗がりではほとんど見えない。高性能のアメリカ潜水艦の潜望鏡を使っても、あらかじめそこにいることを知らなければ、シガレットボートがいるとは気づかないだろう。ウリザムはそう確信した。だとすれば、タグボートの乗員には——仮に起きている者がいたとして——気づかれることはまずあるまい。

大型のタグボートの船体はかつて白だったようだが、いまは錆の筋がつき、長年にわたって海で酷使されてきたため、泥や土の塊がへばりついている。その輪郭に、優雅なところは何ひとつなかった。幅広の、がっしりした船体は、頑丈さと強力さを追求した産物だ。上部構造の操舵室と最上船橋が、甲板の前部に鎮座している。甲板の後部には、さまざまな装備品がひしめいていた。ウリザムの見立てでは、曳航用具だろう。重厚な黒い太綱が船尾から伸び、数メートル後ろの水中に消えている。

しかし艀のほうが、ウリザムの注意を引いた。全長は少なくとも二〇〇メートル、幅は四〇メートルという巨大なものだ。この近海で、大きな艀を引いて外海へ向かうタグボートはごくありふれた光景であり、アブ・サヤフの海賊の餌食になったものも少なからずあるが、これほど大きな艀は見たことがなかった。甲板に見える複雑な形状の積荷がなんなのか、ウリザムにはよくわからない。だが、それは問題ではなかった。この艀は、潜水艦の恰好の目隠しになる。

シガレットボートの一艘が、タグボートの側面に忍び寄る。船尾方向から接近しているので、操舵室からは死角になっているにちがいない。ウリザムには、タグボートに乗りこむ手下たちの黒い輪郭が見えたように思えた。もう一艘のシガレットボートは、タグボートに隠れて見えないが、すでに反対側にまわり、タグボートがそちらに逃げられないよう固めているだろう。

ウリザムは潜望鏡に示された方位を読み取り、命じた。「針路〇二七に変更せよ」大型潜水艦はゆっくりと針路を変え、近づいてくるタグボートに艦首を向けた。二隻が接近するまで、あと二、三分だが、ウリザムにはもっと時間が必要だった。願わくは、ザルガジ・ワッハーブが彼の仕事を果たし、アメリカ兵を従わせているといいのだが。ウリザムはマイクを掴み、潜水艦後部の機関室にいるワッハーブに話しかけた。

「さっき言った方法で、アメリカ兵を従わせているか？」ウリザムは訊いた。その声に滲ませたあざけりに、テロリストの手下はまったく気づいていなかった。

「ご命令どおりにしました、わが師（ムッラー）。襟に金属のピンをつけた男は、死にました。ほかのやつらは、まるで羊のようです。わたしが屁をしても、飛び上がって言うことを聞くでしょう」

ウリザムは短く、乾いた笑い声をあげた。小柄で太ったワッハーブに、アメリカの水兵が飛び上がって従い、失禁しているさまを想像するのは、なかなか愉快だ。しかし、いまはやるべきことがある。

「ワッハーブ、速力を落とす必要がある」ウリザムは命じた。「乗組員にスロットルを閉めさせ、ふたたび開けるよう命じるまで、そのままにしろ」

「仰せのとおりにいたします、ムッラー」

遠くの暗がりで、断続的に閃光がほとばしり、ウリザムの注意を引いた。手下たちがタグボートの操舵室に侵入し、発砲したにちがいない。自動小銃の銃火だ。それは、タグボートの乗組員がいなくなったことを意味する。数秒後、緑の閃光がタグボートの船橋で明滅した。それに続いて、緑の閃光が二度ひらめいた。タグボートを制圧したという合図だ。

だが、本当に難しいのはここからだ。

ウリザムは潜望鏡から離れ、室内を見まわした。潜水艦の艦長は両手に頭をうずめ、コンピュータ画面の前のベンチに座っている。射殺された若い乗組員を目の当たりにしてから、この男は抜け殻のようにじっと座り、遺体を見ている。こいつはまちがいなく、ウリザムの大義を遂行するうえで、艦長の利用価値は大きい。それに、乗組員に命令を下すことができる。やつらは艦長の命令に従うよう訓練されてきたのだ。

ウリザムはデブリン艦長をぐいと引っ張り、顎に強く拳銃を押しつけた。

「わたしの言うとおりにしろ」ウリザムは自分より長身の男に、怒声を浴びせて恫喝した。「逆らおうなどと考えたら、目の前で一人ずつ乗組員を殺す。おまえは不服従の結果を、その目で見るのだ。おまえが最後の生き残りになるまで、殺しつづけてやろう。わかったか？」

デブリンは緩慢にうなずいたが、テロリストの指導者を見下ろすその目は、むき出しの憎悪に満ちていた。しかし、憎悪はすぐに諦念に替わった。潜水艦の艦長は、自らの置かれた立場が、まさしく絶望的であることに気づいたのだ。

ジム・ワードの見ている前で、デブリンはがっくりと肩を落とした。それから艦長は、のろのろと潜望鏡スタンドに向かった。この男は、完全に打ちのめされている。従うべき艦長なくして、いったいどうすれば、このテロリストどもを打ち負かし、〈コーパスクリスティ〉を彼らの手から取り戻せるだろう？　連中は何をたくらんでいる？　彼らはなぜ、〈コーパスクリスティ〉を乗っ取っておいて、この南シナ海のどまんなかに停止させているのか？　そして今度は、デブリン艦長に何をさせようとしている？

ワードが肩越しに振り向くと、ムッラーと呼ばれているテロリストの指導者が、艦長の後頭部を摑んで、デブリンの目を無理やり潜望鏡に押しつけるところだった。その男は艦長に何かをささやいた。デブリンはゆっくりうなずき、何かを答えたが、その言葉はワードにはわからなかった。

それから、若い候補生の耳に、デブリンが艦内放送1MCシステムで号令する声が聞こえた。

「メインエンジンを回転し、暖機状態を維持せよ。補助推進機を〈リモートコントロール使用〉で準備」その声には、ワードが慣れ親しんできた、有無を言わさぬ権威がなかった。

果たして乗組員は、この命令に従うだろうか？　デブリンが頭に銃を突きつけられているのは、みなわかっているだろう。そのときデブリンの声がふたたび、同じく1MCから聞こえた。

「前部脱出筒を開放せよ。先任伍長、もやい作業員は甲板に待機。右舷横づけ用意」

　ワードが計器盤を見下ろすと、〈補助推進機　使用可〉の電光表示板が点灯し、続いて〈リモートコントロール〉の表示も点灯した。艦内を見まわった最近の記憶がすぐに呼び起こされた。乗組員の誰かが、艦尾の湾曲した隔壁――潜水艦内で人が立ち入れる最後部――に行き、補助推進機を機側(きそく)装置によって操作したのだ。油圧シフト弁が稼働すると、高圧の油圧オイルが第五メイン・バラストタンクに送られ、補助推進機の方向制御用シャフトを押して、潜水艦の耐圧殻の下に小型の電動モーターを降下させる。バスフィッシングで使われるトローリングモーター（湖沼や河川で、主にガソリン船外機の補助として使われる）をきわめて強力にしたようなものだ。小型の電動機は三六〇度あらゆる方向に回転し、艦長が望む方向へ、大型潜水艦をゆっくり動かすことができる。

　ワードが告げた。「補助推進機、準備完了しました。これより操作します」

「よろしい、補助推進機、始動」デブリンが命令した。艦長の声には、まだためらいが感じられるが、以前の確信に満ちた語調を取り戻しつつあるようだ。

ワードが制御ボタンを押し、〈作動〉の電光表示板が点灯するのを確かめた。彼は声を張った。「補助推進機、始動します」

徐々に、潜水艦が動きはじめた。ワードが見守る前で、艦の速力を示すピトー式速度計が、ゼロから二ノットに上がった。補助推進機ではこれが精一杯だ。この装置は、低速で航行するために設計されたもので、狭隘な水域での操艦や、巨大で強力なメインエンジンとスクリューが損傷したような緊急時を想定したものだ。そうした場合に救助を求めたり、母港へ帰投したりするさいに使われる。

ワードは、テロリストとその計画を頓挫させる方法がないものかと思い、発令所を見わたした。意識を回復した乗組員が続々と、黒ずくめのテロリストたちに乱暴に押しのけられ、発令所へ追い立てられてきた。誰もが一様にショック状態で、この数時間で彼らの身に降りかかった事態が信じられない様子だ。

ニール・キャンベルがバラスト制御盤の前に現われた。若い候補生は、ワードに弱々しく笑いかけ、額にできた大きなたんこぶをさすった。

「ジム、何が起きているんだ?」彼はささやいた。「こいつらは何者だ?」

ウリザムがつかつかと近づき、キャンベルを容赦なく平手打ちして、バラスト制御盤に頭を激突させた。

「黙れ！」ウリザムは怒号した。「必要なとき以外はしゃべるな。口を利くのはわたしとだけだ。従わなかったら、射殺する。わかったか？」

キャンベルはよろよろと立ち上がり、後頭部に新たにできたこぶをさすって、うなずいた。ちょうどそのとき、前部脱出筒ハッチの電光表示板が、〈閉〉を示す緑から、〈開〉を示す黄色に切り替わった。キャンベルは呼吸を落ち着け、瞬（まばた）きして視野をはっきりさせると、「前部脱出筒、上部ハッチ、開放状態です」と告げた。

「先任伍長ともやい作業員、甲板に上がれ」デブリンが1MCで号令した。

「ミスター・ワード、補助推進機を相対方位（艦首を基準とした方位）〇三〇にせよ」

ワードはかがみこみ、操舵装置を操作して、補助推進機を〈コーパスクリスティ〉の艦首から右三〇度の向きに合わせた。

そのとき副長のブライアン・ヒリッカーがよろめきながら、発令所に現われた。エリンケと呼ばれるテロリストに乱暴に押されている。副長は床に倒れかけたが、潜望鏡スタンドの一部を囲むステンレスの手すりに摑まって身体を支えた。

ワードは安堵の息をついた。ヒリッカー副長はさっきまで、ぐったりして床に横たわっていたのだ。ワードは副長が死んだのではないかと思っていたが、ヒリッカーは無事に目を覚まし、発令所に戻ってきた。

デブリンが命じた。「副長、艦橋に上がり、艀との繋留作業を監督せよ」

ヒリッカーはうなずいたが、艦長がなんのためにそんなことを言っているのか、明らかにわかっていなかった。それでも梯子に向かい、物憂げな動作でゆっくりと昇り、視界から消えた。

エリンケ・タガイタイが指導者に向かってうなずき、潜水艦の副長に続いて梯子を昇り、暗がりに消えた。


水平線の東に曙光が兆すころ、ウリザムは艦橋に上がった。アメリカ潜水艦が、大型の艀に横づけし、繋留されている。アッラーはなんと恵み深いのだろう。艀の上には、背の高い掘削機が積まれている。これなら日中でも、数時間はアメリカ潜水艦を覆い隠す目くらましになるだろう。すでに手下たちが、積荷用の網やさまざまな装備品を放り投げ、潜水艦の形を隠している。細長く、低い黒の艦影は、艀の高い甲板から突き出した、起重機や足場に覆われていた。タグボートに曳航された艀はすぐに出航し、フィリピン方面へ石油掘削機を輸出する、なんらやましいところのない船舶とみなされるだろう。

ウリザムは、艀の一〇〇メートル先で水面に停止したままのタグボートに目をやった。手下の二人が何度も重いものを持ち上げ、油の浮いた静かな海に投げ入れている。ウリザムは笑みを浮かべた。

タグボートの最後の乗組員が、死後の世界へ旅立ったところだ。

27

灼熱の日光が空港のエプロンをあぶり、焼けるように熱い滑走路から陽炎（かげろう）が立ちのぼる。トム・キンケイドの背中を汗が流れ、シャツをしとどに濡らした。彼はいま、機内にひしめく乗客の群れを抜け出し、エアコンの効いたクアラルンプール国際空港のコンコースに向かうところだ。ガラスと鋼鉄で造られた巨大な構造物が頭上にのしかかり、テントのような波形の屋根が明るい陽差しをさえぎっている。

ベニト・ルナは涼（すず）しげな顔で、うんざりするような湿気や群衆も意に介さず、ボールを持ったフルバックの選手さながらに混雑を縫って進むキンケイドのあとを追った。マレーシアを経由して密輸される麻薬を追うには、空港の列におとなしく並んでいる時間などないのだ。それでなくても、彼らはすでに、予定より十二時間以上遅れている。これ以上遅れたら、麻薬は跡形もなく消えているだろう。

名前を掲げた札に気づいたのは、ルナだった。マレーシア入国審査場に入る手前だ。一見、世界じゅうどこの空港でもありがちな、平凡な光景だった――重要人物を送迎する運転手が、乗客を待っている。小柄で恰幅のいい東洋系の中年男性が、名前を書いた札を掲げて、何げない視線を群衆に向けていた。

ルナはキンケイドを肘で軽く突き、つぶやいた。「あの中国人が見えるか？　あれはプロだ。誰かを探している」

「スミスという札を掲げた、贅肉のついた男か？」キンケイドがささやき返す。

「ああ。あの男は銃を持っているし、尋常な雰囲気じゃない。きっと警察関係者だろう」

キンケイドの顔を、一瞬笑みがよぎった。

「ベニト、最近いろいろあったにもかかわらず、きみの観察眼が衰えていないのがわかってうれしいよ。つまりきみは、入国審査場の前にいる武装した運転手を、当局の関係者と判断したわけだ」

キンケイドは躊躇（ちゅうちょ）なくその男に近づき、話しかけた。「わたしがスミスで、こっちはジョーンズだ」

運転手は笑みとともに、身振りで二人についてくるよう促して、横の小さな扉へ向かった。〈立入禁止。関係者専用〉と書かれた看板に構わず、足を踏み入れる。

ベニト・ルナは頭（かぶり）を振り、あとに従った。

五分後、三人はレクサスのひんやりした、黒い革張りの座席に身をうずめ、広々とした高速道路を北へ向かって、クアラルンプールをめざしていた。その警官は高級車を駆って、ミサイルさながらに飛ばしている。遅い車のフェンダーをミリ単位でかすめ、抜き去っていく。水田や椰子の木立が、緑にぼやけて視界を飛び去る。車はプドゥラヤを通過した。一九九〇年代に東南アジアのシリコンバレーをめざして建設されたが、いまはいささか古びた印象がある。

キンケイドは身を乗り出し、訊いた。「サム、進捗状況は？」それから、警察官が答える前に、キンケイドはルナに向きなおった。「ベニー、サム・リウ・チーを紹介しよう。マレーシア連邦警察の捜査官で、国際共同麻薬禁止局(JDIA)に協力してくれている。ここからは、サムの世話になる」

サムはにこりとし、肩越しに二人を振り向いた。ベニト・ルナは思わずシートを両手で摑み、恐怖の悲鳴をあげた。サム・リウ・チーはステアリングを左右に切り、旧式の錆が浮いたトヨタのピックアップトラックをかわした。その荷台には、鶏の籠(かご)が高く積まれている。周囲のドライバーが、追い抜くレクサスに怒ってクラクションを鳴らした。

「トム、久しぶりだな。会えてうれしいよ」サムは朗(ほが)らかに言った。オックスフォード仕込みのアクセントと、マレー人の快活な口調が奇妙に入り混じっている。「きみが連れてきた、その怯えきった鼠のような男は誰だ？」

ルナがきっとなった。

「怯えきった鼠とはなんだ。俺はイカれた中国系のおまわりの無謀な運転で、むざむざ死にたくないだけだ」

リウ・チーが声をあげて笑い、肩をすくめた。

「二十年運転しているが、塗装にかすり傷ひとつつけていない。とにかく、急がないといけない。ヘリコプターを待機させている。高原地帯へ向かうヘリだ」ステアリングを切り、満員のツアーバスを、あたかも駐まっているかのように追い越していく。「トム、きみの情報は正しかった。古なじみの隋海俊（スイ・カイシュン）が、大量のヘロインを持ち出そうとしている。一トン近くになるだろう」

キンケイドの息がむせた。

「な……なんだって？　一トン？　それだけの量が入ったら、市場価格に影響するだろうな。値下がりを恐れる売人が垂れこんだにちがいない」

リウ・チーはうなずき、続けた。「驚くのはまだ早い。傑作なのはこのあとだ。うちの情報源の話によると、隋は競争相手を締め出そうとしているらしい。その競争相手というのが、なんと一人娘の隋暁舜（スイ・ギョウシュン）だ。彼女を覚えているか？」

キンケイドはうなずいて言った。

「なるほど。こんなことなら、親子喧嘩がヒートアップすると知っておくべきだったな。われわれが聞いたところでは、ファン・デ・サンチアゴの一件以来、父親と娘は決定的に断絶したらしい」

「二人のあいだには、もういかなる愛情も残っていないということか」リウ・チーは言った。「隋暁舜は老いた父親を亡き者にしようとしている。われわれの考えでは、彼女はサブル・ウリザムや彼の組織アブ・サヤフのテロリストとも関係がある。おそらく、アブ・サヤフの実行部隊を父親にけしかけているのだろう」

クアラルンプールの郊外に入るにつれ、交通量が増えてきた。リウ・チーがステアリングを右にまわす。大型のレクサスは高速道路を降り、出口ランプを走り抜けて、狭い市内の通りに入った。交通渋滞で、さすがのサム・リウ・チーも減速を余儀なくされた。十分後、三人を乗せた車は壁に囲まれた構内に入り、小さなヘリパッドに着いた。真新しいEH101大型輸送ヘリコプターが、黄色に塗装された着陸帯の中央に待機し、回転翼をゆっくりまわしている。レクサスがタイヤを軋ませて急停止するや、パイロットは回転数を上げ、離陸態勢に入った。

三人の捜査官が高級車を飛び出し、ヘリへ駆けこむ。三人が乗りこむのと同時に、ハッチが勢いよく閉じられ、EH101は離陸した。目が機内の暗がりに慣れると、キンケイドには大型ヘリの乗客が見えた。

そこにいたのは、完全武装した警官隊だった。


隋暁舜は腹ばいになり、むき出しの稜線に向かって進んだ。着慣れない迷彩服が肌にこすれ、緑のフェイスペイントは大げさに思える。それでも、計画を成功させるには必要だ。ここで見つかってはすべて台無しになる。父の家にこれほど近づいているのだから。

密林の茂みを這い進みながら、隋暁舜はこの山の斜面までの道のりを思い返した。小柄で、一見すると華奢な経理責任者孫令が、ここでは彼女を先導している。謎めいた男だ。長年、彼女に忠実に尽くし、父親の帝国を世界的な組織に押し上げ、最初は麻薬の密輸で、続いて産業界での合法的なビジネスで一大勢力を築いた。隋暁舜が父から勘当されたときにも、孫は何も言わず流浪の生活に従いながら、二人三脚で彼女自身の帝国を築いた。しかし、この男の仕事場は、つねに帳簿の上だった。彼女が知るかぎり、ビジネスの〝現場部門〟に関わったことはない。迷彩服を着てフェイスペイントを塗り、腹ばいになって進む現場には。

ところがいま、孫は泥まみれになり、裂けた迷彩服姿でM-16を携え、稜線に向かって彼女の先を進んでいる。孫は二十名以上からなる屈強な一団を彼女に紹介した。いずれも重武装の兵士たちで、いまは二人の両翼を守っている。彼らはまるで、最初から孫令が指揮官だったかのように、彼の命令に従っていた。

稜線まであと一〇メートルというところで、密林は途切れ、岩がむき出しになる。孫令はすばやく手で合図した。隋暁舜は、止まれという合図だろうと思った。どうやらその推測は正しかったようだ。兵士たちがいっせいに、密林の縁で姿を消したからだ。隋は一瞬、怖くなった。ここまで来て、彼女はなんの前触れもなく、孫と兵士たちに見捨てられたのだろうか。誰一人見えず、物音も聞こえない。隋は下生えにもぐりこみ、姿を隠そうとしながらも、五感を総動員して、彼女が一人ではないという証拠を探し求めた。さもなければ、ここで父の手下の標的にされてしまう。隋は九ミリのグロックを握りしめ、それだけあれば護身用に足りることを祈った。

そのまま三十分が経った。隋暁舜は、自らの不安が現実になったと認めつつあった。一人きりで見捨てられ、この山から逃げ延びるしかないと思い定めたとき、岩をよぎるものがあった。慎重に上を見たが、何も見えない。しかし、それから徐々に、目になじんだ輪郭が慎重に岩を這い進み、稜線の頂に現われた。

孫令が肩越しに振り向き、登ってくるよう彼女に合図した。

隋暁舜は岩を這い、孫令の流れるように敏捷な動きを真似ようとした。しかし、花崗岩で手を切ってしまった。露頭にこすれ、向こうずねもすりむいた。隋暁舜は本能的に、自分の動きのまずさがわかった。誰かがこの斜面を監視していたら、簡単に見つかってしまうだろう。

ようやく孫に追いついたときには、息が切れ、汗だくだった。隋は小柄な男の隣で身を伏せ、幼いころから慣れ親しんだ山頂の家を見下ろした。

「孫令、あなた、いったいどこで……？」

「わたしは山地民（モンタニャール）です」孫は、彼女が言い終わる前に答えた。「ベトナムでアメリカがわれわれを見捨てたとき、わたしはまだ幼い子どもでした。密林で生きるすべを学ばなければ、北ベトナム軍の銃剣で殺されるしかなかったのです。ここにいる兵士たちはみな、わたしの部族民です。驚きましたか？　わたしをオックスフォード帰りの会計士とばかり思っていたんでしょう」

隋暁舜は何か答えようとしたが、返す言葉がなかった。

孫令は古い城塞を指さした。大勢の人々が動きまわっている。いままでこの城で、こんなにたくさんの人々は見たことがない。しかもこれだけ遠くからでも、隋暁舜には、彼らが慌てふためいているのがわかった。母屋の下の前庭にトラックが駐まっており、一部の者が大急ぎで何か積みこんでいる。よほど重要な積荷にちがいない。十人以上の武装した男たちが、労働者の周囲を警護し、その目を地平線に注いでいる。

「ちょうど間に合ったようね」隋暁舜はささやいた。「物(ブツ)の積み出しをしているところよ。あなたの兵士たちを、急いで配置に就かせて」

孫令の答えは、にわかに轟(とどろ)いてきた騒音にかき消された。頭上の山嶺を越え、大型ヘリコプターが現われたのだ。

ミック・ドノヒュー大佐は、憤懣(ふんまん)やるかたない表情で、足音荒く、作戦司令室に入ってきた。定期報告の時間を何時間過ぎても、〈コーパスクリスティ〉から報告がないのだ。もうとっくに、南沙諸島での〈航行の自由作戦(FONOPS)〉を終え、シンガポールに向かうという報告があるはずだった。〈FONOPS〉は頭痛の種だが、国務省の外交官たちを満足させるためには必要だった。さもなければ、あの連中はまた別の方法で、海軍をひっかきまわしかねない。

どうせまた、あの潜水艦乗りは連絡を怠っているのだろう。ドノヒューは腹立ちまぎれにそう思った。あるいは通信機器が故障したのか。いずれにしろ、太平洋艦隊潜水艦部隊(SUBPAC)に、麾下(きか)の貴重な潜水艦がいまどこにいるのかを報告できなかったら、今度はドノヒューが窮地に立たされることになる。

ドノヒューは憤然として、口の端で葉巻を嚙みちぎった。葉巻を口から出し、タバコの葉を床に吐き出すと、大型コンピュータ画面の前に座っている水兵に向かって言った。

「〈ヒギンズ〉のウィルソン艦長を捕まえろ」ドノヒューは咆吼した。「いま何をやっているにしろ、それを中断させて南沙諸島へ向かわせるんだ。全速力で急がせろ。ヘリを飛ばして、〈コーパスクリスティ〉を捜索させてくれ。見つかったら、ろくでなしのデブリンに、大至急報告を上げさせるんだ。やつめ、よほどもっともな言いわけがあるんだろうな」

水兵は目にも留まらぬ速さでキーボードを叩き、大佐の怒声を海軍式の用語に翻訳した。ドノヒューが怒り心頭に発して作戦司令室を出ていった直後、水兵は電文の送信ボタンを押した。

三艘の小さな押し船が、航跡にカフェオレを思わせる泥水の泡を立て、ぽっかりと口を開けた入口から、大型潜水艦を洞穴に入れようとしている。押し船のディーゼル・エンジンは過熱し、火山岩の壁にぶつかって、見えないところまで深く広がる洞穴に、怒ったような音を響かせた。にわか作りの木製の桟橋に男たちが立ち、押し船の作業が終わりしだい、潜水艦を繋留する準備を整えている。さらに多くの男たちが艀(はしけ)に待機し、〈コーパスクリスティ〉が安全に繋留されたら、動き出す構えだ。艀には移動式のクレーンと、二基の細長い銀の円筒形が並んでいた。ロシア製の核魚雷だ。

サブル・ウリザムは潜水艦の艦橋に立ち、慌ただしい男たちの動きを静かに見守っていた。いよいよ、大計画のさまざまな要素ががっちりかみ合おうとしている。これほどうまくいくとは、意外なほどだ。いまごろアメリカ軍はまちがいなく、行方不明になった潜水艦を捜しはじめているにちがいない。だが、スパイ衛星をはじめとした驚異的なテクノロジーをもってしても、この洞窟の内部まで探すことは決してできないだろう。そしてあすの夜のいまごろには、もう手遅れだ。

そのときには、潜水艦に核魚雷が積みこまれ、堕落した敵の監視機器に見つかることなく、大洋を潜航しているだろう。敵が潜水艦や核魚雷の所在に初めて気づくのは、東京湾にキノコ雲が噴き上がったときだ。そのとき、全世界はアブ・サヤフの力を目の当(ま)たりにする。世界の指導者と呼ばれる人々は恐怖に震え上がり、サブル・ウリザムにひれ伏して、南シナ海を囲むアッラーの統一王国を打ち立ててくれるよう懇願するだろう。

潜水艦がやや揺らぎ、木製の桟橋にぶつかって止まった。ウリザムは梯子(はしご)から発令所に戻り、ふたたび上がって、前部ハッチから主甲板へ出た。そして苛立たしげに、丸みを帯びた潜水艦の黒い艦体を行きつ戻りつし、核兵器が桟橋から積みこまれるのを待った。

ようやく、準備が整いつつある。いよいよ最終段階だ。

まだやるべきことはあるが、これまで払ってきた犠牲が、もうすぐ報われる。

これから彼らは、人類史上で最大の一撃を放つのだ。邪悪な不信心者どもが造った、血まみれの兵器を使って。

28

けたたましく鳴り響く電話の音で、夢から覚めた。このところおなじみになった、妻をめぐるもどかしい夢だ。手を伸ばせば届きそうなほど、すぐ近くに立っているのに、妻はそこに夫がいることに気づいておらず、名前を呼んでも聞こえていないようだ。そして、妻に手を伸ばすたびに、いつも何かに邪魔されて目覚める。たとえば電話の轟きに。

ジョン・ワード司令官は目覚めようとする意識に抗い、引き離された夢に戻ろうとむなしくあがいた。暗がりのなかで電話を手探りし、目覚まし時計や、水が半分入ったコップを床に落とす。いったい、電話はどこだ？　エレンがどこかに動かしたにちがいない。ああ、そういえばここは、バージニアビーチの寝室じゃなかったんだ。ここは自宅から地球を半周した、日本の横須賀にある基地士官寮の個室だ。携帯電話は、部屋の向こう側の机で鳴り、応答するまで何度でも呼び出すつもりらしい。

ワードはベッドから起き出し、冷たいタイルの床を歩いた。

「ワードだ」彼は不機嫌な声で電話に出た。腕時計を見ると、午前三時過ぎだ。昨夜は午前零時過ぎに司令部を出たばかりだというのに、どこかの通信員のせいで、エレンとの夢のなかから引きずり出されてしまった。「さぞかし大事な用件なんだろうな」

「ほう、ワード准将」相手の声が言い返した。熊のような低いうなり声は、明らかに本気で怒っているのではない。「それが上官に対する口の利きかたかね？」

ワードの脳裏にすぐさま、父親同然であるトム・ドネガン海軍大将の姿が思い浮かんだ。世界じゅうどこの任地でも、年季の入った古い革張りの椅子に座り、机にはいつでも、無数の報告書がうずたかく積んである。きっと片手にはずっしりした陶器のコーヒーカップを持ち、口の片隅にはよく嚙んだ葉巻の残骸が突き出しているだろう。

「失礼しました、大将。わたしはてっきり……」しかし、あくびであとが続かなかった。大将がその隙に言った。

「まあいい。海の向こうの友だちから、報告が入った」ドネガンはすぐに用件に入った。「機密情報回線で、いまから送信するところだ。きみが着替えるころには、司令部の通信員が復号（暗号を平文に書き起こすこと）しているだろう。これから坂を上って、司令部へ急いで引き返してもらうことになる」

「朝のご挨拶、恐れ入ります、大将」ワードは答えた。トム・ドネガンは冗談や社交辞令をいっさい言わないことで有名なのだ。

「事態は急展開を見せている、ジョン。しかも状況はよくない。ビーマンを起こして、隊員の出動を準備させろ。例のものが、荷造りされて動き出した。そいつが何を意味するのか、考えたくもない。司令部の秘話回線で、詳しいことを話す」間があり、机の上にコーヒーカップをガチャンと置く音がした。「それからもうひとつ、いまこっちはきのうの午後だ」

ワードはしばし、通話の切れた携帯電話を眺めた。ドネガンのぶっきらぼうな言葉が意味しているのは、ただひとつだ――金大長（キム・ダイジャン）大将の核兵器が北朝鮮から積み出され、どこかへ向かっている。しかし、どこへ？　狂気に陥った共産主義者の老将軍が、最高値をつけた買い手に売りさばいたか、さもなければほかの用途があるのか。金の司令部に浸透しているスパイが、その答えを持ち合わせていればいいのだが。たとえそうでなかったとしても、どこかでそいつが大爆発するのを、手をこまねいて待っているわけにはいかない。

ワードは大急ぎで制服を着、略帽を摑んで部屋を飛び出した。三十秒後、ワードは屈強なSEAL指揮官のビル・ビーマンの部屋の扉を叩き、海軍大将のメッセージのあらましを伝言して、廊下を走り、寮（や）を出た。

じめじめした横須賀の夜気（やき）に踏み出したとき、ワードのベルトでふたたび携帯電話が鳴り響いた。彼は放っておくことにした。司令部へ足早に向かっている途中、電話は切れた。もはや彼には、湿気もセイヨウキョウチクトウのにおいも、気にする余裕はなかった。

ミック・ドノヒュー大佐が受話器を強く叩きつけたので、机の周囲のものが跳ね上がった。ときおり、自分の仕事がいやでたまらなくなる。いまがまさにそうだ。これから伝えようとしているニュースを知らせるのは、気が進まないことおびただしい。悪い知らせを受け取る相手が、旧友である場合はなおさらだ。

「〈ヒギンズ〉から知らせは?」作戦司令室でドノヒューは、大声で訊いた。すでに答えはわかっている。それでも訊かずにはいられなかった。

当直の通信員がコンピュータ画面から目を上げ、縁なし眼鏡の頭越しにドノヒューを見て、首を振った。

「まだ連絡がありません。ヘリは給油と乗員交替のため、一度着艦しています。潜水艦の作戦海域はすべて捜索しましたが、コンタクトはありませんでした」

ドノヒューは苛立ちを募らせ、机に拳を叩きつけた。原子力潜水艦が、忽然と姿を消すはずがない。そもそもあの海域は水深が浅く、潜航できないのだ。一体全体、〈コーパスクリスティ〉はどこにいる?

もはやこれは、通信装置の故障などではない。あるいは、艦長が報告を先送りにしているのでもない。あらゆる徴候は、なんらかの異変が起きたことを示している。そしてドノヒューには否応なく、その異変を突き止める役割が降りかかってきた。

こうなった以上、麾下(きか)の艦艇や機材を総動員し、さらに増援も頼むべきだ。パールハーバーの司令部や国防総省(ペンタゴン)なら、帽子から兎を取り出すように、魔法のテクノロジーを取り出し、行方不明になった潜水艦の所在を教えてくれるかもしれない。

当直士官がドノヒューの机に進み出て、気をつけの姿勢を取った。彼女の制服の腋には汗が滲み、きつく束ねたブロンドの髪はほどけかかっているが、それでも若い尉官として、軍規を守ろうと最善を尽くしている。

「大佐、太平洋艦隊対潜司令部から報告があり、沖縄からP‐3を二機派遣して、捜索を支援するとのことです。二機とも、夜明けから配置に就きます」

ドノヒューはうなずき、額(ひたい)の汗を拭った。支援を受けるべき段階に来ているが、骨董品クラスのプロペラ機、P‐3対潜哨戒機二機だけではとても足りない。何せ、ドノヒューが青二才の候補生だったころから、すでに骨董品だったのだ。偵察衛星や高高度偵察機、統合監視・目標攻撃レーダーシステム(JSTARS)を備えた早期警戒機やグローバルホークはどこにいるんだ？　アメリカ合衆国の寛大な納税者が海軍のために買ってくれた、ハイテクおもちやは？

「〈ヒギンズ〉に、現場指揮と対潜哨戒機の指揮にあたるよう伝えてくれ」

「イエッサー。ニミッツ空母打撃群が、パース港への親善寄港を中止し、緊急出撃しています。全速力で現地に急行しているとのことです。〈ニミッツ〉の艦載機も、明朝には現場捜索に加わってくれるでしょう」

ドノヒューはうなずき、口を引き結んで、電話に手を伸ばした。もう一度、ジョン・ワードを呼び出してみよう。仮にも、ジョンがこの凶報をCNNで知らされるようなことがあれば、ドノヒューは決して自分を許せないだろう。これから数時間以内に、この知らせは全世界を駆けめぐるにちがいない。彼はそう確信していた。

ワードは机に向かって座り、電文をもう一度読んだ。赤と白の縞模様のフォルダーには、〈TOP SECRET、UMBRA〉と押印されている。〝最高機密、通信傍受情報〟という意味だ。フォルダーは、こわばった指から机に滑り落ちた。信じがたい内容だ。

何年も前から、北朝鮮は地球規模で、危険な駆け引きを繰り広げてきた。しかしいまに至るまで、その大半ははったりだった。確かに、金在旭（キム・ジェウク）はことあるごとに、手元の軍刀をちらつかせてきた。彼のささやかな労働者の天国がうまく統治されているのか、誰かが疑問を呈するたびに、金在旭は新たな弾道ミサイルや秘密兵器開発計画を見せびらかしてきたのだ。ただしそれは国連を運営している、羊のように臆病で、きれいごとばかり口にする事なかれ主義者どもから、さらなる譲歩を取りつけるためだった。金在旭はつねに、駆け引きの方法やタイミングを慎重に計算し、世界の強国が実力行使に出るしかないと決意する前に手を打ってきた。危険な独裁者であることは事実だが、自暴自棄に走る愚か者ではなかったのだ。

しかし、どうやらここに来て、事態は変わりつつあるようだ。

ワードが目を上げると、ビーマンが大股に歩いて入ってきた。ここ数日寝ていないのか、顔つきに生彩がない。SEALの指揮官は古い木製の肘掛け椅子にどっかりと座りこみ、寝起きの赤ん坊のように両手で目をこすっている。

「まったく、こんな夜中に起こされるとは、ドネガンには俺の生活リズムにも配慮してほしいものだ」ビーマンはぼやいた。

ワードは険しい表情のまま、ビーマンに電文のフォルダーを放った。

「いやな知らせだ」ワードはにべもなく言った。それからふたたび、紙に何やら殴り書きしはじめた。

ビーマンはフォルダーを開け、読みはじめた。読み進むにつれ、唇をかすかに動かし、目を大きく見ひらく。

〈TOP SECRET UMBRA〉

秘匿を要する情報源を含む

発信者：海軍情報部長（COMNAVINTEL）

宛先：CTG763.1

標題：

以下、本文

1 朝鮮民主主義人民共和国国内の特別な情報源より、CTG763.1の任務で発見できなかった兵器が、移送されたとの報告があった。これらは、特別な情報源の観察により、核兵器と判断された。これらの兵器は、朝鮮民主主義人民共和国羅津（ラジン）海軍基地にて内燃機船〈ドーン・プリンセス〉および内燃機船〈イブニング・プレジャー〉に積載されるところが確認された。

2 内燃機船〈ドーン・プリンセス〉はシンガポールを経由し、ジッダに向かっていると報告されている。同船は四日前にシンガポールを出港した。一週間以内に、ジッダに到着予定。内燃機船〈イブニング・プレジャー〉は最近ジャカルタに寄港後、ムンバイに向かっていると報告あり。一週間以内にムンバイに到着予定。

3　これらの兵器の最終目的地は不明。最も可能性の高い分析では、不明なテロ組織への売却と推定される。事態は切迫しており、移送を阻止して兵器を回収しなければならない。

4　CTG 763．1は、必要なあらゆる手段を使って、両船の運航を妨害、阻止せよ。CTG 763．1によって必要とみなされた、アメリカ合衆国のあらゆる人的・物的資産の使用を許可する。殺傷力のある武器使用を許可する。

本文、終わり

「ドネガンは簡潔明瞭だな」ビーマンが批評した。「しかし、なぜわざわざ危険を冒して二隻の船を使い、別々の港に送るんだ？　どうも腑に落ちない。輸送の手間がかかるだけじゃないか」

ワードは書き物から目を上げた。

「わたしにもわからんが」抑揚のない口調だ。「もしかしたら、リスク分散かもしれない。片方が見つかっても、もう片方は切り抜けられるとか。そんなところだろう。あるいは、標的がふたつあるのかもしれん。楽しみは二倍にしようというわけだ」ワードは壁に貼った大きな世界地図を眺めた。「しかし、サウジとインドとは、奇妙な組み合わせだ。両国はとくに友好関係にはないはずだ。わたしだったら、ドバイかカラチ、あるいはアフリカのどこかに送るだろうね。テロリストの顧客を探すんだったら」

ビーマンは無精鬚をこすり、ワードの視線をなぞって色とりどりの地図を見た。

「ひょっとすると、中央アジアのイスラム原理主義者の根拠地へ向かっているんじゃないか。バスローブみたいな服を着て、ぼんくらのガキどもを殺して喜んでる連中が、最近行きたがる土地だ」

「いいや、それはちがうだろうな」ワードは答えた。「インドからそこまでは遠すぎるし、サウジを通る理由もない。まだ、われわれには見えていない何かがあるはずだ」

「ドネガンと彼の〝特別な情報源〟から、何か手がかりはなかったか？」ビーマンは訊いた。二人ともこの世界に長年いるので、〝特別な情報源〟というのがスパイの婉曲な言いまわしであることや、その情報源がドネガンの信頼する、枢要な地位にいる人間であることはわかっていた。

「いや、なかった」ワードが言い返した。「わかっているのは、われわれがあらゆる手段を尽くして、テロリストよりも前に兵器を回収すべきだということだけだ」

ビーマンははじかれたように立ち上がり、大きく二歩踏み出して、地図の前にたたずむ友人と肩を並べた。二本の飾りピンを摑み、一本を紅海に面するサウジアラビアのジッダ、もう一本をアラビア海に面するインド西岸のムンバイに突き刺す。二本のピンは、青い大洋を約二〇〇〇マイルも隔てていた。

「ひとつだけ、確かなことがある」SEALの指揮官がおもむろに言った。「この連中に予期されないよう先まわりするには、チームがふたつ必要だ。制圧チームをふたつ編成するのに、隊員の人数は充分だが、いまこのアジア地域に来ているチームリーダーは、ブライアン・ウォーカーと俺だけだ。仮にトム・ドネガンが、俺は年齢を取りすぎて制圧チームの先頭に立てないと思っているとしても、俺がこの任務に行くつもりだ」

ワードは苦笑しながらも、うなずいた。

「ドネガン大将もまさしく、きみがそう言うだろうと言っていた。ジェリトル（老人用の強壮薬）を一週間分荷物に入れることを条件に、きみの参加を許可してくれたよ。これからウォーカーをここに呼んで、計画を練ろう」

ビーマンは、今年最初の上陸許可が出た水兵さながらの笑顔を浮かべた。その表情からは、あらゆる疲労の徴候が瞬時に消え去った。はじかれたように、机の電話に手を伸ばす。番号を押しながら、彼は言った。「ジョンストンに、隊員を取りまとめて出撃準備をさせる。さしあたって、輸送手段はどうする?」

ワードは笑いたくなるのを抑え、友人がすぐさま現場に復帰し、ふたたび勇んで出撃しようとするさまを目の当たりにした。

「ヘリパッドで、ヘリが二機待機している。それで、きみたちSEALを横田まで送ってくれる。横田ではC－17輸送機が二機待機していて、西南アジアへ飛び、核兵器の目的地がどこであろうと、核兵器が到着するまでに現地へ届けてくれるだろう。任務の大義名分や、着陸許可、正式の通知といったことは、きみたちの飛行中にこっちでなんとかする。幸い、アジア地域ではいまのところこれといった動きがないから、SEALが二チームどこかに立ち寄ったとしても、不審を招くようなことはないだろう」

ビーマンが携帯電話で、士官寮にいるウォーカーを呼び出しているあいだ、司令部付の主任事務係下士官が、扉から頭を突き出した。

「司令官、失礼します」下士官はワードに言った。「シンガポールのドノヒュー大佐から、秘話回線でお電話です。緊急の用件で、いますぐにお話ししたいとのことです」

今度はなんだ？　ワードは思った。下士官に相手の電話番号を聞くように言おうとしたが、ミック・ドノヒューは旧友だ。

長いため息をつき、ワードは受話器を取った。

29

ＥＨ１０１ヘリは瞬く間に、巧みな操縦で高度を下げた。機体が岩のむき出した尾根をかすめ、狭いヘリパッドに急降下する。大型輸送ヘリは、猫の額のようなヘリパッドからはみ出しそうだ。回転翼はぎりぎりで、木々との接触を免れた。タイヤが着陸する前から、タイとマレーシアの警官隊は訓練どおり、ヘリの両側の出口からいっせいに飛び出し、一〇〇メートル左手にある屋敷へ向かって走った。

トム・キンケイドとベニト・ルナは、着陸したヘリを最後に降りた。キンケイドは九ミリのベレッタを構え、身をかがめて走った。残念ながら、立ち止まって周囲を見わたす時間はなさそうだ。えも言われぬ、すばらしい景色のようだが。

ここはタイとラオス北西部を隔てる、孤立した峨々たる山中で、最寄りの村から何マイルも離れていた。バンコクでの途中給油およびタイ警官隊との合流を経て、目的地に近づいてからの一時間は、岩と密林しか見えなかった。しかし、目の前にそびえる石造りの建築物はありえないほど大きく、まるで山の花崗岩を栄養分として成長した巨岩のように見える。どこか大阪城に似ているようにも思えるその建物は、桁外れに大きかった。周囲から孤立した立地と自然環境のゆえに、その大きさはいっそう際立っている。

だが、賛嘆している暇はなかった。自動小銃の断続的な銃声が轟き、ヘリコプターのエンジン音をかき消した。銃声は城の方向から聞こえてくる。建物の基部の扉には、ベンツの大型トラックが横づけしていた。サム・リウ・チー捜査官の率いる警官隊は匍匐前進し、トラックが駐まっている場所の片側を固めた。警官隊は、トラックや城塞の門の陰に隠れている敵と撃ち合った。

激しい銃撃戦になった。M-16の銃声が、AK-47の重低音と競い合う。その合間を縫うように、拳銃の銃声も聞こえた。

トラックの陰にひそむ男たちは、なんとしてもここを守ろうと決意を固めているようだ。いまのところ、警官隊とは互角に渡り合っている。城塞の近くからの正確な射撃で、一人、また一人と、サム・リウ・チーの部下たちが悲鳴をあげ、もんどり打って倒れた。キンケイドは、このまま銃撃戦が長引けば、じりじり追い詰められると悟った。敵の守備隊は装備も人数も充分で、しっかりと守りを固めているのに対し、こちらの人数は劣勢で、奇襲の利に乗じるしかない。

キンケイドがいったんヘリコプターに引き返そうとしたとき、城壁の高いところからひと筋の光が放たれた。光の矢はそのままEH101に伸びていく。携行型地対空ミサイル(SAM)、おそらくロシア製のSA－7が、ヘリコプターのタービンを直撃し、機体が瞬時に白熱の炎に包まれた。大型ヘリは大爆発した。二人のパイロットは、燃料タンクが誘爆する寸前に、からくも逃れた。

はるばる山間部まで警官隊を運んできたヘリは、炎上する鉄屑と化した。

キンケイドが戦場に目を戻すのと同時に、携帯式無反動砲からAT－4対戦車砲弾が三発、サム・リウ・チーの警官隊から発射された。二発はトラックに命中した。三発目のAT－4は城門に消え、花火さながらに炸裂した。立てつづけの反撃を受け、敵の守備隊は肝を潰した。タイとマレーシアの警官隊はこの隙を利用し、一斉射撃して、ロケット弾の援護を受けながら狭い入口をしゃにむに突破した。

城壁での攻防戦は、あっけなく終わった。

場内では数人の男たちが武器を床に落とし、両手を上げた。まだ戦闘を挑んでくる敵兵を、警官隊は容赦なく倒した。サム・リウ・チーとその部下たちは、砕け散った城門から突入し、狭い石の階段を上がって、城の上部へと進んだ。

トム・キンケイドは燃えさかるトラックの後部を見た。きちんと包装された黒いビニールが、長方形のブロック状に山積みされている。一部は爆発で吹き飛ばされていた。トラックの荷台は、細かな白い粉に覆われている。

化学分析をするまでもなく、キンケイドには、それが大量のヘロインであることがわかった。

頭上の城からは散発的な銃声と、擲弾の爆発音が響いてきた。敵の抵抗は続いている。誰が指揮しているにせよ、戦闘もせずに降伏するつもりはないらしい。キンケイドはベニト・ルナを一瞥した。ルナもベレッタを抜き、装塡している。

「行くぞ！　場内に突入して、加勢するんだ」キンケイドは叫んだ。

ルナがウィンクすると同時に、二人は城門から飛びこみ、石段を駆け上がった。上がりきると、二人は戸口をくぐり、山々を見はるかす石造りのテラスへ出た。そこの通路が、城の主要部に通じているようだ。まだ景色に見とれている暇はなかった。異国情緒に満ちた模様の板石を跳弾が砕き、花崗岩の断片が四散する。目の前の重厚な木製の扉は、いましがたの爆発で黒こげになり、蝶番ひとつでぶら下がっていた。その戸口は、城内の暗がりへ続いている。

ルナが最初に飛びこみ、鈍く光る石の床に転がって、腹ばいの姿勢で拳銃をかざし、待ち伏せしている敵兵がいないかどうか探した。だが、暗がりから出てきたのはサム・リウ

・チーだった。汗をかいた顔に笑みを浮かべ、両手を上げている。
「撃たないでくれ。わたしは味方だ。フィリピン国家捜査局(PNBI)の伝統に則(のっと)り、きみもやはり、ちょうど戦闘が終わったときに現われたな」

悪意のない冗談を、ルナはやり過ごした。

タイの警官が小さな側面扉から現われ、腰が曲がり、しなびた老人を突き出した。見るからに高齢で体力も衰えているようだが、灰色の鬚(ひげ)を生やした老人は戦闘意欲に満ちていた。唾を吐きかけ、体格に優(まさ)る警官に突っかかっていく。老人はやにわに、鉤爪(かぎづめ)のような両手でルナの喉元を絞めようとした。警官がM-16の銃把で側頭部を強打し、老人を床に昏倒させなかったら、ルナは首を絞められていただろう。

その男は倒れた場所から見上げた。

「犬どもめ！　隋海俊(スイ・カイシュン)を攻撃した日のことを、おまえたちの息子は呪うだろう。おまえたちの家族の家は、末代まで燃やされるぞ」

トム・キンケイドはゆっくりと首を振った。

「林泰槌(リン・タイツイ)がかなり手ごわいことは、かねがね聞いていた。やはり、そのとおりだったようだ。隋海俊の気配はなかったか？」

サムは首を振った。

「まだ見つかっていない。これから、徹底的に捜索する。どこか、この近くにいるはずだ」

キンケイドは不安げに周囲を見まわした。そう簡単に決着はつかないだろう。こちらは明らかに、隋とその部下の不意を突いたが、最初の一撃で敵の首魁(しゅかい)を捕らえられなかったことで、作戦全体が危うくなった。以前から何度も、隋を捕縛しようという試みがなされてきた。しかしこれだけの山奥なので、百戦錬磨の隋には、まだまだ反撃の余地があるだろう。

その男が自らの帝国を守るために、どんな手を仕掛けてくるのかを考えただけで、トム・キンケイドは背筋が寒くなった。

エレン・ワードが、城塞からわずか一マイルのところで泥だらけの急峻な道を上がっているとき、頭上に轟音(ごうおん)とともにヘリコプターが現われ、排気が臭うほど近くをかすめていった。

この日はすばらしい朝だった。ロジャー・シンドランはエレンのやかましい学生たちを連れて山歩きに出かけ、自生しているパフィオペディルム・デ・エレナヌムを探し歩いた。ロジャーが発見した新種のランだ。学生たちを扱うロジャーの手ぎわに、エレンは舌を巻いた。彼には生まれつき、教師の素質があるようだ。学生たちは、彼の学識と豊富な野外観察の経験に畏敬の念を抱いた。女子学生のなかには、すでにロジャーに首ったけの者もいた。

若い女子学生のしなやかな肢体と自分とを比べると、エレンは嫉妬に駆られた。そして、そんな自分をたしなめた。わたしには嫉妬を感じる筋合いなどない。ロジャーに対し、わたしはそんな感情を抱くべきではない。

ちょうどそう思ったとき、静かな山の密林を低空飛行するヘリコプターの騒音がこだまし、彼女たちの宿泊地のあたりから銃声が聞こえてきた。頭上の山頂全体に、機関銃の銃声やロケット弾の爆発音が響きわたる。

ロジャー・シンドランも、エレンと同様、愕然とした。狭い開拓地に、目を見張って立ち尽くす。

「ロジャー！」エレンは叫んだ。「何が起きているの？」

彼はすぐさま行動に移った。ロジャーは彼女を摑み、道から押し出した。後続の学生たちにも、茂みに隠れるよう合図する。

「ぼくにもわからない」ささやく低い声に、不安が滲む。「誰かが……ぼくの推測だが……屋敷を攻撃しているのかもしれない」

「なんですって?」エレンが思わず大声で訊き返す。

「シー」ロジャーは唇に指を当てた。「この山地には部族や軍閥、麻薬の密輸商がひそんでいる。危険な連中だ。隋海俊は自分の身を守れるが、ぼくたちがそいつらに見つかったら……うーん……」さらに声をひそめる。「そいつらはアメリカ人学生のグループを、価値のある人質と思うかもしれない」

エレンは無意識のうちに身を守ろうと、ロジャーににじり寄った。

「こっちだ」ロジャーは立ち上がり、一行を先導して、踏み固められた小道を外れた。

「騒ぎが収まるまで、隠れていられる場所を知っている。そこなら安全だ。ここからそんなに遠くはないが、道はちょっと険しいかもしれない」

ロジャーは鬱蒼(うっそう)とした下生えを歩きはじめ、ほぼ垂直な山裾を迂回した。一行は城から離れて斜面を下り、追っ手がいるとしたら、彼らから見えない場所に隠れた。

小道を外れてからは、起伏に富んだ地形を歩くことになった。エレンの脚は、絡み合った蔓(つる)に取られた。小枝にも顔を打たれた。暑さと湿気で窒息しそうになり、肺の空気が奪われる。これ以上進むのは不可能に思えたが、直面している危険から学生たちを救わねばならない危機感が、彼女を衝き動かした。

脚に力が入らず、もう進めないと思ったとき、ロジャーが彼女に行く手を示した。エレンの目の前には、急斜面があった。彼女は深呼吸し、額の汗を拭って、下生えを摑んで山を登った。

山腹の藪のなかを進むのは、困難をきわめた。そこを登るのは、さらに苛酷な難行だ。それでもエレンは進んだ。銃声はようやくやんだものの、ときおり密林の樹冠越しに、灼熱の空から黒煙が漂ってくる。頭上の煙は、しだいに一行が登っている地点まで這い降りてきた。

何時間にも思えた登攀の末、ロジャーは平坦な岩棚で一行を止めた。城よりずっと高く、何マイルも離れた場所だ。いまは黒煙も晴れたが、彼らはじっと動かず、岩棚の縁へ寄って眼下の様子を確かめる危険は冒さなかった。

「ここなら安全だ」シンドランは言った。「岩の奥に引っこんでいれば、下から見えることはない。事態が落ち着いて安全になったら、道に下りて、歩いて戻ろう。一日もかからないはずだ」

エレン・ワードは腰を下ろし、岩にもたれて、水筒の水をひと口飲んだ。少しでも長持ちさせたほうがいいわ、と彼女は思った。

そのときになって初めて、エレンは自分たちが直面している窮地に思いを馳せた。学生たちの一団とともに、この密林のなかで孤立し、山歩き一日分の水と食糧しかない。歓待してくれた屋敷の主は、何者かに襲われて安否も知れず、滞在先は襲撃で破壊されただろう。その襲撃者たちは、いまごろは学生たちの存在に気づき、捜して誘拐し、身代金目当ての人質に取ろうと画策しているかもしれない。あるいは、この隠れ場所をあきらめて移動しようとしたところを、見とがめて追ってくる可能性もある。

なるほど、わかったわ。では、ジョン・ワードだったら、この状況にどう対処するかしら？　危機にさいして、夫より冷静沈着に対処できる人間を、エレンはほかに知らない。けれどもジョン・ワードはいま、バージニアビーチの自宅にいて、きっといまごろは、潜水艦乗りのお友だちといっしょにゴルフでもしているでしょう。あの人はここにはいない。いつもそうね、とエレンは思った。ジョンの強さと冷静さを必要としているときに、ジョンはここにいないんだわ。

エレンは思わず身震いした。そして、安心させようと肩を抱くロジャー・シンドランの腕にすがり、身をまかせ、引き寄せられた。

錆びついた古い貨物船が、青緑色の海で穏やかに揺れている。照りつける灼熱の太陽が波に反射し、その東側には、灰褐色の山々が屹立（きつりつ）している。

王（ワン）大尉は手すりにもたれ、日陰にとどまって、眼前をゆっくりと横切る、荒涼としたイエメンの海岸を眺めた。あと一日、紅海を北上すれば、この旅はようやく終わる。それからは一日トラックに乗り、ジッダからメッカに入れば、王とその部下は空路帰国して、栄誉に与るだろう。

ちょうどそのとき、部下の卓中尉が、昇降口の扉を開けて王の背後に近づいてきた。卓が扉を後ろ手に閉めると同時に、一陣の涼風も消えてしまった。

「本当に荒涼とした岩山ですね。そう思いませんか、王大尉?」年若の男は朝鮮語で訊いた。

「アラビア語で話せ、この馬鹿者!」王は叱責した。「それに、わたしはマス・アル・マトゥリスだ。目的地を目の前にして、素性を露わにしたいのか?」

王はすばやくあたりを見まわし、周囲に船員がいないかどうか確かめた。幸い、誰もいない。乗組員はみな、陽差しからさえぎられてエアコンの効いた船内にいる。

「申しわけありません……ワ……いえ、マス」中尉は恥じ入るように、今度はほぼ完璧なアラビア語で答えた。「二度と忘れません。先ほど積荷をチェックし、携帯電話でジッダのトラック運転手と連絡を取りました。何もかも順調です。トラックは埠頭で待機しています。先方は、わが社の建設用機材がメッカに到着するのを心待ちにしているとのことです。マリオットホテル新館の建築プロジェクトが予定より遅れているようでして。何ひとつ、怪しまれている気配はありません」

王はうなずき、険しい山々が遠ざかるのを眺めた。表情にちらりと笑みがよぎる。彼らが携(たずさ)えてきた〝重機〟は、まちがいなくメッカの建設業者が直面している問題を解決するだろう。

聖地を擁する都市は跡形もなくなり、蒸発しなかった部分も炎に包まれて、汚染されることになる。

王が報告に何も答えなかったので、卓中尉、またの名をベントゥ・シュバジは、空調が効いた快適な船内に引き返した。彼の上司は甲板に立ったまま、絶えずかすかに奇妙な笑みをたたえている。

ジョン・ワードの机の電話がふたたび鳴り出した。ワードは応答するのが怖くなった。いま終わったばかりのミック・ドノヒューとの電話で、彼の世界は散り散りに引き裂かれたのだ。ジムが乗り組んでいる潜水艦が、行方不明になったという。すでに、考えられる可能性はすべて頭に浮かべてみた。通信系統の故障。装備の動作不良。報告時間の錯誤。原子力潜水艦が地球上から姿を消すに足るような、機械や電子機器や原子炉のトラブル、人的な要因による不手ぎわや混乱。

息子はすでに、これまであまたの潜水艦乗りを飲みこんできた非情な海の犠牲者になっているかもしれない。あるいは海底に擱座（かくざ）し、あの〈ゲパルド〉（『ハンターキラー　潜航せよ』でドゥロフ提督の陰謀により沈没したロシアの原潜）の乗員のように、確実な死を待っているのか。

ジョン・ワードには、これからの数日間で事態がいかなる展開をたどるのか、まったく予測がつかなかった。さらに悪いことに、エレンにどう話せばいいのか、見当がつかない。タイの密林のどこかにいるはずの妻にどうやって連絡をつけ、いかなる言葉で、息子が行方不明になったと伝えればいいのか。

ワードは唾をごくりと飲みこんだ。いまにも心臓が張り裂けそうだ。

ふたたび電話が鳴り、応答を促した。ようやく彼は勇を鼓（こ）し、受話器を摑んだ。「ワードだが」

「ジョンか？」

聞き覚えのある声だが、すぐには思い出せなかった。確か、この声は旧友のトム・キンケイドだ。だが、その口調はどこかいつもとちがっていた。ただならぬ間があり、それに続く言葉でワードは直感した。これは単なるご機嫌うかがいではない。

「ああ。久しぶりだな、トム」

「ジョン、悪い知らせだ。いま、座っているか？」

「トム」ワードは口早(くちばや)に言った。「どうやって知ったのかわからないが、すでにジムのことは……」

しかしなぜ、トム・キンケイドが、行方不明になった潜水艦のことを知りうるのか？

彼は国際共同麻薬禁止局(JDIA)の人間だ。麻薬組織を摘発する捜査官だ。

「ジム？　ジムに何かあったのか？」

トムはワードの息子をよく知っていた。キンケイドが仕事でワシントンDCにいるときには、夏になるとみんなでゴルフに出かける仲だ。トム・キンケイドとジム・ワードは、ビデオゲームに興じる仲でもある。とりわけアメリカン・フットボールのゲームが大好きで、よく裏技をメールで教え合っていた。

「なんだって？」ワードは口ごもった。「知らないのか？　ジムの乗り組んでいる潜水艦が、行方不明になったんだ、トム。もう四十八時間以上、報告がない。いま、付近のあらゆる艦艇を動員して、捜索にあたっているところだ」

「なんてことだ」キンケイドの声は、恐ろしいほど抑揚がなかった。それ以上話す気力がことごとく消えてしまったかのように。「言葉がない、ジョン。なんと言っていいのか、わからないよ」彼はふたたび間を置いた。続く言葉を告げるのは、どれほど荷が重かっただろう。「ジョン、われわれはいま、麻薬密輸の摘発のため、隋海俊の城塞を捜索しているところだ。覚えているだろう。あの麻薬王は、タイとラオスの国境地帯の山奥に住んでいる。数トンの粉が見つかったが、古狸はまだ見つかっていない。本題はここからだ。エレンの持ち物が、隋の屋敷の客用の寝室にあった。しかし、彼女も彼女の教え子たちも屋敷にはいない。われわれが突入したとき、フィールドワークに出ていたにちがいない。ジョン、エレンはここの山中のどこかへ消えてしまったんだ」

　ジョン・ワードは机の縁を、しがみつくように握りしめた。室内がぐるぐるまわっている。すさまじい勢いで回転する部屋から、真っ暗な虚空に放り出されそうだ。

30

一面の暗夜だった。低く垂れこめた雲が、明かりをことごとくかき消している。闇夜は周囲の密林の姿を隠すばかりか、音やにおいさえも吸いこんでしまうようだ。どっしりしたマングローブの木々が暗闇を取り巻き、泥の混じった水路に、墨を流したような空が幽霊さながらの影を落とす。耳に聞こえるのは、静かに通りすぎる巨大な潜水艦の黒い艦体に、泥水が穏やかに打ち寄せる音だけだ。

サブル・ウリザムはかすかに笑みを浮かべ、懸命に働くボブ・デブリン艦長を見た。艦長は大型艦を導いて曲がりくねった水路を通過させ、大海原に抜けようとしている。アメリカ人艦長はこわばった顔に汗をかき、艦を誘導する小さな艀(はしけ)の船尾に灯(とも)る、ほのかな明かりを見逃すまいと必死だ。潜水艦と水路の堤(つつみ)のあいだには、さらに二艘の艀が並走し、海へ通じる水路が蛇行するたびに大型艦を押そうと待ちかまえている。

ウリザムは豊かな鬚(ひげ)の下の顎をかいた。アメリカ潜水艦の艦長は、完全に屈服した。艦長はもうこれ以上、乗組員が殺されるのを見たくなかった。ウリザムが予想していた以上に、その男は弱く、愚かだが、それもまたアッラーの思し召しであり、計画は完璧に進行している。艦長は明らかに、テロリストの目的が達成できるよう協力すれば、彼と乗組員の命は助けられるものと信じていた。ウリザムはその弱点を利用して、彼らを搾取するのだ。乗組員の命を救えると思っているかぎり、艦長はなんでも言われたとおりにするだろう。そして乗組員は、羊の群れのように艦長に従っている。精神に傷を負わされたリーダーに従い、アッラーがそのしもべ、ウリザムを通じて実行しようとしている計画が後戻りできなくなるまで、言うことを聞いてくれるわけだ。

穏やかな夜風に乗って、潮の香りが漂ってきた。次の蛇行を通過すれば、ひらけた外海に出られるのだ。あと数分で、艦は南シナ海の大きなうねりに揺られるだろう。このパラワン島の沖合で、海底は急激に深くなる。ほどなく彼らは、この巨鯨のような兵器を海中に潜航させることができるのだ。

そこからはもう、誰にも計画を止めることはできない。成功は約束されたも同然だ。傲慢なアメリカ人どもが、偵察衛星や偵察用無人機といった邪悪なテクノロジーを総動員しても、潜水艦を発見するのは不可能になる。

ウリザムはその顔を腹心の弟子、マンジュ・シェハブに向けた。じっとその場に控えていたシェハブは、ひたすらに導師の言葉を待っている。いまこそ、最後の命令を下すときだ。

潜水艦の艦長に聞かれることを、ウリザムはなんら心配していなかった。この愚かなアメリカ人がタガログ語を理解するすべはない。万一理解できたところで、艦長にはどうすることもできない。

「命令の内容はわかっているな、マンジュ？」

それは質問というより、事実の確認だった。小柄で屈強なテロリストは、力強くうなずいた。

「わたしはこの使命の成功を確信している」ウリザムは続けた。そこで、このテロリストの指導者は巌（いわお）のように険しい表情になった。「マンジュ、ヘロインのことでおまえが犯した罪を、償（つぐな）ってもらうときが来た。わかっているな？　おまえがこの使命を完璧に遂行し、不信心者どもの世界がわれわれの足もとにひれ伏したときに、アッラーはおまえを天国に迎え入れ、おまえの罪は許されるだろう」

「かしこまりました」シェハブは言った。

「これからおまえは、この艦をアメリカ人どもの目から隠しつづけるのだ。連中は全力を挙げて、おまえたちを発見し、阻止しようとするだろう」ウリザムはそう言い、冷たく黒い潜水艦の艦橋の鋼鉄を叩いた。「おまえは連中ご自慢のテクノロジーを使って、やつらを打ち負かすのだ。標的に肉迫して、武器を放て。東京が地獄の業火に飲みこまれて消滅したときに、われわれは勝利を宣言するだろう」ウリザムは間を置き、語を継いだ。「爆発のあと、おまえたちが強力な一撃を食らわせたら、艦を中国沿岸に潜航させ、台湾海峡を通過して、祖国に戻れ」

そこまで言うと、ウリザムは沈黙した。二人とも、最後の命令は無意味だとわかっていた。逃げおおせるすべはない。旧型の核魚雷を標的に確実に命中させるには、潜水艦は死の放射線を浴びることになる。帰ってくることはない。少なくとも、この世では。

「時間だ」ウリザムは最後に言った。「アッラーのご加護と、使命の成功を祈る」

ウリザムは結ばれた縄を摑み、闇夜に脚を伸ばして、〈コーパスクリスティ〉のセイルの外へ向かってするすると下りはじめた。

「あなたさまにも、わが師(ムッラー)」シェハブはつぶやき、待っている艀へ向かって暗闇に消えていくテロリストの指導者に別れを告げた。

原潜〈トピーカ〉のドン・チャップマン艦長は上半身を反らし、両腕を頭上に伸ばした。疲れと節々の痛みが、少しはほぐれるような気がする。首根っこのこわばりもやわらぐようだ。

ジュリアがいてくれれば、身体の痛みを上手にほぐしてくれるのだが、家に帰って妻に肩を揉んでもらえるまでは、あと三ヵ月も我慢しなければならない。潜水艦乗りの道を選んだ彼には、それだけが残念でならなかった。妻を家に残して、こんなに長いこと離ればなれになってしまうことが。

チャップマンは、妻のほっそりした指が肩の筋肉を揉んでくれるところを想像するのをやめ、ふたたび読書用眼鏡をかけた。不承不承、目の前の机に山積みになった報告書に手を伸ばす。作戦航海の合間の整備点検には、おびただしいデスクワークがつきまとう。艦長は単調な管理業務に追われるが、逃れるすべはない。

停泊期間中は、整備員のチームを乗艦させ、彼らと共存することになる。そのあいだ、艦内は四六時中、騒音や埃にまみれる。とにもかくにも、SEALチームを乗艦させるために短時間帰投したときを除けば、〈トピーカ〉は三ヵ月以上、ずっと海に出ていた。ロサンゼルス級潜水艦のように複雑な機械になれば、絶えずどこかの修理や整備や調整が必要になるものだ。この二週間にわたる横須賀での停泊期間で、そうした作業にできるだけ人手をかけなければならない。そうすることで〈トピーカ〉は、作戦航海に戻れる状態になる——少なくとも理論上は。

整備点検のほか、食糧の積みこみも不可欠だ。チャップマンのささやかな艦長室の外では、狭い通路に乗組員、箱、業務用サイズの缶詰がひしめいている。乗組員は備蓄用物資の搬入作業で大忙しだ。艦内の狭苦しい空間に、必要な物資をすべて運び入れるには、昔ながらの方法が採られる。人間の鎖を作り、埠頭に駐まった大型トラックの荷台から、舷梯、昇降口のハッチ、艦内の食品庫へと、ひとつひとつの食糧を手渡しで入れるのだ。もちろん、三カ月の航海に必要な備蓄の量は、食品庫にはとても収まらない。古くからの潜水艦の伝統に則り、最後に搬入された缶詰は通路の床に置かれる。乗組員は航海中に食べて消費するまで、それらの缶をよけて通るのだ。

艦長が報告書を読む作業に戻ったそのとき、チャップマンの机の奥に据えつけられた黒い電話が鳴った。これは、艦内各所の乗組員が通話できるシステムだ。技術の粋を凝らした軍艦にしては、一見すると時代錯誤で、昔の軍艦にタイムスリップしたようにも思えるかもしれない。これは二十世紀初頭に導入されたころから不変のシステムで、音声をエネルギーに使っているのだ。

チャップマンは電話を摑み、応答した。「艦長だ」

と同時に、やや腹が突き出しかけた〈トピーカ〉副長のサム・ウィッテが、二人の個室を隔てるトイレの扉を開け、チャップマンの艦長室に飛びこんできた。副長は血相を変え、息を切らしている。その手には赤い文字で〈機密〉と記されたクリップボードが握られていた。

チャップマンの耳元では、すでに相手が話しはじめていた。

「艦長、こちらルサーノ大尉です。現状報告を申し上げます。発射管制コンソールに問題が見つかりました。インターロック機構に問題があるところまで絞りこみました。このままでは……」

ウィッテは猛然と手を振り、チャップマンの注意を促している。艦長は片手を上げて制し、ルサーノの報告をさえぎった。

「ちょっと待ってくれ、水雷長。副長から緊急連絡があるようだ」

ウィッテはチャップマンに、クリップボードを手渡した。それとともに、いっきに言葉がほとばしった。

「〈コーパス〉が行方不明になりました！　緊急出動命令が出ています。三時間以内に出港せよとのことです」

チャップマンはふたたび手をかざして言った。「落ち着くんだ、副長。心臓発作を起こされたくないからな。まずは深呼吸して、順を追って話してくれ」

ウィッテはわれに返り、深呼吸して、報告を始めた。

「〈コーパスクリスティ〉が行方不明になりました。もう何度も、定期報告の送信がありません。同艦は南沙諸島周辺で〈航行の自由作戦（FONOPS）〉を行なっていましたが、作戦を完了したという報告がなかったのです。それがおとといのことです」

「〈FONOPS〉だと？」チャップマンは眉根を深く寄せ、問い返した。「浮上航行していたのに、行方不明になったということか？」

「はい。海上および上空からの捜索は、空振り（からぶ）りに終わりました」ウィッテは艦長室の前部隔壁に突き出した、狭いベンチに腰を下ろした。「本艦には全速力で南シナ海へ向かうよう、緊急出動命令が出ています。〈コーパス〉捜索に合流せよとのことです」

「〈コーパス〉は浮上航行しているということになるな」チャップマンは言った。「では、われわれには何ができるんだ？」

「クリップボードをお読みください、艦長」ウィッテは答えた。「上層部の誰かが、艦長と同じ疑問を感じましたが、その結果、きわめて憂慮すべき答えが浮上しました。ひどく憂慮すべき答えです。上層部は、〈コーパス〉が海賊に乗っ取られた可能性を考えています。海賊ですよ！　信じられますか？　いったん潜航したら、海上や上空から発見することはほぼ不可能です。偵察衛星でも無理でしょう。同艦を発見できる可能性があるのは、われわれだけということになります」

チャップマンの表情が曇った。

「なんだと！　海賊が原潜を乗っ取った？　アメリカ合衆国海軍の原潜を？　一体全体、どうなっているんだ？」艦長には、しだいに事態の深刻さが飲みこめてきた。チャップマンは叫ぶように言った。「副長、機関長に、機関室の整備を大急ぎで終えるように命じろ。エンジンを緊急始動させる。陸電装置（停泊中の艦艇に、陸上から電力を供給すること）を切り離し、二時間以内に出港だ。それから先任伍長に、ただちに補給を中断させろ。いまの時点で積みこんだ物資で出港する。先任伍長に、一刻も早く出港準備を整えるよう伝えるんだ」

艦長は不意に、まだ電話の途中だったことを思い出した。チャップマンは受話器に向かって言った。

「水雷長、点検を終え、システムを始動させろ。現状でなんとかしてくれ。これから、捜索に出動する」

遺棄されたタグボートと艀が、イージス駆逐艦〈ヒギンズ〉の右舷からおよそ二〇〇ヤードの地点で漂流している。ポール・ウィルソン艦長は倍率七倍、口径五〇ミリのボシュロム製の双眼鏡を目に当て、遺棄物を入念に観察した。海鳥以外に、生きているものは確認できない。この船も新たな犠牲者のようだ。

艦長が見守る前で、ジョー・ペトランコ一等掌砲兵曹が硬式ゴムボート（RHIB）を操縦し、巨大な艀に横づけした。ウィルソンの目に、無線用のマイクを口に近づける一等掌砲兵曹の姿が映り、続いて無線機のスピーカーから声がした。

「艦長」ペトランコは言った。「生存者は確認できません。何か大型の黒いものが、この艀に繋留されていたようです。黒い塗料が、船体の側面にこすれた跡が残っています」

ウィルソンは陰鬱な表情でうなずいた。やはり、海賊のしわざだったようだ。そして、〈コーパスクリスティ〉はまずい状況にあるらしい。あの大型潜水艦がこの起重機用の艀に繋留されていたとしたら、それはほぼ確実に、海賊に乗っ取られたことを裏づけるからだ。この二日間にわたる付近の捜索で潜水艦を発見できなかったことも、それで説明がつく。この起重機は完璧な隠れ蓑だったのだ。

しかし、肝心の疑問は残ったままだ。いったい、〈コーパスクリスティ〉とその乗組員は、いまどこにいる？

慣例に従い、サミュエル・キノウィッツ国家安全保障問題担当大統領補佐官が、ホワイトハウスの危機管理室（シチュエーション・ルーム）へと先導した。トム・ドネガンが大統領補佐官の背後に続き、背もたれの高い、赤い革張りの椅子に腰を下ろした。

この七十二時間、政権中枢部は前例のない混乱に直面している。最初に、北朝鮮から核兵器がどこかへ消えた。そして今度は、原潜〈コーパスクリスティ〉が地球上から忽然と姿を消してしまった。

いったい、これはいかなる事態を意味するのか。すべては繋がっているのか。ドネガンは額を揉み、ぼんやりと葉巻の残りを嚙んだ。一足飛びに結論に飛びつくわけにはいかないが、彼の直感は、繋がりがあると告げていた。トム・ドネガンは長年の直感を信頼してきた。

ちょうど二人が座ったとき、向こう端の扉が勢いよくひらいた。大股で入ってきたアドルファス・ブラウン大統領は、ワイシャツの第一ボタンを外し、ネクタイを緩め、袖のボタンも外している。一睡もせず、仕事をしていたのだ。

大統領は向かいの壁で立ち止まり、そこに掲げられた大きなアジアの地図を見つめた。数秒後、大統領はキノウィッツとドネガンのほうを向いた。

「最新状況は？」ブラウンは訊いた。

「大統領閣下」キノウィッツが切り出した。「目下、核兵器を運んでいる二隻の貨物船を捜しているところです。二隻とも、現時点でインド洋のどこかにいるものと……」

「目下捜しているところだと？　どういうことかね？」ブラウンがさえぎった。「それになんだ、〝インド洋のどこか〟とは？　われわれは数十億ドルをかけて、人工衛星を何基も飛ばしているんだろう。国家偵察局はわたしに、一五〇マイル上空からでも、レンタカーの鮮明な画像が撮れると大見得を切っていたんだぞ。なのに、でかい貨物船二隻の居場所もわからんというのか？」

トム・ドネガンはゆっくりと立ち上がり、地図に近づいて大統領の隣に並んだ。そしてことさらに大きな身振りで、インドネシアからアフリカ東岸にかけての広漠とした青い空間を示した。

「大統領閣下、ここは世界で最も混雑した海上交通路(シーレーン)です。文字どおり、一日で数千隻の船舶が行き交っています。しかもいまは、モンスーンの季節です。この海域の大半は、雲で覆われています。雲を透かして海上の船舶を知りうる手段は、レーダー監視だけです。しかし、それには時間がかかり、データの信頼性も衛星画像より落ちます。唯一の望みは、入港したときに両船を確実に押さえられるように手を打つことです」

「つまり、われわれは国内の人的資産に絶対の信頼を置かなければならないということか？」ブラウンは眉根を寄せ、疑念を露(あら)わに問いただした。

「イエッサー、まさしくおっしゃるとおりです」ドネガンは低く響く声で答えた。「ＳＥＡＬを地上に配置し、入港時に乗りこませて、核兵器の輸送を阻止するのです」

ブラウン大統領は顎をさすり、つぶやいた。「うーむ、少なからず懸念があるぞ、海軍大将。まずこうした臨検活動で、サウジの保安機関は信頼できない。世界のこの地域にSEALを表だって空路で派遣しようものなら、中東のあらゆるテロ組織に情報が漏れ、隊員の存在はおろか、いつ歯磨きをするかまで知れ渡ってしまうだろう。これは秘密作戦にしなければならん。その国にいる誰にも知られてはならない。隊員の身分を秘匿して船に乗りこみ、核兵器を発見して、奪い取るのだ。わかったな？　事態が紛糾した場合、われわれは何ひとつ知らなかったことにする」キノウィッツとドネガンは、心配そうに目配せした。サウジ側の作戦は、想定していたよりはるかに難しくなる。それに、万一SEALが失敗した場合、核を運んでいる連中が何をしでかすか、わかったものではない。大統領の指示は、まだ終わらなかった。「インドについても、同じことだ。なんとしても、そこで核を食い止め、ふたたび見失うような事態は避けねばならない。ほかのテロ組織に、北朝鮮の将軍に札束を握らせれば、ウォルマートでママの生理用品を買うぐらい容易に核兵器を調達できると思われるような悪い先例は、絶対に作るな」

トム・ドネガンは背筋をしゃんと伸ばし、口の端にくわえていた葉巻を外した。

「この二隻の船に核兵器があれば、うちの隊員が必ず回収します」

「もし核兵器がなかったら？」

ドネガンは答えなかった。ふたたび葉巻をくわえ、大きな地図の広がりを目で追った。

その場合は、この地図のどこにも安全な場所はない。地球上のどこにも。

二基の核兵器を捜すのは、途方もなく大きな干し草の山から、二本の小さな針を探し出すようなものだった。

31

隋海俊（スイ・カイシュン）はかつて、断固たる行動を即座に取る男だった。しかも、たいがいは直接本人が手を下していた。もちろんそれははるか以前、隋が野望に満ちた若者だったころのことであり、現在の彼は、強大な権力を持つ麻薬組織の首領である。いまの隋には、彼自身に代わって汚れ仕事をしてくれる大勢の手下がいる。強欲、忠誠心、あるいはそのふたつの動機があいまって、主人の求めよりさらに汚い仕事を喜んで買って出る手下が。

しかし、彼の城塞がなんの前触れもなく、不当な攻撃を受けたことで、状況は一変した。怯えた動物さながらに、襲撃から逃げて山を駆け下りるだけでは、隋の威信は回復不能なまでに失墜（しっつい）するだろう。そのままにしておくわけにはいかない。行動に出ることが必要だ。城塞は先祖代々受け継がれてきた、隋の力の源泉である。彼のために戦って死ぬことを厭（いと）わない者たちにとって、この城こそは全能の主人の象徴なのだ。

隋は焼けつくような怒りをたぎらせた。必ずや、報復しなければならない。なんとしても、自らが弱く傷つきやすい老人ではないことを証明しなければならなかった。隋の手下たちに。そして正体不明の、隋の敵たちに。

年を重ねた麻薬王は、心中に復讐の計画を抱きながら、ほとんど勘だけに頼って狭い山道を滑り降りた。山道というより、危険な獣道だ。ぬるぬるした緑の苔に覆われた花崗岩の大岩が、滑りやすい茶色の泥の急勾配に点々と散らばっている。隋が避難を余儀なくされた、頭上の城からは、まだ叫び声や散発的な銃声が聞こえてきた。鬱蒼（うっそう）とした密林と急勾配を味方につければ、きっと逃げおおせるだろう。

眼下には、数キロ離れた地元の村が見える。隋はその村に、山へ向かって反攻するのに充分な数の私兵たちを養っていた。愚かな敵に、代償を支払わせてやろう。この隋海俊を襲撃するような厚かましい行為に及ぶのは、浅慮な輩（やから）か、自殺したがっている人間としか思えない。いずれにせよ、隋の本拠地に攻撃を仕掛けてきた者どもは、自らの決断の愚かさを知ることになる。

そう思ったとき、隋は小石につまずき、つんのめった。顔からまともに地面に倒れる。泥はべとつく糊のようだ。制御不能に陥ったロケットさながら、隋は腹ばいの姿勢で獣道を落ちていった。岩にぶつかって飛ばされ、さらに別の岩に叩きつけられる。肩に激痛が走った。衝撃とともに跳ね飛ばされた隋は、あおむけになって、その下の岩に激突した。

手を伸ばし、ショックで感覚が麻痺するか、さらに悪いことに、道を外れてはるか下の谷に落ちる前に、何かに掴まろうとする。隋はどうにか低木にすがりつき、ようやく滑落を止めた。

ささやかな茂みにしがみついた隋は、心臓が早鐘を打っていた。転げ落ちた打撃で肺から出ていった空気を取り戻そうと、深く息をしてみた。若木で身体を支え、よろめきながら、ゆっくりと起き上がる。ようやく立ち上がると、顔やシャツにこびりついた泥をこそげ落とした。右腕を動かそうとしたときに、焼けつくような痛みを覚えた。

ポケットを手探りし、衛星電話を取り出して、すばやい手つきで開けた。幸い、機器に損傷はなく、画面が明るくなった。

数秒間、広東語で口早に指示した隋は、五十名の私兵たちを山に急行させ、落ち合うことにした。

〈シティ・オブ・コーパスクリスティ〉は海中を深く静かに潜航し、パラワン海溝から南シナ海へ向かっていた。ジム・ワードは無言で座り、フィリピンの海賊が乗組員をこき使うのを、なすすべもなく見ているしかなかった。潜水艦の発令所は静寂に包まれ、ほとんど人けがない。操艦に必要な最低限の人員と、その一人一人に監視の目を光らせる武装したテロリストがいるだけだ。それ以外の乗組員は、やることもなく、食堂に集められてから長時間が経過している。

狂気の殺人鬼ウリザムが、潜航直前に〈コーパス〉を離れて以来、シェハブと呼ばれる男が指揮を執っているようだ。どういうわけか、三十人ほどの武装したテロリストが、アメリカで最強力の軍艦を乗っ取り、明らかになんらかの目的に使おうとしている。その目的がいかなるものか、ワードは考えたくもなかった。

事態の経過は、まったく信じがたいものだ。ワードはいまだに、悪夢だったら覚めてほしいと願わずにいられなかった。

ひとつだけ、確かなことがある。テロリストの計画には、連中が持ちこんだ二基の魚雷が関係していることだ。魚雷室にはすでに、最新技術を駆使した魚雷を満載しているのに、わざわざ相当な労力を費やして、自前の武器を積みこんだのだから。

ワードは当直操舵員をさせられていた。なぜかシェハブは、ワードにこの巨艦を操縦する能力があると考え、彼を左舷側の海図台に鎖で繋いだのだ。

大柄で屈強な、エリンケ・タガイタイと呼ばれるテロリストは、南シナ海のまんなかの地点に指を突き立て、脅すような声で言った。「俺たちはここへ行く。おまえはそこまで、この艦を操縦しろ」

ワードはその命令に従うのが、身の安全を守る最善策だと思った。当面、もっといい策を考えつくまでは。彼は水深の浅い海域を安全に通過する航路を割り出した。

針路を北東に変えるときだ。現在の針路のまま進めば、〈コーパス〉は浅い海域で座礁してしまう。

「副長、推奨（リコメンド）、取舵、針路〇四七、深さ一五〇」ワードは言った。

ブライアン・ヒリッカー少佐は操舵し、ワードの指示に低い声で了解を告げた。シェハブはヒリッカー副長とデブリン艦長以外の誰にも、操艦を許そうとしない。シェハブは艦長席に陣取り、手すさびに大型拳銃をいじっている。ワードの位置からその銃はよく見えなかったが、テロリストがその拳銃を偏愛しているのは容易にわかった。シェハブは一睡もしていないようだ。ずっと艦長席に座り、銃をいじりながら、発令所を見張っている。

ワードは海賊の目を盗んで、ソーナー室を一瞥（いちべつ）した。ニール・キャンベルとシュトゥンプ一等兵曹がディスプレイ・パネルの前に座り、緑に輝く吹雪のような画面を見ている。その画面は、潜水艦の繊細な水中聴音器が、周囲の騒がしい海から集めた音をすべて表示していた。長身でずんぐりしたテロリストが二人の背後にどっかり腰を下ろし、ソーナー員が見ている画面の意味を何もかも理解しているようなふりをしている。

この連中を出し抜くことはできるはずだ。ワードはそう思った。そのための妙案さえひねり出せれば。テロリストたちは重武装しているから、正面から戦うのは無謀だ。しかしもしかしたら、ほかの方法があるかもしれない。

ワードはさらに数秒間、シュトゥンプとキャンベルに視線を向けた。二人とも押し黙っている。海賊に乗っ取られるまでは、数百万ドルもするお気に入りのおもちゃを前に冗談を言い合っていたが、いまはひとことも話していない。ただひたすら沈痛な表情で座り、スクリーンを流れていく無数の点を見つめている。

そのとき、ワードの脳裏にひとつの考えがひらめいた。〈コーパス〉を意図的に座礁させればいいのではないか。簡単なことだ。針路を二、三度ずらし、テロリストが事態を認識できないうちに、浅瀬に向かって舵を切ればよい。彼らが危険に気づくころには、〈コーパスクリスティ〉は岩に乗り上げ、使い物にならなくなる。シェハブとその一味は、彼らの陰謀を実行する力を失うだろう。

ワードは静電支持ジャイロ航法装置(ESGN)を読み取り、慣性航法システムの予測位置をメモした。海図に目を走らせ、最寄りの浅瀬の位置を暗算する。予定の航路より、約二〇海里東だ。西に二マイルほど逸れてから、針路修正すればやれるだろう。〈コーパス〉はいまから二時間以内に座礁し、この海賊どもにとっては無用の長物になる。

ワードは海図に潜水艦の位置を記入し、帽子のような形をした潜水艦のマークの予測位置と時間を、慎重に書き留めた。ブラッド・ハドソン航海長に教わったとおりだ。艦橋で銃撃されて血飛沫を上げ、痙攣しながら絶命した航海長を思うと、ワードは震えを抑えられなかった。

それから、平行分度器を引き寄せ、新たな針路を計測した。口をひらき、副長に針路を告げようとしたそのとき、大柄なテロリストから後頭部を掌底で強打され、ワードの顔面は海図台に叩きつけられた。

「俺を馬鹿にしているのか？」タガイタイは罵声を浴びせた。「おまえのおふくろが街角で身体を売る前から、俺は海図に航路を記入していたんだぞ」

ジム・ワードは目をしばたたき、頭の靄を振り払おうとした。唇に血の味がし、鼻血がしたたり落ちる。

無意識に滲む涙越しに、ワードは海図に点々と落ちる血をシャツの裾で拭い、テロリストが指示した地点まで、正しい針路をなぞりはじめた。

隋暁舜は尾根の縁に座り、木の幹にもたれて、山の向こうで短時間行なわれた戦闘を見守っていた。目の前の光景が信じられない。まったく予想していなかった展開だ。あのヘリコプターに誰が乗ってきたにせよ、彼らは大きな危険を冒して、父親の城塞を襲撃した。しかも白昼堂々と敢行したのだから、正気の沙汰とは思えない。第一撃のあと、火の手はすぐに収まったが、燃えさかるヘリの機体からは黒煙がもうもうと上がり、山の上空をこがしている。彼女の双眼鏡越しに、歴史を経た城の石造りの回廊に累々と横たわる死体が見えた。

トラックは破壊されたけれど、ヘロインはどうなったのかしら？　隋暁舜は、麻薬がまちがいなく処分されたかどうか確かめなければならなかった。さもなければ、それらを彼女の手中に収めなければならない。彼女の戦略の成否はすべて、父親の手元に、売り物を何ひとつ残さないようにすることにかかっているのだ。父は事業拡張に手を広げすぎ、いまごろは資金難に直面しているはずなので、これだけ大量の麻薬輸送に失敗すれば、彼の資金は枯渇するにちがいない。その失敗により、要求水準の厳しい顧客からの信用も失われるだろう。予定どおりの時間に約束どおりの商品を配達できなければ、父は早晩顧客に見放されるのだ。

彼女はすっくと立ち上がり、孫令を指さした。

「もっと近づく必要があるわ。商品がすべて破棄されたかどうか、確かめないと。早く！」

それから隋暁舜は向きを変え、いま登ってきたばかりの、岩が多い急斜面を下りはじめた。山地民出身の孫と、彼が率いる兵士たちも急いで続き、鬱蒼とした密林に消える彼女のあとを追った。数分後、孫は片手を上げ、配下の兵士たちに止まるよう合図した。彼がすばやく手を振ると、一団は道ばたに隠れた。

誰かが足早にこちらへ向かってくる。しかも、足音を忍ばせようとはしていない。パニックに駆られて逃げているのか、さもなければ、付近に脅威になる者がいないと確信しているのか。隋海俊の残党が逃走をはかっているのかもしれないし、城を襲撃した者たちが偵察に来たのかもしれない。

孫の部下たちは反射的に散らばり、待ち伏せできるよう陣形を整えた。通りかかる者が誰であろうと、襲われていると気づく間もなく、十字砲火に遭って肉片にされるだろう。

数分後、衣服がちぎれ、怯えきった若者の一団が視界に入ってきた。首から吊るしたカメラが左右に揺れている。服が泥や土にまみれた赤毛の中年女性と、痩身で浅黒い肌の男性が一行を先導している。彼らは待ち伏せされているとも知らず、狼狽して一目散に走ってきた。孫は隠れていた場所から不意に立ち上がり、一団に向かって、全員ひざまずいて両手を上げろと叫んだ。

若者たちはすぐに従い、まるで撃たれたようにその場に伏せた。ただ一人、孫に向かって目を上げた女性が、最初に話した。

「お願い、撃たないで。わたしたちはアメリカ人で、大学の研究グループよ。ランの観察調査でここに来たの。誰にも危害は加えないわ」

隋暁舜が、隠れていた場所から姿を現わし、女性の前に立った。拳銃を構え、引き金に指をかけて、エレン・ワードの鼻梁（びりょう）の数インチ手前に突きつける。

「あなたは何者で、どこから来たの？」隋は詰問した。

「わたしはエレン・ワード博士。この人たちは教え子よ。アメリカのバージニア州から来たわ。わたしたちはアメリカ人よ」

「あなたの言うことは信じられないわ」隋暁舜は言い、銃口をエレン・ワードの目のあいだに軽く押しつけた。

32

ニール・キャンベルはBQQ－5Eソーナー・ディスプレイ制御卓の前に座り、じっと画面を見つめていた。ほんの数日前まで、彼はそこに明滅する画素（ピクセル）に魅了されていたが、いまは無意味な記号にしか見えない。胸を躍らせて臨（のぞ）んだこの夏の冒険、原潜に乗り組んでの西太平洋の航海は、想像を絶するほど暗転してしまった。血まみれの航海長の遺体が脳裏をよぎり、キャンベル青年は戦慄した。

この獣どもをやっつける方法があるはずだ。やつらが何をたくらんでいるにせよ、身の毛のよだつテロ攻撃を決意しているのはまちがいなく、〈コーパス〉はその計画の中心的役割を担っている。もうひとつ確実なのは、それが自爆攻撃であることだ。テロリストたちは、目的を達成してからも、乗組員を解放するつもりはないにちがいない。

キャンベルは頭を両手にうずめた。自分が死ぬかもしれないと考えるのは怖いが、この悪党どもが、罪のない人々に残虐な攻撃を加えるところを想像すると、気が狂いそうになる。その怒りが恐怖に優った。

彼は瞬時に、やるべきことを知った。相当なリスクや労力を厭わず、テロリストが潜水艦を乗っ取った唯一の理由は、その隠密性を利用して敵の警戒や探知をかいくぐり、なんらかの奇襲を仕掛けたいからだ。そうした奇襲攻撃を阻止するために最も確実な方法は、アメリカ海軍に潜水艦の所在を知らせて、隠密性という利点を放棄することだ。いまごろは、海軍は艦艇や航空機を総動員して捜索を始めているだろう。発見を容易にするための方法があるにちがいない。

キャンベルは、制御卓の真上にある水中電話ユニットを一瞥した。水中電話は、潜航中に潜水艦同士で通話できるように考案されたものだ。通常使うさいには、発信者の声を水中の数キロ先まで届けることができる。潜水艦のセイル上端と艦底に一基ずつ設置された、二基の変換器を使うのだ。さらに水中電話には、継続的なパルス信号を送信する能力を持つ、音調変換器も備えつけられている。これが装備されているのは、音声による意思疎通が不可能な場合に、昔ながらのモールス信号で通信可能だからだ。だが〈コーパスクリスティ〉の音調変換器は、一度電鍵を押すと、下がったままの状態になってしまう。修理すべき多数の項目にリストアップされてはいるものの、新しい部品はいまだに入ってこない。電鍵が下がったままになるということは、操作員が手で押し上げないかぎり、ずっと発信されたままということだ。これにより発信されるモールス信号は恐ろしく遅い上に、煩わしくなってしまうが、どのみち、使われる可能性はきわめて低かった。そうなると、下がったままの電鍵を修理する優先順位は、おのずから低くなってしまう。

しかしそれは逆に、きわめて明瞭な信号を発信できることを意味する。

キャンベルはただ、潜水艦のソーナーから水中電話の周波数帯を消去し、乗組員に聞かれないようにすればいい。彼の両手がキーボードを動きまわり、望みの周波数帯が見つかるまで、ディスプレイの画面をめまぐるしく切り替える。それから二度、キーボードを叩いて、準備は完了した。これで、〈コーパス〉に乗っている者には誰一人、キャンベルが発信しようとしている甲高い信号音は聞かれない。

キャンベルはそっと立ち上がった。肩越しに、背後に座っているテロリストをちらりと見る。その男はいまにもうたた寝しそうだ。殉教への旅のあいだずっと、二人のソーナー員のお守りをしなければならない役割に、退屈しているのだ。

電鍵を押そうと手を伸ばしかけ、キャンベルはジム・シュトゥンプ一等兵曹を見た。若いソーナー員は、かすかに首を振り、目をしばたたいた。テロリストに気づかれないように、キャンベルに意思を伝えたのだ。キャンベルは手を止めた。何がおかしいんだろう？　どこを忘れたんだ？　シュトゥンプはまちがいなく、彼がソーナーの操作をしているところを見ており、キャンベルの意図を理解しているはずだ。キャンベルはシュトゥンプの視線を追い、その方向は水中電話にたどり着いた。シュトゥンプは明らかに、何か重要なメッセージを伝えようとしている。

キャンベルは水中電話のボックスを一心に見た。そこで彼は、ジム・シュトゥンプが伝えようとしたことに気づいた。音量の調整スイッチだ。ソーナー員はつねに、不意に何者かが接近したときや、乗員に何かを伝えようとしたときに備えて、音量を目一杯上げている。いまキャンベルが信号を発信したら、ソーナー室の全員に、耳をつんざくような大音響が聞こえるだろう。

キャンベルはさりげなく手を伸ばし、ごくささいな調整をするかのように、音量調整スイッチをゼロに下げた。ふたたびシュトゥンプをちらりと見ながら、電鍵に手を伸ばす。若いソーナー員はもう一度瞬(まばた)きし、水中電話を見ながらかすかに首を振った。キャンベルの手が止まった。

そのとき彼は、資格試験の勉強中に仕入れた知識を思い出した。水中電話には帰線消去(ブランキング)回路というものがあり、アクティブ変換器が信号を発信しているときには、水中聴音器を遮断する。したがって、問題はないはずだ。ではいったい、今度は何が問題なのか？

キャンベルは腰を下ろした。シュトゥンプが言いたいことを理解できずに、いつまでも立ち上がったままでは、いたずらに見張りの警戒心を刺激するだけだ。

そのとき、ジム・シュトゥンプがやにわに立ち上がり、見張りのほうに身体を向けた。

テロリストははっとして目を覚ました。AK－47を構え、シュトゥンプの胸に突きつける。

ソーナー員はうーんとうなり、自分の膀胱（ぼうこう）を指さした。

「おしっこをしたくてたまらないんだ。わかるだろう、小便だ。こんなに長い時間、ずっと座ったままなんだから、もう膀胱が破裂しそうだよ」

「ここにいろ」監視役は言い放ち、空（から）のコーヒーポットをシュトゥンプに放った。「そんなに我慢できなかったら、これを使え」

シュトゥンプは向きを変え、コーヒーポットを狭い制御卓の上に置いた。それから右手で水中電話にもたれて身体を支え、ファスナーを下ろして、用を足した。キャンベルがシュトゥンプの右手の指を見ていると、その手はゆっくりと、水中電話ユニットの前にある、小さな赤い電灯のバルブを外し、ソケットから飛び出したところを、巧みに掌（てのひら）で押さえた。

キャンベルにはようやくわかった。あのまま電鍵を押していたら、即座に赤い警告灯が点滅していたのだ。見張りには、キャンベルが何をしたのか正確にはわからなくても、キャンベルが何かをしようとしているのはわかったにちがいない。そしてキャンベルは、その場で殺されていてもおかしくなかった。

冷たい汗が背中を伝い落ち、キャンベルは自らの震える手を見下ろした。彼が死の一歩手前のところで踏みとどまったのは、ジム・シュトゥンプが瞬きして警告してくれたからだ。

ソーナー員は工作を終え、コーヒーポットを慎重に床に置き、本棚と物品庫のあいだにこじ入れた。そして、盛大にため息をついた。

「ああ、すっきりした」

「俺が催したとき、ポットにまだ余裕はあるんでしょうね？」キャンベルは強いてゆがんだ笑みを浮かべた。

「きみにはすまんが」シュトゥンプは声を出さずに笑った。「古いポットはもう一杯だ。ソーナー員長がこっちに来て、ジュースとまちがわないように祈るよ。飲んでびっくりすること請け合いだ」

キャンベルは両腕を高く上げ、ことさらにうなり声をあげた。

「幸い、俺はそれほど切羽詰まってはいませんよ」もう一度うなり、つぶやく。「それにしてもこのスツールは、こんなに長時間座るには不向きですね」

彼はテロリストに手元を気づかれないよう祈りながら、伸ばした腕を膝に戻すときに、さりげなく水中電話の電鍵を押した。

ブライアン・ウォーカー中尉は、座席にもたれていた。C-17の狭い兵員用区画は、真っ暗だ。少人数の部下たちのほのかな輪郭が見える。この任務に連れてきたのはわずか四人だが、えり抜きの四人だった。ミッチ・カントレル、ルー・ブロートン、トニー・マルティネッリ、ジョー・ダンコフスキーは、SEALチームで最優秀の面々だ。そして四人とも、北朝鮮で行動をともにした。

「中尉」輸送機の乗員が背をかがめ、ささやき声でウォーカーに話しかけた。「飛行任務指揮官より、降下地点まであと三十分との伝言です。準備をお願いします」

ウォーカーは暗がりのなかでうなずいた。そしてつぶやいた。「ありがとう」

立ち上がり、こわばった筋肉を伸ばす。横田空軍基地を出発してから、すでに十七時間も経っている。日本からサウジアラビアまで、どこの国にも上空の通過許可を求めることなく、海の上を飛びつづけることが決定されたのだ。非常に長い飛行ルートだった。

「よし、みんな起きろ」ジョンストン上等兵曹を精一杯真似た声で、呼びかける。「支度の時間だ。仕事にかかるぞ」

いつもの不満そうな声に続き、隊員たちが目を覚ました。ほのかな青い照明が点灯したのは、SEAL隊員の夜間視力を損なわないためだ。これから、それが何より必要になる。

五人の男たちは兵員用区画を出て、巨大な輸送機の洞穴のような貨物室に入った。そこで各自の装備を装着し、二人ひと組で慎重に点検し合う。

空軍の降下長が大声で告げた。「全員、酸素マスク装着！　あと一分で、貨物室を減圧する」

貨物室の気圧が外気と同じになると、ウォーカーの耳には空気を切り裂く音が聞こえた。高度四七〇〇〇フィートでは、酸素ボンベを使わなければ、数秒で意識を失ってしまう。そして零下一〇一度という気温では、ハイテク技術を駆使した、マイクロファイバー製の黒い専用ジャンプスーツを着なければ、瞬時に凍死するだろう。

ウォーカーは降下用コンピュータを入念に確認した。手首にくくりつけられたこの装置が、この若いSEAL隊員を降下地点から着陸地点まで誘導してくれる。この夜の降下は高高度降下・高高度開傘（HAHO）だ。チームは洋上の高度四七〇〇〇フィートを飛行するC-17から飛び降りる。それから、専用に設計された空力パラシュート——パラシュートというより、膨（ふく）れた翼に近い形状だ——で滑空し、二〇〇マイル以上の距離を風に漂って、GPSに表示されたアラビア砂漠の人里離れた地点に着陸するのだ。

大きな後部ハッチが下にひらいた。ジェットの轟音（ごうおん）とハリケーンさながらの風は、耳をつんざくばかりだが、ウォーカーには、耳元に装着された極小の無線機から、明瞭な声が聞こえた。降下長が告げたのだ。「貨物、投下準備完了。隊員は退避せよ」

貨物室の中央部を占めていた大きな箱が、轟音とともに、ランプから虚空へと投げ出された。すべて予定どおりであれば、PEGASUS空中投下システムによって、砂漠用の全地形対応車(ATV)をはじめとした装備が、SEALの降下地点と同じ場所へ自動的に空輪されるはずだ。

ウォーカーはこれまでの訓練を思い出した。つねに貨物を先に下ろすことだ。パレットの荷物が空から落ちてきて、自分の真上に着地したら、それこそ目も当てられない。

「隊員、降下準備完了!」降下長が声を張り上げた。「降下! 降下! 降下!」

ウォーカーがゆったりした足取りでランプに向かい、空中へ飛び出した。数秒後、自分のパラシュートがひらくのがわかった。頭上を見上げ、パラシュートが問題なくひらいたのを確認すると、今度は降下用コンピュータに目を向ける。コンピュータが指示する方位は三三七で、降下率は毎分一二〇フィートだ。ウォーカーは操縦索を引き、パラシュートを指定された方位へ向けて、速度計を見ながら降下速度を調整した。

暗く寒い夜空で、一人きりになった。上空では星々が明るく輝き、父が所有するテキサス西部の牧場で過ごした夜よりもたくさん見える。行く手には、地上の光がまったく見えず、砂漠を横断している人間はいないようだ。

「カウボーイ、大丈夫ですか？」耳元で響く嗄れ声で、ウォーカーは物思いから覚めた。ミッチ・カントレルが、全員降下地点へ向けて飛んでいるか、確かめているのだ。ウォーカーは内心で自分を罵った。隊員の安全確認は、リーダーである自分の役割だ。それなのに俺は、星に見とれてぼうっとしていた。

「大丈夫だ、ミッチ」ウォーカーは答えた。「システムによると、順調に降下している。ルー、トニー、ジョー、みんな順調か？」

「大丈夫です、カウボーイ。隊長のあとに、昔の貨物列車みたいに続いていますよ」

「よかった。その調子でリラックスしてくれ。コンピュータによれば、着陸まであと二十七分だ」

〝カウボーイ〟・ウォーカーは暗灰色のパラシュートの翼を操縦し、コンピュータ制御の滑空傾斜度を慎重に調整して、砂漠のただなかにある降下地点へ向かった。足もとの暗闇をさえぎるものは何もないが、コンピュータによると、彼は時速八〇マイル以上のスピードで地上に近づいている。

夜の静寂のなか、若きSEAL隊員は、ここ数日の出来事を振り返った。北朝鮮での大失敗のあと、彼はチームから拒絶されるか、ビル・ビーマンに譴責されて不面目のうちに本国へ送還されるものとばかり思っていた。初陣で全員の期待を裏切ってしまい、隊員たちの命を危険にさらしたあげく、なんの成果も得られなかったのだから。彼の失敗が、北朝鮮の金大長大将に、いずことも知れぬ場所へ核兵器を密輸するのに必要な時間を与えてしまった。しかしいま、ウォーカーはサウジの夜空を飛び、金大将の核が引き金となってアラブ世界が炎に包まれる前に、彼らの核を奪おうとしている。ウォーカーは今度こそ、必ずや任務を成功させると内心で誓った。たとえ命に代えても。あまりにも多くの人命がかかっている。

降下用コンピュータの画面が明滅した。着陸に備えて機首を引き起こす時間だ。ウォーカーは操縦索を強く引き、パラシュートの機首を起こして速度を落とし、降下速度も下げた。なんの前触れもなく、両脚が着地した。彼はたちまちつんのめり、ごつごつした岩だらけの地面に顔がぶち当たってしまった。予想と異なり、着陸地点は柔らかい砂漠ではなく、砂礫の多い場所だった。

「あまり優雅な着地ではなかったな」ウォーカーはつぶやきながら、立ち上がって、大きく膨らんだパラシュートを集めにかかった。

「何か言いましたか、カウボーイ？」耳元のイヤピースから声がした。

ミッチ・カントレルが夜空から舞い降り、走って着地すると、ウォーカーの真後ろで止まった。

「いや、独り言だ、ミッチ」ウォーカーはブームマイクに向かって言った。「チーム全員へ、点呼に答えよ。作戦開始だ。これからATVを回収し、招かれないのに降下したとサウジに気づかれる前に、ここを出発しよう」

隋暁舜（スイ・ギョウシュン）は現下の状況を分析した。当面、父親のヘロインを盗むか燃やすという計画は、あとまわしになりそうだ。このアメリカ人グループには、利用価値があるかもしれない。まだ、どうやって利用すべきかはわからないが。いまは考える時間が必要であり、周到に計画を立てて次の行動に出るべきだ。父はかつて、彼女の慎重なスタイルは有益な資産だと言っていた。彼女はいまでも、そのとおりだと思っている。

「孫令（スン・レイ）」彼女は呼んだ。しなやかな身体つきをした山地民（モンタニャール）出身の男は、部下の兵士たちがアメリカ人グループを監視している場所から、すばやく近づいてきた。一団は身体を寄せ合い、山腹に生えたチークの巨木の陰に座っていた。孫令は数メートルの急斜面を一足飛びで登り、女主人のそばに来た。

「すぐに出発するわよ」隋暁舜は命じた。「人質をベースキャンプに連行してから、どうするか話し合って決めないといけない」

「いますぐ、全員を射殺すべきです」孫令は間髪を容れずに言った。「連れていっても、足手まといになるだけですよ。それにアメリカ政府が、国の若者をわれわれが人質にしていると知ったら、この山地には海兵隊が押し寄せてくるでしょう。そのことはニュースで全世界に知れ渡り、われわれに逃げるチャンスはなくなります」

隋暁舜が望んでいた展開ではなかった。孫の考えにも一理あるが、彼女の本能は、人質を殺すより、生かしておいたほうが、彼女とその目的にとって利用価値があると告げていた。

「あなたの提案どおりにすればどうなると思う？」隋は辛辣に言った。「アメリカ大使館は、彼らがここに来ていることを把握しているでしょう。いまここで殺したら、遺体が発見されしだい、わたしたちに嫌疑がかけられるわ」

「うまくやれば、そうはなりません」孫令が言い返した。「城にこの連中を移動させ、そこで殺すのです。そうすれば、戦闘に巻きこまれて命を落としたように見せかけることができます。そのときには、タイやマレーシアの警察とお父様に嫌疑がかけられるでしょう」

隋暁舜は、どうすべきか考えた。ややあって、彼女は言った。「やつらを城に連行するわ。そこに着いたら、わたしが彼らの処遇を決める。さあ、おしゃべりはやめて、さっさと動くわよ」

孫令はうなずき、部下の兵士たちの場所へ戻った。モンタニャールの言葉で、命令を告げる。兵士たちはアメリカ人の一団を無理やり立たせ、背後から突き飛ばして山道に追い立てた。

隋暁舜は、アメリカ人女性をライフルで突き飛ばしたときに、中年の男が彼女を守ろうとするのを見た。その男は騎士道精神を発揮したものの、AK-47の銃把で強打されるだけに終わった。男はゆっくりと立ち上がり、口から血を拭ったが、それでも女の盾になろうとしているようだ。

本当に騎士道精神なのかしら、それとも、恋？

なんとまあ、奥ゆかしいこと。隋暁舜は笑みをかみ殺し、捕虜のあとから急斜面を下りた。

33

「艦長へ、戦闘指揮所より至急連絡です」艦内放送の1MCスピーカーが、切迫した口調でがなりたてた。「艦長へ、戦闘指揮所より至急連絡です」

ポール・ウィルソン艦長は、〈ヒギンズ〉艦橋左舷の席から、はじかれたように立ち上がった。一杯のコーヒーを飲んでひと息入れながら、見わたすかぎりの青い海を眺めていたところだ。USS〈ヒギンズ〉（DDG76）はフィリピン諸島ルソン島沖合の北で、穏やかな海を航行しながら、USS〈シティ・オブ・コーパスクリスティ〉捜索の指揮を執っている。消えた潜水艦を示す痕跡は皆無だ。あたかも魔法にかけられたように、海軍の原潜は姿を消してしまった。〈ヒギンズ〉は〈コーパスクリスティ〉が最後にいた地点を中心に、同心円状に二度捜索したが、杳として手がかりは見つからなかった。緊急信号も受信せず、残骸も発見されなかった。

ウィルソンは困惑し、苛立ちを募らせた。原子力潜水艦ほど巨大なものが、煙のように消えるわけがない。どこかの海にひそんでいるにちがいない。しかし、どこに？

　事故に遭遇したのであれば、その痕跡ぐらいは見つかるはずだ、とウィルソンは思った。最善の場合、航行不能に陥った原潜が、通信不能な状態で発見されるだろう。最悪の場合、原潜に積載されている補助推進機用の三〇〇〇ガロンの石油が海面に浮いているか、艦体の残骸が漂い、それが墓標となる。大半が海底に飲まれても、海面に浮き上がる部分が必ずあるはずだ。仮に事故であるなら、いまごろはなんらかの証拠が見つかっていてもおかしくない。

　前日の日没ごろ、ウィルソンはひとつの可能性に思い当たった。潜水艦は沈没したわけではないのではないか。はるかに恐ろしい事態が起きているのかもしれない。〈コーパス〉は、ここ数カ月〈ヒギンズ〉がむなしく追っている海賊の餌食になっているのではないか。そうした試みは決して初めてではない。この十年ほどで、浮上航行中の原子力潜水艦が海賊の襲撃に遭ったことは何度かあったが、いずれも失敗に終わっている。しかしそれは、夜闇のなかで海賊が標的を勘違いしたものだ。漁船を狙っていた海賊が、突如、はるかに大きな獲物に遭遇したことによる。しかしもしかしたら、今回は意図的に原子力潜水艦が襲われたのかもしれない。

　だが、仮に海賊が〈コーパス〉を乗っ取ったとして、いかなる目的に使うのだろう。なぜ、潜水艦の居場所を知られまいとしているのか？　そして、居場所はどこか。ウィルソンに確かなことはわからないが、この周囲にはもういない可能性が高い。原潜を乗っ取るほど狡猾(こうかつ)な輩(やから)が、なんらかの邪悪な目的に艦を使おうとしているなら、とっくに水深の深い海域へ向かっているにちがいない。

　艦長の直感以外に根拠はなかったものの、〈ヒギンズ〉は曳航(えいこう)ソーナーを展開して北上し、この近辺の深深度海域へ向かっていた。同艦が対潜捜索を開始して、もう十四時間近くになる。

　依然として、行方不明になった潜水艦の徴候はなかった。ウィルソンは対潜捜索が徒労に終わるのではないかと思いはじめていた。これまでの対潜演習でいやというほど思い知らされてきたのは、潜水艦が本気で隠れようと思えば、捜索する側がよほどの幸運に恵まれないかぎり、まず見つからないということだ。いまのところ、ポール・ウィルソンに幸運の女神は微笑んでくれそうにない。

　艦長は無電池式電話機の受話器を、よく磨かれた真鍮の架台から摑み、「艦長だが」と言った。

「艦長、こちら戦術管制士官(TAO)です」ブライアン・サイモンソン大尉の、ネブラスカ訛りの声が響いた。「西太平洋兵站(へいたん)群からのメッセージがあります。ドノヒュー大佐が、秘話回線で通話したいとおっしゃっています。艦橋にお繋ぎしましょうか？」

「繋いでくれ、ブライアン」ウィルソンは答えた。「どのみち、楽しい話ではなさそうだ」

　ウィルソンは赤い秘話通信の無線電話機の受話器を取り上げ、握りに埋めこまれたボタンを押した。制御ボックスのランプが赤く光り、秘話回線になったことを告げた。

「ウィルソン中佐ですが」彼は電話に出た。「ご用はなんでしょう、大佐」

「いったいどこをうろついている？」ミック・ドノヒューの声は秘話回線で金属的に響いたが、まぎれもなく怒り露わな口調だ。「貴官の艦は〈コーパスクリスティ〉が最後にいたとわかっている地点の近辺を捜索しているはずだ。ところがP - 3の搭乗員によると、その海域から二〇〇マイル以上も北にいるそうじゃないか。いったいどういう風の吹きまわしで、哨戒機の乗員から、わたしの麾下の艦の現在位置を聞くことになったんだ？」

「大佐、説明させてください」ウィルソンは言いわけしはじめた。これは厄介なことになりそうだ。ドノヒューはつっけんどんで怒りっぽい、老練な船乗りだ。配下の部隊指揮官が、思いつきで勝手な行動に出たとあっては、好意的な目で見てはくれないだろう。

　ウィルソンは口早に、いつ鋭い口調でさえぎられるだろうかと思いながら釈明した。不思議なことに、ドノヒューはいささかちぐはぐな言いわけを最後まで聞いていた。ウィルソンはこう言って締めくくった。「それで本官は、P－3を本来の捜索海域に残して指揮を執り、ニミッツの空母打撃群が現場に到着する前に、念のために周辺を捜索してみようと思ったのです。目下、本艦は曳航ソーナーを展開して北上し、対潜捜索を行なっているところです」

「まったく、ろくに命令を聞かずに、とんだたわごとを抜かしたものだ」ドノヒューは悪態をついた。「それでも、もしかしたら何か見つかるかもしれん。いまさっき、ジョン・ワードと話したところだ。ジョンとイカれたSEALのビーマンが、盗まれたロシアの核兵器を捜していて、きみたちがいるあたりに運ばれたかもしれないという。このちょっとした謎が、潜水艦の騒ぎと何か関係があるかもしれんぞ」

「艦長、戦闘指揮所です」1MCスピーカーが割って入った。ウィルソンは上官に少し待ってほしいと言い、無電池式電話機の受話器を取って、反対側の耳に当てた。

「艦長、サイモンソン大尉です。ソーナーより、継続的な信号を受信しているとの報告です。水中電話の電鍵(でんけん)が押されたままのような音に聞こえるということです。微弱な信号で、信号対雑音比(SN)はマイナス一〇です。最良方位〇三一から受信しています」

ウィルソンはあえいだ。ひょっとしたら、直感が当たったのかもしれない。本来ここから半径数百マイル以内に、潜水艦はいないはずだ。それも、アメリカ海軍の水中電話システムを装備した潜水艦は。
「中佐、〈コーパス〉を見つけたようです」
秘話回線の向こう側から、かすかに息を呑む音がした。
「よくやった。さっそく同艦の追尾にかかれ。なんとしても見失うな」

SEALのチームリーダー、ブライアン・ウォーカー中尉は、真っ逆さまに着地した貨物用パレットを見つめていた。全地形対応車(ATV)は転覆し、ひどく損傷して、とても使える状態ではない。PEGASUS空中投下システムは、触れこみどおりに機能しなかったのだ。隊員たちはほぼひと晩じゅう、砂漠用偵察車両(DPV)を探し歩いた末、本来の着陸地点の五マイル近く手前でようやく発見した。よけいな労力を費やしたが、それだけですめばまだよかった。

問題はいま、彼らの眼前に横たわっている。貨物の着地速度が速すぎ、パレットが頭から、露出した低い岩に激突してしまったのだ。DPVの右前側が大半の衝撃を吸収した結果、右前輪が潰(つぶ)れ、車軸が折れ曲がってしまった。

ジョー・ダンコフスキーがひしゃげた車体の下から出てきて、顔にべっとりついた黒いオイルの筋を手で拭った。

「これじゃあ、手の施しようがありません、カウボーイ。車軸がまっぷたつに折れてしまいました。さらに着地の衝撃で、油受け皿が割れています。これでは応急修理どころか、どこにも行けません」

ウォーカーは悲しげに頭を振った。どうしてこんなことになってしまうのか。SEALの神々が総がかりで、俺を邪魔しようとしているんだろうか。どんなにがんばっても、俺はだめなのか。

ミッチ・カントレルが一帯の地図にかがみこんだ。そして、ほぼ空白のページのまんなかを指さした。

「カウボーイ、GPSによると、俺たちはいまここです」そう言い、彼らの現在地の北側にのたくった線をなぞる。「これがメッカとジッダを結ぶ幹線道路です。ここから二〇マイルぐらいで出られます。俺の考えでは、ここまで歩いて、通りかかった車を捕まえられると思います。道路からジッダの埠頭まで、車に乗っていけばいいんです」

ウォーカーはしばし地図を眺め、それからチームの面々を見た。全員が彼に注目している。ウォーカーは、そこまでは遠すぎるし、危険も大きく、しかも計画に反する、と言うこともできた。ここで撤収を宣言しても、それがまちがっていると反対されることはない。

ウォーカーは内心で首を振った。ここであきらめるのはあまりに安易だ。彼は背嚢を摑み、砂漠の北へ向けて歩きだした。

「みんな、行くぞ。車を捕まえるんだ」ウォーカーは肩越しに呼びかけた。

王(ワン)大尉は、〈ドーン・プリンセス〉の洞穴のような船倉から、〝機械部品〟と記された木枠が埠頭のクレーンで吊り上げられるのを見ていた。甲板から重い積荷が宙高く持ち上げられると、古く錆びついた船は、あたかも安堵したかのように軋(きし)んだ。クレーンは旋回し、待ち受けているダイヤモンド・レオ（アメリカのトラックメーカー）の重量貨物輸送用トレーラーの荷台に、正確に吊り下げた。トラックのサスペンションがぎくりとするような音をたてたが、どうにか持ちこたえ、スプリングが潰れることはなかった。古ぼけたおんぼろのトラックが、道中で不審の目を引くことはまずないだろう。そして何より、この昔ながらの地元の輸送業者には、なんら北朝鮮との繋がりをにおわせるものはない。

王は小型の手提げ鞄を提げ、貨物船の狭い道板から、人がひしめいている桟橋へ降り立った。わりあい清潔で涼(すず)しかった海風に別れを告げ、灼熱のジッダ港の喧噪(けんそう)に入っていかねばならないのが残念に思える。まるでパキスタン以西の薄汚いアラブ人がこぞってこの狭苦しい港に押しかけ、彼にはまったく興味のない品物を売りつけようとしているかのようだ。

この北朝鮮の秘密工作員は、何やら早口に呼びかけてくる物売りたちの手から身を振りほどき、待っているトラックへ急いだ。運転台に上り、卓(タク)中尉の隣のシートに乗りこむ。

「準備できました、マス・アル・マトゥリス」卓はよどみなく、エジプト人商社員になりすました王の秘匿名を呼んだ。それから、トラックの運転手を示して言った。「こちらはアハブ・ベン・ムテリです。われわれを乗せて、メッカまで運転してくれます」

だらしない身なりのアラブ人が、大型トレーラーのステアリングを操作しながら、黒ずんだ乱杭歯(らんぐいば)をむき出して笑いかけてきた。「神の思し召しのままに(インシャラー)」

ひどい口臭が漂い、王は吐き気をこらえた。メッカまで、長いドライブになりそうだ。

ドン・チャップマン艦長は腕時計を見た。東京湾外で潜航を開始してから、きっかり二十四時間が経過した。三〇ノット以上という高速で、〈トピーカ〉は七〇〇マイル以上を走破している。世界じゅうのどこを探しても、これほどの高速で航海を続けられる艦艇は潜水艦以外に存在しない。しかし目的地までは、さらに一五〇〇マイル以上ある。〈トピーカ〉が現場海域に到着し、行方不明になった姉妹艦の捜索に加わるまで、あと二日以上かかることになる。

「ミスター・ルサーノ、浮上し、電文を受信したら、ただちに潜航せよ」チャップマンは哨戒長に命じた。

マーク・ルサーノ大尉は、立っている場所で踵を返し、ソーナー・ディスプレイ制御卓で、画面を流れ落ちる点の列を分析した。「アイ・サー。減速し、バッフル・クリアを行なわなくてもよろしいのですか？」

チャップマンは首を振った。

「時間を無駄にできない。前方に何もないのはわかっている。このスピードで後ろから追いついてこられる船舶もあるまい。ここは〝海は広く、船は小さい〟法則を適用して、急いで浮上するんだ。一刻も早く、最新情報を知りたい」

「アイ、サー」ルサーノは反駁したくなるのをこらえ、従った。艦長は計算したうえでリスクを取ろうとしているのだ。通常の場合、潜水艦が浮上するさいには、バッフル・クリアを行なう。すなわち、いったん浅深度に上昇、慎重に旋回して艦尾側を三六〇度ソーナー捜索し、潜望鏡深度まで上がったときに海上を航行する船舶がないかどうかを確認するのだ。浅深度に上昇したとき、潜水艦は最も危険な位置にある。何も知らずに付近を航行する船舶がいた場合、すぐに逃れることはできず、それでいて海上からは見えないのだ。今回チャップマンは、付近に衝突しそうな船舶はいないという賭けに出ている。たいがいの場合はいないのだが、万一裏目に出た場合は、衝突事故で双方に甚大な被害をもたらすことになりかねない。

「前進全速、深度四〇フィートへ上昇せよ」それだけ浅い深度に出れば、繊細なBRA-34通信アンテナをたわませることなく高速を維持できる。現在、この艦はアンテナが耐えられる倍以上のスピードを出している。

「四〇フィート、アイ」潜航長が応答する。「アップ、五度」

大型潜水艦が水面に向かって急上昇した。

「深度四〇フィートを維持」潜航長が告げた。

チャップマンは頭上に手を伸ばし、大きな赤い昇降用ハンドリングをまわして、潜望鏡を突き出した。

「第二潜望鏡、上げ」

艦長はかがみこみ、床から接眼部がせり上がってくるのを待って、ハンドルを掴み、目を接眼部につけて、潜望鏡を旋回させた。濃紺の太平洋が目の前に広がる。果たして、周囲に船舶はまったく見当たらない。

「全周、近接目標なし」誰もが安堵の息をついた。これで、死角にいた大型タンカーにぶち当たる心配はなくなった。「第二BRA-34アンテナ、上げ」

「第二BRA-34アンテナ、上げます」当直先任が答えた。通信マストがせり上がり、チャップマンが覗いている潜望鏡の視界を妨げる。

「放送通信系、受信」通信室からの声が、21MCの艦長専用通話装置で、チャップマンの耳をつんざいた。間髪を容れず、声が続いた。「すべてのメッセージを受信完了しました。通信マストを収納します。艦長は通信室にお越しください」

デジタル無線通信の受信はごく短時間で終わった。通信員が受信したメッセージは、リスクを冒して浮上するだけの価値があったようだ。

チャップマンが通信室の後部扉に急ぐあいだから、すでに床が下に傾きはじめた。ルサーノがBRA-34アンテナと潜望鏡を下げ、〈トピーカ〉は早くも安全な海中に戻ろうとしている。チャップマンは満足げに笑みを浮かべた。これまでの厳しい訓練が実を結んでいるようだ。優秀な乗組員だ。

サム・ウィッテ副長が通信室の扉で艦長を待ち受けており、チャップマンに〈TOP SECRET〉と赤い文字で書かれたメッセージボードを差し出した。副長の表情は蒼白だ。

「艦長、〈コーパス〉が発見された模様です」

「どこで見つかった?」チャップマンはすでに、最悪の可能性に備えて身構えていた。

「〈ヒギンズ〉が、水中電話を受信したとの報告です。同艦は〈コーパス〉を追尾しようとしていますが、きわめて微弱な信号です。〈コーパス〉は移動を続けており、こちらへ向かっているようです。われわれは、〈コーパス〉との会敵位置である台湾の南東で待機するよう命じられました。その地点で対潜網を敷き、〈コーパス〉が通過したら捕捉せよとのことです」

チャップマンはうなずき、ウィッテが伸ばした手から命令書を受け取った。

「本艦は魚雷発射地点に就き、〈コーパス〉に対し、ただちに浮上して降伏せよと呼びかけることになっています」ウィッテは語を継いだ。その先の声は、恐ろしいほど抑揚がなかった。「〈コーパス〉が応じない場合は、同艦を……撃沈せよとの命令です」副長は息を呑んだ。「この命令は、最高指揮官である大統領からじきじきに出されたものです」

34

隋海俊（スイ・カイシュン）は集めた兵士たちをねめつけた。寄せ集めの集団だ。大半の者は畑から駆り集められた農民で、あり合わせの武器しか持っていない。

この烏合（うごう）の衆が山を登って集合地点に着いたとき、麻薬王は癇癪（かんしゃく）を起こしそうになった。かつて、隋の私兵集団は東南アジアで最強の名を轟（とどろ）かせ、装備も訓練も行き届き、熱烈な忠誠心でも知られていた。しかしこの十年、隋はその無敵という評判に頼り、脅しをちらつかせることで権力を維持してきた。そのあいだに、娘の隋暁舜（スイ・ギョウシュン）との打ちつづく戦闘で、多くの部下が命を落とし、あるいは離れていった。さっき終わったばかりの銃撃戦の代償は、さらに高くついた。当面は、ここにいる兵力で反攻するしかない。

隋は農民の一人から、AK‐47を受け取った。ボルトを前後に動かし、動作をチェックする。差したばかりの油の臭いとともに、自動小銃はスムーズに動作した。少なくとも、まだ武器の手入れのしかたを心得ている人間は残っているようだ。

ふたたび山に戻るときが来た。隋海俊自らが武器を取り、敵と相まみえる必要に迫られたのは、実に四半世紀ぶりだ。これまで隋はつねに、私兵の小集団を身近に置き、身を守らせてきた。しかしいまは、青年時代のように、自分で戦わねばならない。身のほど知らずにも、この隋海俊の本拠地を襲撃した者どもをいっきに殲滅（せんめつ）するのだ。

トム・キンケイドは黒こげになったヘリコプターの残骸を見た。これでは、とても飛行はおぼつかない。サム・リウ・チーとベニト・ルナは城塞の戸口の陰から足を踏み出し、キンケイドが立っているところまで、ゆっくり近づいてきた。汗にまみれたシャツと、とぼとぼと足を引きずった歩きぶりが、短時間だが激しかった戦闘を物語っている。

「警官隊の三名が負傷し、四名が死亡した」リウ・チーが報告した。「大きな犠牲を払ったが、三トン近くの麻薬を摘発できた」

キンケイドはうなずいた。麻薬との戦いには犠牲がつきものだが、三トンもの高純度のヘロインがニューヨークやロンドンの街頭に出まわらなかったことは、勝利の名に値するだろう。

「増援は来るのか？」

リウ・チーは首を振った。

「あすまで、ヘリは差し向けられないらしい。撤収するか、増援が来るのを待つかということになるが、わたしは必要以上に長居したくない。山の麓に村がある。そこから、トラックを二台ぐらい徴発できるだろう。最寄りの飛行場までは車で三時間だ。隋は人目につかないように暮らしていたんだな」

と、唐突に近くから銃声が響き、会話をさえぎった。キンケイドに続き、リウ・チーとルナも物陰に飛びこんだ。

「何事だ！」キンケイドが叫ぶ。「現場を制圧したんじゃなかったのか。いったいどうなっている？」

跳弾で土埃が舞い上がる。ルナは九ミリを抜いて応戦した。キンケイドも肩のホルスターから銃を引き出したが、標的が見当たらないので、弾薬を節約することにした。敵味方の銃声に耳を傾ける。警官隊の甲高いM‐16と、敵方のAK‐47の重低音が交互に響いた。キンケイドは銃声を聞いただけで、生き残った少数の味方が圧倒されているのがわかった。猛攻撃を受け、警官隊は奮闘しながらも、一歩ずつ徐々に城へ追い詰められていく。三人の麻薬捜査官は、ひらけた場所から這って逃れ、城の低いところにある庭の陰に隠れた。

銃弾から遮蔽され、キンケイドはようやくひと息ついた。

「やつらはどこから出てきたんだ？」騒音のなかで、彼は叫んだ。「隋の私兵たちは追い払ったものとばかり思っていた」

ルナが斜面を指さした。

「残党が逆襲してきたか、別の勢力が現われたんだろう」

リウ・チーは反対側の山麓（さんろく）を指さした。

「ここを引き揚げよう」リウ・チーは叫んだ。「ヘロインは摘発できたんだ。もう帰る潮時だ」

多数決を取るまでもなかった。警官隊は圧倒され、このままでは全滅するのが目に見えている。三人は斜面を下りて撤退し、警官隊がすぐあとに続いた。

隋暁舜は恍惚（こうこつ）の境地で、父親の城塞の正面入口から堂々と足を踏み入れた。襲撃は予想を上まわる大成功だった。銃撃戦は、拍子抜けするほどあっさりと片がつき、先祖代々の家が彼女の手に入ったのだ。当局側の部隊は、手に入れたばかりの城を早々に明け渡した。父はすぐにも彼女の足もとにひれ伏し、娘を勘当した決断を悔やむだろう。

孫令（スン・レイ）が彼女に続き、はるか麓の村を見はるかす石造りのテラスに出た。硝煙にまみれた顔に、汗の筋がいくつも伝っている。戦闘服はぼろぼろだ。隋暁舜には、いま目の前にいる男と、見慣れた背広姿の公認会計士が同一人物だとは思えなかった。

「タイとマレーシアの警官隊は撤退し、山を下っています」孫令は言った。「あと数分、わたしの部下に追撃させ、さらに遠ざけます」

彼女はほとんど話を聞いていないようだ。かつて自らが仕えていた、父とその帝国の本丸に戻ってこられて、夢心地のように見える。父の事業に参画するまでは、ここで無邪気な幼少時代を過ごした。そしてまさにこの場所で、彼女自身の咎ではなかったにもかかわらず、不運による失敗の責任を取らされて一族から放逐された。その日以来、彼女は必ずここへ戻り、復讐すると誓ったのだ。

「父の痕跡は？」隋暁舜はようやくわれに返り、答えを恐れているかのように、震えを帯びた声で尋ねた。

「いいえ、まったくありません」孫令は答えた。「戦闘中、ここから逃げ出したのではないでしょうか。われわれは城の周囲に、防御線を設けているところです。ヘロインはわれわれのものです。配下の兵士たちが、ヘロインを破棄するために仕掛けられた爆薬を、いとも簡単に解除しました。では、アメリカ人の捕虜を連れてきましょうか？」

隋暁舜はうなずき、ようやくかすかな笑みを浮かべた。

「理解に苦しむばかりだ」ポール・ウィルソン艦長は頭(かぶり)を振った。「〈コーパス〉は水深の深い海域へ、わき目もふらず一直線に向かったままだ。いったい何を考えているんだと思う?」

もう二日近く、〈ヒギンズ〉は乗っ取られた原潜とおぼしき目標を追躡(ついじょう)している。彼らは半島や島嶼(とうしょ)にさえぎられた南シナ海を抜け、ひらけた太平洋に入っていた。それでも潜水艦は、かたくなに北北東へ針路を取りつづけている。潜水艦の航跡には、なんら変化がなかった。艦尾をソーナー捜索するバッフル・クリアで、追尾されていないかどうか確かめようともしない。ウィルソンは〈ヒギンズ〉を目標から充分に離し、水中電話の信号のぎりぎり届く範囲にとどまって、〈コーパス〉を操艦している人間が追尾に気づかないことを祈った。

ブライアン・サイモンソン大尉が、じっと見ていたモニターから目を上げた。

「わかりません、艦長」サイモンソンは答えた。「ですが、深い水域に出たほうが、追尾はずっと容易になるはずです。ほかのコンタクトをあまり心配する必要がなくなります。ところで、第七艦隊司令部から最新情報がありました。〈トピーカ〉があと八時間で到着予定とのことです」

ウィルソンはうなずいた。〈コーパス〉の姉妹艦〈トピーカ〉は、全速力で現場へ急行しているにちがいない。

「対潜ミサイル(ASROC)を配備し、ヘリの離陸準備も整えて、対潜網を張れるようにしておけ」

「すでに準備済みです、艦長」年若(としわか)の大尉は答えた。「前部の垂直発射システムから、ASROC六基の発射用意をしています。SH‐60シーホークは二機とも給油を終え、武器も装備して、十五分で離陸できます。〈ヒギンズ〉は臨戦態勢に入っています」

仕事熱心な青年士官に、ウィルソンは苦笑を禁じ得なかった。彼らが攻撃しようとしている相手は、本物の武器を装備したアメリカ海軍の潜水艦であり、艦内にはまだ乗組員も生存しているにちがいないのだ。艦長は、〈トピーカ〉が早く現場に到着し、海賊——それが相手の正体なら——が戦闘を交えずに降伏してくれることを願った。しかし彼の勘は、そう簡単にはいくまいと告げていた。

「艦長！ 信号が消えました！」サイモンソンが大声で異変を告げた。「たった一分前まで、明瞭に受信できていたのですが。突然、消失してしまいました」

「くそっ！」ウィルソンは罵声をあげた。「いったい、何が起きたんだ？」気を静め、艦長は訊いた。「潜水艦から、水中電話以外の音は出ていないのか？」

はかない望みだが、これだけ長時間〈コーパス〉を追尾してきたので、もしかしたらこの原潜の弱点——特徴的なほかの雑音——が判明したかもしれない。

「いいえ、まったく出ていません。西を航行する貨物船の音以外、画面には何もありません。どうしますか？」

「これまでどおりの針路を追い、潜水艦の予想位置から五〇〇〇ヤード以内の距離を維持してくれ。ひょっとしたら、音響の関係で一時的に信号が消えたのかもしれん。ふたたび受信できることに望みを繋ごう」

ウィルソンはサイモンソンのモニターで地形ディスプレイを見た。潜水艦の航跡は、ルソン島の北で針路を微調整したときから、ずっと矢のようにまっすぐだ。

「ブライアン、〈コーパス〉の予想針路を出してみてくれ」ウィルソンは命じた。「どこへ向かっている？」

サイモンソンはコンピュータの文字盤を操作した。ディスプレイに、西太平洋の大半が表示された。

緑の線は一直線に、東京湾の入口へ伸びている。

マンジュ・シェハブは激怒した。怒りで顔は朱に染まり、目は飛び出さんばかりで、唇から唾を飛ばして怒鳴っている。どうして、こんなことになるんだ？　わたしの下にいるのは、どうしようもない馬鹿ばかりなのか？

「エリンケ！」シェハブはソーナー室に座っていた、長身の屈強なテロリスト、タガイタイを面罵した。「おまえはいつから、ここのガキに出し抜かれてぼうっとしていた？」

タガイタイは頭を振った。

「マンジュ、もともと俺は、ムスリムの漁師だったんだ。ここのコンピュータやソーナーのことは、からっきしわからん。アッラーが俺にソーナーのことをわからせたければ、きっと俺をイルカにしていただろう」

「きさま！」シェハブは怒号した。「そんなことをほざいていたら、イルカの餌にしてやるぞ！　信号はもう出ていないんだろうな？」

二人の海賊は発令所に立ち、ソーナー室の扉をふさいでいた。水中電話の制御盤は、ニール・キャンベルの頭上でばらばらになり、部品がぶら下がっている。青年の候補生は、まるで当直中にうたた寝しているかのようにソーナーデスクに突っ伏していたが、唇からはひと筋の血が垂れていた。

「水中電話の制御盤は、もう使えないようにした」タガイタイは言った。「さっき、あんたが信号に気づいて俺に警告してくれたとき、すぐに壊しておいた。ＡＫ－47で一度連射したら、信号も消えた」

シェハブの怒りはそれでも収まらなかった。

「アメリカ軍に気づかれる前に、わたしが発令所のモニターで信号に気づいたから、まだ幸運だったんだぞ。もし気づかれたら、われわれ全員が、来世でサブル・ウリザムに責められるだろう。せいぜい、この海にわれわれ以外の軍艦がいないことを祈るんだな」

シェハブはまだ年端もいかない候補生の襟の後ろをぐいと掴み、ソーナー室から発令所の床に引きずり出した。

「こいつを引きまわし、ほかの乗組員がいる場所へ連れていけ。アッラーのご計画に刃向かう不届き者がどうなるか、その場で見せしめに殺せ」マンジュ・シェハブは命じた。

タガイタイは抗弁しはじめた。

「しかしまだ、こいつはほんの子どもだろう。髭も生えそろっていない。まだ一度も女を知らないんじゃ……」

「黙れ！　わたしの言うとおりにしろ。さもなければ、おまえを見せしめにしてやるぞ。愚か者の末路を、みなが思い知るだろう」

タガイタイに選択の余地はなかった。若者の首根っこを掴み、いくらか意識を取り戻すまで、何度も顔を張り飛ばした。

テロリストはよろめく若い候補生を、梯子から食堂へ突き落とした。そこには操艦から外された大半の乗組員が集められ、海賊が目を光らせるなか、身を寄せ合うように座っていた。

食堂に落ちてきた友人の姿に、ジム・ワードは仰天して立ち上がり、思わず駆け寄ろうとした。テロリストの一人が、ワードを乱暴に席に押し戻した。

キャンベルは立ち上がろうとした。しかし、続いて梯子を降りてきた大柄なテロリストが、若い水兵を床に向かって粗暴に突き倒した。キャンベルがひざまずき、同僚たちを目の前にしたところで、タガイタイは長い刀を鞘(さや)から抜き、頭上に振りかざした。

乗組員たちは、一様に恐怖に目を見張った。海賊がしようとしていることは、とても現実とは思えなかった。

しかし、大男は躊躇(ちゅうちょ)なく、身の毛のよだつ音とともに刀をいっきに振り下ろした。

最初の一撃で、とどめは刺せなかった。キャンベルが世にも恐ろしい咆吼(ほうこう)をあげた。

すぐに二度目の刃が振り下ろされ、断末魔の苦しみを終わらせたのが、せめてもの情けだった。

35

空港ターミナルのガラス張りのスライドドアから一歩踏み出したところで、ビル・ビーマンの顔は暑熱にさらされた。真昼の強烈な日光で舗装道路から陽炎が立ちのぼり、街全体がぼやけて、客待ちをしている百台近くのタクシーのタイヤも溶けてしまいそうだ。よどんだ空気に黄灰色の有毒な排気ガスがたゆたい、生きとし生けるものをことごとく窒息させてしまいそうだが、街路にひしめく群衆の表情からは、そんな危険は窺えなかった。

ムンバイ空港は大勢の利用客でごった返していた。インドでめざましい成長を遂げている情報技術のビジネスマンや、西インドの聖地を訪れる観光客が、広大な亜大陸のあらゆる地方から多種多様な服装で集まっている。歩道には人々の喧噪がこだまし、くたびれたバスに群がったり、大声で手を上げてタクシーを捕まえたりして、街なかまでの長距離を移動しようとしている。

ビーマンはできるだけ目立たないようにしながら、周囲を見まわしたが、色とりどりの衣裳を着た群衆のなかでも、アロハシャツ姿の長身でブロンドのアメリカ人は人目を引いてしまう。横須賀基地の売店で、彼に合うサイズの服はこれしかなかったのだ。今度任務に出るときには、手荷物に最低ひと組は私服を入れておこうとビーマンは心に誓った。どんな作戦が待ち受けているか、来てみなければわからないのだ。

「迎えの車は来ていますか？」ジョンストン上等兵曹は、ビーマンが立っている縁石に近づきながら訊いた。上等兵曹は手を額（ひたい）にかざして強い陽差しをさえぎり、空港の車両入口ランプを見た。

「いや」ビーマンは答えた。「まだ来ていないようだ。領事館からの連絡では、運転手と車をよこすということだった。向こうは飛行機の到着時刻を知っているはずだが」

ビーマンが苛立たしげに、ため息をついた。

「まあ、落ち着いてください、隊長」ジョンストンがくすくす笑った。「われわれは観光に来ていることになってますから」

「ああ、そうだったな」ビーマンは、ジョンストンだけに聞こえるよう小声で言った。「観光の合間に、行方不明になった核兵器を捜すってわけだ。ジェイソンは手荷物を受け取ったのか？」

ジョンストンはにやりとし、肩越しに親指を後ろへ向けた。

「まだです。俺たちの着替えを取りに、人混みをかき分けているところですよ。それでも、高度四〇〇〇〇フィートのC－17から飛び降りるよりは、ファーストクラスの旅客機で飛んだほうがずっと快適でしょう」

ビーマンが気の利いた返事をしようとしたところで、灰色のメルセデスS430がタイヤを軋ませ、二人の真ん前に急停車した。外交官プレートで、迎えの車であることがはっきりわかった。

トランクがひらいたのに続いて、二十代の目の覚めるようなブロンドの美女が運転席側のドアから降りてきた。クリーム色のリネンのビジネススーツに、明るい色調のペイズリー柄のブラウスを着ている。

「ミスター・ビーマン、とお見受けしますが」合衆国北東部の名門校やアイビーリーグで教育を受けたとおぼしき、耳に心地よい語調だ。「ヘザー・ジョーンズと申します。アメリカ領事館員です。どうぞ、お乗りください。時間があまりないので」

まばゆいばかりの笑顔だが、彼女の言うとおりだった。ビーマンがひとことも告げないうちに、ジェイソン・ホールが三個の小型スーツケースを引きずって、ターミナルの扉から出てきた。三人が見ている前で、ホールはよろよろと車に近づき、トランクにスーツケースを積んで、車のドアを開け、後部座席に乗りこんだ。ジョンストンがその隣に乗りこみ、ビーマンは助手席に乗るしかなくなった。

　ビーマンは気にしないふりをしようとしたが、ヘザー・ジョーンズは形のいい脚をときおり露(あら)わにしながら、手ぎわよく大型車を駆って、無秩序状態の市内の車列を縫って走った。

「われわれの装備は……？」ビーマンは言いだした。

「心配ご無用です、隊長」ジョーンズは真昼の太陽よりもまぶしい笑みで答えた。「すでに、領事館の外交行嚢(クーリエ)を手配済みです。装備品はみなさんより早く、領事館に到着しているはずです。外交行嚢を使ったほうが、空港で通関手続きが省けると思いませんか？」

　ビーマンは釈然としない思いを飲みこみ、無言でうなずいた。さまざまな疑問が脳裏で渦を巻く。時差ぼけと寝不足のせいなのか、魅惑的な女性の隣にいるからなのかはわからないが、この歴戦のSEAL指揮官の思考ははっきり定まらなかった。

「時間がありません」ジョーンズは、助手席で言葉に詰まっている海軍軍人に構わず続けた。「貨物船〈イブニング・プレジャー〉は、あすの早朝に入港予定です。大使から、キノウィッツ博士の伝言をことづかっています。博士によると、みなさんに洋上で船を阻止してほしいとのことです。埠頭に高速艇を待たせています。領事館で手短に概況説明(ブリーフィング)を行ない、装備品を受け取っていただいたら、われわれはすぐに出発します」

ビーマンがようやく口をひらいた。

「〝われわれ〟とは、どういうことだ？」思わず咳きこみながら、彼は訊いた。「これは夜景を楽しむクルーズとはちがうぞ。民間人を連れていくわけにはいかない」

ヘザー・ジョーンズはビーマンを一瞥し、肉感的な唇にかすかな笑みを浮かべて、フロントガラスの前の混乱した道路状況に目を戻した。

「それはまあ、逞しくて強いSEAL隊員のみなさんにはかないませんけど」彼女はささやくように言った。「今回の船旅で予想される状況には対処できると思います。これまで、ラングレーからのさまざまな指令に対処してきましたから」間を置き、ジョーンズは言った。「申し遅れました。わたしはCIAのムンバイ支局長です」

「〈ヒギンズ〉が、〈コーパス〉の水中電話の信号を見失ったとのことです」マーク・ルサーノが報告した。「メッセージはすべて受信完了しました。〈ヒギンズ〉からのメッセージだけです」

ドン・チャップマン艦長は、〈トピーカ〉の潜望鏡の接眼部から目を離し、振り返った。

「ほかには何か書いてあったか？」

「〈ヒギンズ〉の艦長は、まだ〈コーパス〉がこちらへ向かっていると思っています。予想針路に基づくと、〈コーパス〉は東京湾に向かっているとのことです。われわれは阻止線を設定し、〈コーパス〉の通過を防ぐ必要があります」

ドン・チャップマンが潜望鏡の黒いハンドルを上にぴしゃりと叩き、頭上に手を伸ばして、大きな赤い昇降用ハンドリングを操作した。銀色の筒が静かに滑り降り、潜望鏡を収納すると、艦長は命じた。「マストとアンテナをすべて下げ、深度四五〇フィートに潜航せよ。ミスター・ルサーノ、両舷の曳航(えいこう)式アレイソーナーを展張せよ。阻止捜索準備が完了しだい、報告せよ」

〈トピーカ〉は二種類の高精度曳航式アレイソーナーを搭載している。ひとつは太い鋼索のTB-16曳航式アレイソーナーで、もうひとつは細い鋼索のTB-23曳航式アレイソーナーだ。いずれも、長大なケーブルによる水中聴音器で、潜水艦のはるかに後ろまで伸ばし、深淵を潜航する〈トピーカ〉の小さなノイズから離れたところまで距離を置く。TB-16アレイのほうは、通常はチューブに収納され、伸ばしたときの長さは潜水艦の全長に匹敵する。TB-23より精度は劣るものの、潜水艦が速力を上げても使用できる。一方、TB-23アレイのほうは、後部バラストタンクの大きなリールに収納されている。展張したときには、潜水艦の艦長にとって、最も高精度のソーナーセンサーだが、使うには速力を落とし、深深度にとどまらなければならない。

「イエッサー」ルサーノが応答した。「針路〇九〇に変更し、最初の防衛線を張ります」

チャップマンは後部の海図台に近づき、テープで留められた大縮尺の海図にかがみこんだ。それからマーク・ルサーノに向かって目を上げ、静かな口調で命じた。「一番、二番、三番、四番発射管に、実戦用マーク48ＡＤＣＡＰ魚雷を装塡せよ。一番、二番発射管は即時発射可能に設定せよ。発射管制システムを対潜水艦戦用に設定せよ」

〈トピーカ〉は来たるべき事態に備え、粛々(しゅくしゅく)と用意を進めている。


隋海俊(スイ・カイシュン)は悲しげなまなざしで、先祖伝来の城を見つめた。庭園の縁に繁茂した密林の陰で、彼の姿は安全に隠されている。そこから、城の周囲を動きまわる男たちの姿が見えた。明らかに、何かを探しているようだ。きっと、値段がつけられないほどの隋の美術品コレクションや、麻薬を盗み出そうとしているのだろう。

ぶしつけな下郎どもに、身のほどを思い知らせてやるときが来た。この隋海俊が、こんなやりかたで辱(はずかし)めを受けたまま、おめおめと生き恥をさらすわけにはいかない。侵入者は一人残らず殺し、この手で敵の指導者の心臓を引き裂いてやる。

隋は周囲を見まわし、配下の兵士たちが全員配置に就いたのを確かめた。ついに、復讐のときが来たのだ。隋はずっしりしたＡＫ-47を構え、ちょうど正面玄関から出てきた敵兵に、慎重に照準を合わせた。力を抜いて引き金を絞り、熟練した腕前で三連射を浴びせる。その男は、胸に斧を叩きつけられたかのように、のけぞって倒れた。

隋の練達の一撃で、戦いの火蓋が切られた。配下の兵士たちは、侵入者が逃げてきそうな道に緩く弧を描いて、斜面の下から一斉射撃を浴びせた。最初の一撃を浴びた城外の不運な数人が、悲鳴をあげて倒れた。しかし、最初の驚愕から回復した城内の敵勢は、すぐに陣形を立てなおした。ものの数秒で、隋や配下の兵士たちは、城の窓や胸壁からの正確な射撃に見舞われた。

ロケット推進式擲弾（RPG）が弧を描いて飛び、大音響とともにベランダのどこかに着弾した。もう一発の擲弾（てきだん）は、数百年を経過した石垣に当たって爆発し、花崗岩の大きな破片をまき散らした。

耳をつんざく爆発音に呼応するように、城の高いところにある窓から、隋が愛用していた旧式のブローニング五〇口径重機関銃と思われる銃声が鳴り響いた。高い塔の隠し場所にあった城の武器庫が、襲撃者に発見されてしまったようだ。

窓の陰に隠れた射手が、鬱蒼（うっそう）とした草木の隠れ蓑に向かって重機関銃を撃ちかけると、五〇口径の銃弾が密林の広範囲に絶え間なく降り注いだ。

隋の目の前で、配下の兵士たちが敵弾の餌食になり、ばたばたとなぎ倒されていく。隋は窓に向けて長い連射をしたが、ほんの一時、相手の銃撃がやんだだけだった。二挺のRPGが窓を挟撃したものの、重機関銃の射撃はやまなかった。

隋が見たところ、味方の人数は十人を切っていた。一度撤退し、増援の兵士や重火器を集めて、態勢を立てなおすしかなさそうだ。だが、ふたたび攻勢に出られるころには、城を略奪した連中はとっくに目当てのものを奪って、立ち去っているだろう。かけがえのない大量の商品を持ち出されたら、彼の帝国を再建する唯一の手段がなくなってしまう。やむなく手を上げ、撤退の合図をしようとしたそのとき、最後のRPGが弧を描いて放たれ、驚くほど正確な軌道で窓に命中した。一瞬の静寂があり、敵味方が固唾を呑んだ。その瞬間は、世界が止まったかのようだ。と、まばゆい閃光が窓を包みこみ、すぐあとに続いて、耳をつんざく大音響とともに想像を絶する大爆発が起こった。塔の武器庫にあった弾薬がすべて、火災で誘爆したのだ。炎が城壁をなめ、射手がいた窓から火の手が上がると、瞬く間に燃え広がった。数世紀を経た木材は、乾燥して燃えやすかった。城はあたかもガソリンをまき散らしたかのように燃えさかった。

隋は思わず立ち上がり、呆然として見つめた。先祖代々の家が、彼自身の手で破壊されてしまったのだ。しかし、ヘロインを救う可能性はまだ残っている。

炎上しつづける城から、小口径の火器が、依然として十カ所ほどから応射してくる。城内に立てこもっている敵勢は、最後の一兵まで戦いつづける覚悟のようだ。

隋海俊はいま一度、やつらを一人残らず殺してやると決意した。


遠くで轟く銃撃戦の音に、トム・キンケイドは立ち止まった。誰かが山の向こうで、大量の武器を使っているようだ。フルオートで連射するAK-47の低い咆吼と、M-16の短く甲高い銃声が交互に鳴り響く。ときおり、RPGの爆発音が銃声を中断させた。

「ベニー！」キンケイドは叫んだ。「あっちのほうで、相当なもめ事が起きているようだ。引き返して様子を見に行こう。サム、きみたちはここにいて、われわれの退路を確保してくれ」

キンケイドはM-16自動小銃を携え、いま下りてきたばかりの狭い密林の道を引き返して、ふたたび登りはじめた。ベニト・ルナは頭を振りながらも、国際共同麻薬禁止局の捜査官に従い、来た道を戻った。サム・リウ・チーは少人数の警官隊とともに、道ばたに座って二人を見送った。先ほど激しい戦闘を終え、山を下ってきたばかりで、何より休息が必要だった。

二人は山を登りながら、銃撃戦がますます激しくなるのを聞いた。ようやく城がふたたび見えてきたころには、戦闘はさらに本格化していた。警官隊がヘロインを処分するために仕掛けた爆薬は、この期に及んでも作動していない。二人ともそのことには気づいていた。

キンケイドは道を外れ、密林に身を隠した。ベニト・ルナも大柄な捜査官に続き、斜面を登る。二人は深い森に消えた。

「もっと高いところまで行こう。城の上から、状況を確かめるんだ」キンケイドは登りながらつぶやいた。一時間後、二人は城より高い場所にある、突き出た岩棚に登っていた。

キンケイドが岩の縁から見下ろすと、石造りの中庭が真下にあった。城の建物の上部から、火の手が上がっている。黒煙の柱が、数百年の歴史を持つ建築物からもうもうと立ちのぼった。

キンケイドは双眼鏡をバックパックから取り出し、眼前の光景をよく見た。そのとき彼の目に、奇妙なものが映った。まったく場違いなものが。

城の手前に突き出した屋根の下に、二十人前後の一団が見えた。戦闘に参加しているようには見えない。それどころか、誰一人武器を身に着けておらず、二名ほどの武装兵士に監視されている。キンケイドは彼らに注意を集中した。たまたまこの山頂の戦いに巻きこまれてしまった、観光客のグループのように思われた。彼らは兵士でもなければ、麻薬組織の私兵でもない。

やがて、この距離と黒煙のなかでさえも、キンケイドは捕囚のなかに見慣れた姿を認めた。一団からやや離れたところ、一ヤードほど左手にいる女性だ。双眼鏡の倍率を上げ、彼女に慎重に焦点を合わせる。もちろん彼女は怯えているようだったが、勇敢にも尊厳を保ち、ほかの人たちを慰め、励ましているように見えた。

キンケイドはあまりのことに、双眼鏡を両手から取り落とした。

ありえない！彼はこの女性を知っていた。彼が見ているのは、旧友ジョン・ワードの妻、エレン・ワードだ。

「なんてことだ！」キンケイドにはそれしか言葉がなかった。

36

「ご主人様。残念ですが、もう撤退するしかありません」孫令の顔は汗と煤にまみれている。全身から硝煙の臭いが漂っていた。左目の上の痛々しい裂傷から血が流れている。孫は隋暁舜に、撤退して態勢を立てなおすことを許してほしいと懇願した。「部下はほとんど戦死したか、重傷を負っています。このままお父様の部隊と戦っても、勝てる見こみはありません」

孫令と隋暁舜は、ひっくり返った食卓の陰でかろうじて銃弾を防ぎ、うずくまっていた。正餐室だった部屋は、間に合わせの司令部に使われている。塔の棟からは長い巻きひげのような煙が漏れ、備蓄されていた弾薬の爆発音がときおり響いて、この部屋も揺さぶられた。二人とも戦闘で神経が昂ぶり、刺激性の煙のせいもあって息が切れている。追い討ちをかけるように、長い連射の銃声とともに窓から銃弾が飛びこみ、二人の頭上数インチのところで木の羽目板が粉々になって、チーク材の破片が降ってきた。

隋暁舜はようやくうなずき、腹心の部下の願いを認めたが、それでも手元のグロック九ミリに弾薬の装塡を続けた。

「撤退するしかないのです――いますぐ！」孫令の声は切羽詰まっていた。

隋暁舜は小柄な山地民出身の男を見た。

「捕虜はどうするの？」隋は訊いた。

「殺すしかありません。いっしょに連れていくわけにはいきませんから」孫は平板な口調で答えた。

「いいえ。まだだわ」彼女は自ら答えた。「あとで殺すかもしれないけど、いまはまだ、わたしたちが退路を確保するための取引として役に立つ可能性がある」

自動小銃がもう一度連射され、いまはガラスがなくなった大きな窓から不釣り合いにぶら下がっている、紺色のシルクのカーテンを引き裂いた。隋暁舜の潜在意識のどこかから、おかしな光景が浮かんできた――隋が幼女だったころ、あのカーテンの陰に隠れ、父親とかくれんぼをしたときのことだ。父は娘の気配に気づかないふりをしていたが、やにわに彼女を捕まえ、腹をくすぐり、首筋にキスして、くすぐられた娘が笑いながらもうやめてと頼むまで、それをやめなかった。

隋暁舜ははじかれたようにテーブルの陰から飛び出し、つやのある寄木張りの床を通り抜けた。腹ばいの姿勢だったので、ガラスの破片で両手をひどく切ってしまった。隋は血まみれの手形を床に残しながらも、なんとかベランダの扉にたどり着いた。石造りのテラスに飛び出し、肩越しに振り返る。塔の扉を、炎の舌がなめていた。塔がある棟は、あと数分で崩れ落ちるだろう。

「来てる?」隋は孫に呼びかけたが、彼はすでに腹ばいですぐ後ろに続いていた。

生き残った十人足らずのモンタニャールたちが、隋暁舜を守る陣形を作り、テラスに集まって撤退を始めた。重傷者や戦死者は、その場に置いていくしかなかった。隋たちは捕虜を一カ所に集め、テラスから伸びる曲がりくねった石段から、城塞の低い石垣にへばりつく鬱蒼(うっそう)とした茂みへ追い立てた。若いアメリカ人学生たちは、絡み合った下生えを歩かされた。モンタニャールの一人が、彼らを先導して密林を切り拓き、一団はどうにか通り抜けて、山を登りはじめた。さっき城を攻めてきたときと逆方向だ。

隋暁舜も承知していたように、城に踏みとどまって血路を切り拓くよりも、撤退するほうが、さらに無謀な賭けだった。それでも、混乱と黒煙に乗じて遠ざかれば、あるいは密林でのゲリラ戦に持ちこんで、隋海俊の兵士たちを打ち負かせるかもしれない。そこでモンタニャールたちは、夜の帳(とばり)が降りるまで隠れ、夜行性の齧歯(げっし)類(るい)の動物さながらに、闇のなかに這いだすのだ。彼らが生きて戦いを続けるには、方法はそれしかなかった。

隋暁舜が承知していたことは、もうひとつあった。子どものころに父と遊んでいたころよりも、今回のかくれんぼのほうが、敗者にとって致命的な結果をもたらすことだ。

地平線に太陽が兆(きざ)し、血のように赤い球体が、サウジアラビアの砂漠にきょうも厳しい灼熱の一日を約束していた。地平線まで伸びる道路は波打ち、灰褐色の岩だらけの土地を東西に横断する黒い帯が、何世紀ものあいだ神に見捨てられた土地を通ってきた隊商路をなぞっている。五人のアメリカ海軍特殊部隊(US NAVY SEALs)の隊員は、幹線道路からわずか二〇メートル離れた場所で、砂漠の尾根の陰に伏せていた。

「さて、どうします？」ジョー・ダンコフスキーがぼやいた。「迎えの車は来ていないようですが」

「どうせ停めるんなら、ビールを積んだトラックを強奪しませんか？」ミッチ・カントレルが合いの手を入れた。

チームリーダーのブライアン・ウォーカーは、背中のキャメルバックに入った水を、チューブでひと口飲んでから、隊員の軽口に答えた。

「ダンコフスキー、俺の考えでは、ここがジッダとメッカを結ぶ幹線道路だ。北朝鮮の連中がトラックで核兵器を運ぶのなら、この道を通るしか方法はない。みんな疲れて汗だくだろうが、ここでやつらが通りかかるのを待ち伏せしよう」SEALの中尉は乾いた唇を手の甲で拭い、彼らの五〇〇メートル西、道路からわずか一〇メートルのところにある岩の露頭を指さした。「カントレル、ガンマ線測定器を出して、あの岩の陰に隠れろ。測定器が反応したら、核兵器を積んだトラックが近づいてきたということだ。そのときには俺たちに叫んで、やつらの退路をふさいでくれ」

ミッチ・カントレルはうなずき、背嚢を下ろした。サイドポケットを手探りし、タバコの箱ぐらいの大きさをした黄色の箱を取り出す。その片側の細かい金属グリッドの内部には、きわめて繊細なヒ化ガリウムの基板（ウェーハー）が入っていた。そのウェーハーは、核兵器から放出されるガンマ線のスペクトルを感知するように調整されている。測定器の上端の小型液晶ディスプレイに、ガンマ線の数値が表示され、カントレルはそれを読み取ればよい。測定器の動作は正常だ。

カントレルは尾根の斜面を滑り降り、道路ぎわを大きく迂回して、岩の露頭へ向かった。万一、彼の移動中にトラックが現われたら、見とがめられてしまう恐れがあるからだ。

「マルティネッリ、きみとダンコフスキーは、ここでいつでも動き出せるよう準備してくれ。M240機関銃と携帯式無反動砲AT‐4を使おう。俺たちの援護射撃をしてほしい。ブロートンと俺は、道路ぎわの穴に隠れている。カントレルが合図したら、俺たちがトラックを停める。それでも通りすぎようとしたら、きみたちが阻止してくれ」ウォーカーは若いＳＥＡＬ隊員の肩を摑み、まっすぐに顔を見た。「いいか、核兵器を積んだトラックは絶対に停めろ。わかったな？」

うなずいた若い隊員の目を、ウォーカーは頼もしく思った。

積荷を満載したトレーラーは、ディーゼルの排気と過熱したオイルの臭いをまき散らしながら、長く緩い勾配を登っていた。ダイヤモンド・レオ社製のトラックは、かつては砂漠の熱を反射するために白く塗装されていた。しかし長年にわたり海港とメッカを行き来してきたため、塵芥(じんかい)やオイルなどの汚れが積もり、いまは薄汚れて灰色がかった褐色になっている。このくたびれたディーゼル・エンジンのトレーラーは、正確な車齢すらわからないが、少なくとも二社の油井会社で使われてから、フリーランスのイエメン人のトラック会社に払い下げられた。その会社の資産はこのトラック一台と、携帯電話が二台、あとはスペアタイヤだけだ。

重機セールスマンになりすました二人は、むっとするような狭苦しい運転台に身を縮め、暑さで汗だくになりながら、おんぼろトレーラーが目的地に到着してくれることを祈っていた。サウジの砂漠のどまんなかでトラックが故障し、核兵器を積んだまま立ち往生するような事態は、考えたくもなかった。しかし、この疲弊しきったトレーラーに乗っていると、現実にそうなってもなんらおかしくないように思える。

ともかく、トラックが無事に到着さえしてくれればそれでよかった。いまのところ、アメリカ人や、ほかの何者かが彼らの計画を阻止しようとしている徴候は見受けられない。仮にそうだとすれば、これほど目的地に近づく前に、もうとっくに行動に踏み切っているはずだ。

ローブとバーヌース（アラブ人が着るフードつきのマント）に身を包んだ王（ワン）大尉は、助手席の窓側に座り、膝のあいだでブリーフケースを握りしめていた。そこにはMAC-10機関拳銃と二百発の弾薬が入っている。卓（タク）中尉は、王とむっつりしたアラブ人運転手に挟まれてじっとしている。卓が携帯している武器は、ローブの下に隠し持ったベレッタの九ミリだけだ。それ以外の武器は、着替えが入った小ぶりのバッグ二個に収まり、座席の後ろのスペースに押しこまれている。

運転手はアハブ・ベン・ムテリと自己紹介したきり、六時間前にジッダを出発してから、ほとんど無言だ。彼はただ、目の前のがたが来たステアリングをまわし、片手を震えるギアから離すことなく、運転に徹していた。

十八輪のトレーラーはようやく長い勾配を登りきり、心なしか安堵したようなエンジン音をたてた。小さな岩の露頭を通りすぎると、アハブはギアを入れ替え、比較的平坦な砂漠の道を速度を上げて走った。ここからメッカまでは、わりあいたやすいだろう。

王の視界の片隅に、ちらりと動くものがよぎった。身体が反応し、そちらに目を向けるより早く、トラックは制御不能になってひどく傾き、道路を蛇行しはじめた。王は卓にぶち当たり、続いてドアに激しく身体を叩きつけられ、運転手は道から逸れようとするトラックの姿勢を回復させようと格闘した。金属やゴムが舗装道路にこすれて金切り声をあげ、運転台のフロントガラスに映る世界はめまぐるしく回転を始めた。

金切り声は唐突にやみ、彼らの周囲にもうもうと土埃が舞った。運転手は格闘に敗れてしまった。制御不能に陥ったトラックは幹線道路から脱輪し、砂漠に飛び出している。トレーラーは砂の斜面を途中まで登って停止し、奇妙な角度に傾いた。それから、まるでスローモーションのように、手負いの巨獣さながらに左へ横転した。

王はブリーフケースを掴み、ドアを開けて、トラックの運転台から、転覆した牽引車の上に出た。敏捷な身ごなしで、王は地面へ転がり、斜面を下りながらブリーフケースを開けた。

そのとき王は、敵影を見た。砂漠用の迷彩色の戦闘服を着た男が、こちらへ向かって砂の上を走ってくる。王は瞬時に、事態を悟った。彼らを阻止しようとする何者かが、タイヤを狙い撃ちしてきたのだ。襲撃者がこれ以上近づき、彼やトレーラーや積荷にさらなる損害を与えないうちに、食い止めなければならない。

王は腹ばいになり、照準を合わせるのもそこそこに、走ってくる男に短い連射を浴びせた。襲撃者は大岩の陰に飛びこんで隠れた。

卓が王の隣に転がり、近くの尾根へ向けてベレッタを数発撃った。

「無駄弾を使うな……」王が言い出した矢先に、古いトレーラーの金属の車体を跳弾が見舞った。敵勢は尾根のどこかからこちらに向かってくるようだ。

「あそこから誰かがこっちへ撃ってきます」卓が言うまでもなかった。相手の射撃は瞬く間に精度を上げ、小さな砂の飛沫や岩の破片が二人の北朝鮮人の周囲に舞う。

王は姿の見えない襲撃者に連射を浴びせようと、上半身を起こした。しかし、しょせんは無駄なあがきでしかない。王の小火器MAC－10は、近接戦闘には理想的だが、これだけ距離を空けられたら、まったく歯が立たない。

「手持ちの銃では勝ち目がない」王は卓に向かって叫んだ。「わたしが援護射撃してやつらを食い止めるあいだ、運転台に戻れるか」

そのとき、転覆したトレーラーの陰で身を縮めている二人の真上で、AK－47の銃声が響いた。

「砂漠の盗賊どもが！　子どもたちの食い扶持を盗めると思っているのか！」アハブが叫びながら、怒りを込めて銃撃した。トラック運転手は、運転台から頭と肩だけを突き出し、古びて傷だらけのAK‐47を両手に握りしめている。

「アハブ、バッグを投げてくれ！」王が叫んだ。「中に、ライフルが入っている。トラックを盗賊から守るのに、われわれも加勢しよう」

北朝鮮人たちには、相手が盗賊などではないことがわかっていた。次の瞬間、隠れている王と卓の目の前にバッグが落ち、砂埃が上がった。これで、対等に戦えるチャンスがめぐってきた。

王がバッグに手を伸ばそうとしたとき、携帯式無反動砲を持った男が目に入った。ライフルを取り出している猶予はない。その前に、こちらが粉砕されてしまう——自分たちとトラックと積荷が。撃たれる前に射殺しようと一縷の望みをかけ、王は機関拳銃をその男へ向けて全弾発射した。

トラックの運転台が、目が眩むような閃光とともに爆発した。信じがたいことに、王には何も聞こえなかった。あたかもスローモーションのように、一瞬前までそこにいたトラック運転手のアハブ・ベン・ムテリが、焼けて黒こげの肉片となり、目の前の砂に崩れ落ちた。トラックの運転台も炎に包まれ、黒煙を上げている。

王は右側に、奇妙にひりつくような感触を覚えた。右手を使い、感触を確かめようとする。右手はべとついた感触を残して、身体から切り離され、血まみれになっていた。だが不思議なことに、痛みはなく、ひりつく感触しか覚えない。彼の右側が眠ってしまったかのようだ。

王は隣の卓を見、負傷したことを伝えようとした。しかし、北朝鮮の工作員の胸からは、長い槍のような榴散弾が煙を上げて突き出していた。ほんの十秒前まで、卓の心臓が脈打っていた場所だ。

王はただ一人になってしまった。

眩暈と暗闇に包まれ、王にはなんの音も聞こえなくなった。自分の血流が砂の上に噴き出している。任務が失敗に終わったのは明らかだ。彼は祖国と親愛なる指導者を裏切ってしまったのだ。上官が息を荒らげ、核兵器を積んだトラックの襲撃を許してしまったことを譴責する声が聞こえてくるようだ。

だが、これまでの苛酷な訓練で培われたどこか深いところから、王は最後の力を引き出し、乾坤一擲の賭けに出た。車が転覆したときに、トレーラーから投げ出されてひっくり返った木枠に向かい、這いだしたのだ。木枠の蓋が緩み、中の核兵器が見えた。

もしかしたら、残された血の最後の一滴がこぼれ落ちる前に、タイマーをセットできるかもしれない。

王は失われゆく体力を振り絞り、木枠へと近づいた。まだ、任務をやり遂げられる可能性は残っている。それができれば、分断された祖国の統一が果たされるかもしれない。そうしたら、いつの日か、祖国の人民は王をメッカに向かう道の英雄と讃え、建物や公園に彼の名をつけるだろう。

トニー・マルティネッリが放ったAT-4弾は完璧な一撃で、瞬時に銃撃戦を終わらせてしまった。ブライアン・ウォーカーの目には、トラックの運転台のひしゃげた残骸のそばに、テロリストと思われる二人の死体がはっきり見えた。三人目は、もうまったく戦える状態にないように見えたが、その男がもはや脅威ではないことを確認する責任は、ウォーカーにかかっていた。

ウォーカーは五分間、待つことにした。三人目の男は死亡したのかもしれないし、重傷を負って、ウォーカー以下の隊員たちの生命の脅威にはならないかもしれない。五分が経過しても、最後のテロリストは姿を現わさなかった。這っている途中で死んだのだろう、とウォーカーは思った。

チームに合図を送り、慎重に近づくことにした。ここで被弾してはなんの意味もない。

もう任務は完了したのだ。残った仕事は、輸送ヘリコプターを呼んで核兵器を回収することだけだ。あとの処理は、お偉方や外交官にまかせればよい。

ウォーカーは用心しながら、トラックへと近づいた。劣悪なハリウッドの戦争映画とちがい、歓呼の雄叫びをあげて駆けだすわけにはいかない。若いSEAL中尉は、胸にこみ上げてくる昂揚感を静めようとした。

ついにやり遂げたのだ。

長年にわたる葛藤、苦悩、苦しい鍛錬の日々の末、彼はついに、父親がまちがっていたことを証明した。俺は成功したのだ。俺は英雄だ。

蒸気を上げるトラックの鼻先の周囲を慎重に見わたしたところで、ブライアン・ウォーカーは最後のテロリストの姿を見た。同時に、瀕死の男もこちらに気づいた。その男は大きな木枠のかたわらにうずくまり、ロープを鮮血で濡らしながら、ひどく前のめりになっている。

そのときウォーカーは、もうひとつのことに気づいた。その男は両手を木枠に深く入れ、必死に何かをいじっている。

SEALのチームリーダーは、瞬時に男の意図を察知した。目の前の核兵器を、いまここで起爆させようとしているのだ！

「待て！　やめろ！」ウォーカーは叫びながら、肩のＭ‐４カービンを摑み、大声でチームに援護を求めた。カービン銃のすばやい連射で、北朝鮮人の身体はほぼまっぷたつになった。王は痙攣しながら、後ろの砂に倒れた。

そのときのウォーカーには知るよしもなかったが、彼の警告は無意味だった。

ウォーカーの銃撃は百分の一秒、遅かったのだ。

王が倒れたとき、その袖が核兵器を作動させるつまみに触れた。金大長（キム・ダイジャン）大将がかすめ取った兵器は、それを売ったロシア人の触れこみどおり、完璧に機能した。

つまみが上がると同時に、超高速の電気回路が点火し、正確な順序で、瞬時に高性能爆薬を起爆させた。その小爆発により、ふたつの入念に調整されたプルトニウム２３９が中心核に押しこまれ、十のマイナス二十三乗秒以下のあいだに、結合された。

それだけの時間があれば、最終戦争（アルマゲドン）の引き金を引くには充分だった。

プルトニウムに自然発生する微量の中性子が、不意にプルトニウム原子の標的をふんだんに得たことで、核分裂の数が指数関数的に増えた。新たな中性子が、核分裂の連鎖反応を繰り返す。一度の核分裂で、中性子からは二・三四ＭｅＶという自由エネルギーが放出された。

瞬時に、核兵器は超臨界状態に達した。中心核が破裂するときには、太陽の表面より高温になる。

膨大なガンマ線が中心核からあらゆる方向に放出され、光速で、ダイヤモンド・レオのトラックが砂漠に転覆した地点の半径一マイル以内を焼き尽くした。

トラック、王、ブライアン・ウォーカーをはじめとしたＳＥＡＬチームの面々、岩、土といったすべてが、瞬時に溶けて高熱のプラズマの塊になった。サウジの砂漠の隊商路沿いの孤立した地点の外へ、圧力波が放たれ、キノコ雲が空高く噴き上がった。

爆心地からほぼ四〇マイル離れたメッカの巡礼者たちは、地面の震動を感じ、地平線から立ちのぼる火の柱を見た。

巡礼者の大半は、ひざまずいて祈った。疑いの余地はない。目が眩（くら）むような幻影、足もとで揺れる地面は、まちがいなくアッラーの再臨を示すものだ。

預言は成就された。

37

ビル・ビーマンには何もかもが気に食わなかった。海上阻止作戦(MIO)は、女性が来るところではない。たとえCIAの支局長であっても、ヘザー・ジョーンズのような美女は場違いだ。彼女はチームの一員でもなければ、MIOのなんたるかも知らない。彼女が任務をこなせたとしても、重大な局面では、ほかの隊員の気が散ってしまう。事態が緊迫したら、隊員は反応する前に彼女の身の安全を考えてしまうだろう。その瞬間が、命取りになりかねない。

ビーマンはそうした言葉で、彼女に思いとどまるよう説得を試みた。それでも、彼女の考えは変わらなかった。

ヘザー・ジョーンズはいま、ビーマンから一〇フィートのところに立ち、インド洋の海上を疾走する高速艇で膝をやや曲げて、脚を踏ん張っている。

一時間前、ムンバイ港湾管制部で水先案内人のボートを調達できたのは、ジョーンズの如才ない交渉術のおかげだった。そのさいに彼女が使ったのは、まばゆい笑顔と、ビーマンや隊員たちに理解できない言語での短い会話だけだ。彼女の要請に従い、ムンバイ港湾管制部は無線で〈イブニング・プレジャー〉に、入港前に水先案内人と数人の当局者を向かわせると告げた。〈イブニング・プレジャー〉の船長は、積荷は建設用重機で、夜明けとともに海浮標(シーブイ)の通過を許可するよう求めてきた。

東の地平線に、ムンバイの灯(ともしび)が明るく輝いている。一方、西側の海は茫漠たる暗闇で、二マイルほど先に小さな商船の光が見えるだけだ。高速艇の泡立つ白い航跡が、背後のごつごつした防波堤へ矢のようにまっすぐ伸びていく。

ビーマンはヘザー・ジョーンズをちらりと見た。これから必ずや直面するであろう危険に、彼女はまったく頓着していないようだ。じっとその場にたたずみ、まるで父親のヨットにでも乗っているかのように、生ぬるい夜気(やき)に長い金髪をなびかせている。

ビーマンはふんと鼻を鳴らし、もう何度目になるかわからないが、M-4カービンの動作チェックにいそしんだ。ボルトを動かして弾薬を装塡し、安全装置の確認をしているときに、ジョンストン上等兵曹が近づいてきて、すぐ隣に立った。ジョンストンは前屈みになり、ビーマンの耳元でささやいた。

「隊長はさっきから、美人の新兵をちらちら見てますね」SEALの上等兵曹は、からか

い
と警告がない交ぜになった口調でささやいた。「伝説の指揮官ビル・ビーマンたる者が、CIAのハニートラップに引っかかったりしないでくださいよ」

「ハニートラップの心配はないさ」ビーマンは低い声で言った。「願いはただひとつ、これから面白くなりそうなときに、あの女に足を引っ張られないことだけだ」

「まったくそのとおりですね」ジョンストンが答えた。「船の梯子を昇るときに、足を引っかけないように気をつけてください。今回の捕り物で、四人目の射撃手が来てくれたのは、もしかしたら心強いかもしれません」いわくありげに、CIAの女性支局長を一瞥する。「あれほどの美人が銃をぶっ放すとは、誰も思わないでしょう」

高速の小型艇はほどなく、貨物船の高く錆びついた船側に横づけした。港湾管制部からの無線連絡を受け、すでに、がたついた移乗用の梯子が下ろされている。

ビーマンは目に暗視ゴーグルを装着し、高速艇から飛び移って梯子を摑んだ。三〇フィート頭上の主甲板に向かって昇りながら、ジョンストン上等兵曹、続くジェイソン・ホールの重みで、梯子が振動するのがわかった。だが、ビーマンが主甲板の舷縁に上がったときにも、四人目が梯子を昇る振動は感じなかった。

あのふざけた女はどこにいるんだ？　足がすくんで、水先案内人の高速艇にとどまることにしたのか。それとも、化粧をなおしているのか。

年齢も人種もよくわからない、灰色がかった髪の小柄な船長が、梯子の上端で待ちかまえていた。ビーマンに相手の言語はわからなかったものの、武装兵士が乗りこんできたのを船長が快く思っていないのはすぐにわかった。事前に言われていたのは、砂州水先案内人と、インドの下級官僚が数人乗りこんでくるという話だったのだから、それも無理からぬことではある。

ビーマンはざっと甲板を見わたした。目につく不審な動きはなく、怒った船長が大声で、ビーマンには理解できない言語で何やらまくし立てているだけだ。ジョンストンが船長をかすめ、先へ進んだ。ホールが船尾へ向かう。

「隊長」肩越しに、柔和な声がした。「アル・ワフビル船長は、説明を求めています。みなさんを海賊だと思いこんでいるのです」

ヘザー・ジョーンズが船長の言語で何か話した。船長は見るからに安堵したようだ。口調も振る舞いも、ずっと協力的になった。

ビーマンはCIAの諜報員を振り向いた。彼女は暗視ゴーグルも戦闘用ヘルメットも、下の小型艇に置いてきている。M-4カービンを肩に下げたまま、アル・ワフビル船長と立ち話していた。戦闘には不向きだろうが、俺たちよりも相手を警戒させないだろう。ビーマンは、そう認めざるを得なかった。それにしても、この女が梯子を昇ったとき、俺が振動に気づかなかったのはどうしたわけなんだ？

「船長は、できることならなんでも協力すると言っています。主甲板と船倉に、みなさんが言っているような積荷があるそうです」ヘザー・ジョーンズはビーマンに言った。「乗客は二人だけで、いずれもアラブ人技術者とのことです。わたしのペルシャ語で理解できるのは、そこまでです」

「隊長」ビーマンのイヤホンから声がした。「早くこっちに来てください」

ジョンストン上等兵曹が、至急対応を要するものを発見したようだ。

駆けだしたビーマンは、すぐ後ろにヘザー・ジョーンズが続いていることにかろうじて気づいた。一〇フィートも行かないところで、夜明け前の静寂（しじま）をAK－47の咆吼（ほうこう）が打ち破った。M－4カービンの甲高い銃声がそれに応え、湿った夜気を切り裂く。

ビーマンは本能的に甲板に伏せ、がっしりしたマストへ向かって転がった。状況を見きわめるまで、鋼鉄製の甲板の備品が遮蔽物になってくれるだろう。CIAの女性がどこに隠れたのかはわからない。事態がはっきりするまで、彼女には自分で身を守ってもらうことになる。

さらに銃声が響いた。AK－47は、O－1すなわち彼らの頭上の甲板から発射されているようだ。

「隊長、銃で釘づけにされて動けません」ジョンストンの声だ。「俺は、メインハッチの後ろの巻揚機の陰に追い詰められました。援護してください。このままでは、よくてあと一分しかもちません」

ビーマンが隠れている場所の周囲も跳弾に見舞われ、鋼鉄の甲板に火花が散った。

「もう一人、撃ってくるぞ！」ビーマンが叫んだ。「右舷の船橋ウイングからだ」

ビーマンは反撃しようと試みたが、ヘルメットを外して船橋を見上げようとしたとき、さらに猛烈な連射が頭上をかすめた。

「ジェイソン！　援護はどうした？」ビーマンは口元のマイクに呼びかけた。返答がない。

もう一度通話する。やはり、答えはなかった。

いま一度、敵の銃声が響く。今度はジョンストンのほうだ。上等兵曹の悲鳴が聞こえた。

「やられた！　脚に二発、食らいました。早くここから助けてください！」

ビーマンはハーネスから手榴弾を取り出した。俺を釘づけにしているやつの近くへ投げられたら、そいつをやっつけられるかもしれない。少なくとも、敵の注意を逸らして、反撃の機会を作れるだろう。ピンを引き抜き、三つ数えて、手榴弾を宙高く投げ上げる。手榴弾は下向きの弧を描いて爆発し、船橋と上甲板に榴散弾を降らせた。

手榴弾の爆発音が古い貨物船を震撼させているあいだに、ビーマンは遮蔽物から飛び出した。

しかし、一〇フィート足らずのところから、AK-47の銃口がこちらをまっすぐ狙っていた。

ビル・ビーマンは本能的に、死が目前に迫っているのを知った。自分のM-4カービンを構えて撃つ前に、敵の射手からとどめの連射を受けるだろう。ビーマンは避けられない銃弾の嵐に身構えた。

操舵室から銃火が見え、ビーマンを驚かせた。M-4がビーマンの敵に向けて連射されたのだ。操舵室からヘザー・ジョーンズが踏み出し、彼女がたったいま地獄へ送った男の遺体を通りすぎた。まるでテニスの試合でネット越しに巧みなロブを決めるように、手をさっと振り動かす。彼女は梯子を飛び降り、主甲板に立った。

「伏せろ！」ビーマンが命じた。「敵はもう一人いる」

ヘザー・ジョーンズは首を振り、払暁(ふつぎょう)の光に金色の髪が輝いた。そしてベルトから、まがまがしい長く湾曲した戦闘用ナイフを取り出し、パンツの脚で血を拭った。非の打ちどころのない顔に、美人コンテストの出場者さながらの笑みをたたえている。

「敵の脅威はすべて除去しました」彼女が答えた。

ジェイソン・ホールが側面のハッチから出てきたとき、二人はジョンストン上等兵曹の負傷した脚に包帯を巻いていた。

「無線が故障してしまいまして」ホールはぼやいた。「甲板から船内に下りて、乗組員に事情を聴いていたら、銃声が聞こえたんです。助けは必要ですか？」

「いや」ビーマンは苦笑した。「もう大丈夫だ。チームで問題に対処した」

ホワイトハウスの危機管理室(シチュエーション・ルーム)は、蜂の巣をつついたような騒ぎだった。アドルファス・ブラウン大統領はマホガニーの長い楕円形のテーブルで首座に座り、向かいの壁を覆う何枚もの大型パネル画面を見つめている。中央のパネルには、メッカ周辺の上空から撮影した衛星写真が映し出されていた。街の西に、直径一マイル以上の巨大な醜い黒ずんだクレーターができ、そこから噴煙が立ちのぼっている。

ほかの画面には、中東全域にわたって移動する歩兵部隊、軍用機、艦艇が表示されていた。空前の規模の軍勢が展開中か、すでに展開している。

「これはいったい何事だ？」ブラウンの口調は怒気をはらみ、表情は困惑に満ちていた。「われわれは核戦争を止めようとしていたのであって、始めようとしていたわけではないはずだ」

ブラウンの左に集まった統合参謀本部の面々が、忙(せわ)しなく動きまわっているが、最高司令官の問いに対する答えは出てこない。

ブラウンの右側にいる国務長官も、同じく動揺している。国務長官は、目の前の書類の山を慌ててめくっていた。そして甲高い声で話しはじめた。

「大統領閣下、サウジアラビアは国連に、最も強硬な文言(もんごん)で抗議を提出しています。こうして話しているあいだにも、わが国の大使がサウジの首相と会見中です。サウジはイスラエル——あるいはイスラエルの工作員——による攻撃だと非難しています。そしてわが国に、彼らが言うところの〝最も神聖な土地を狙った卑劣で邪悪かつ狡猾(こうかつ)な攻撃〟への反撃を支持するよう要求しています。国営衛星放送局のアルジャジーラは現地のキノコ雲の映像を生中継し、中東のあらゆる過激な勢力が、イスラムで至高の聖地を攻撃した犯人にイスラエルとアメリカを名指しして、聖戦(ジハード)を叫んでいます」

四つ星の陸軍大将である統合参謀本部の議長が、立ち上がって発言した。

「大統領閣下、サウジアラビアは全軍を動員して北へ向かっています。そして、王国内に駐留しているわがアメリカ軍に即時撤退を命じました。シリア、イラン、パキスタンも緊急動員令を出しています。ヨルダンまでも軍の動員を始めました。インドはパキスタンの軍の動員に呼応して、警戒を高めています。中東全域が風雲急を告げています」

ブラウン大統領は、国家安全保障問題担当補佐官に顔を向けた。

「サム、何かわかっていることは？」

サミュエル・キノウィッツ博士の服は、ふだんよりさらに皺くちゃで、その表情には苦悩が刻まれている。キノウィッツは、国務長官の隣の席からゆっくりと立ち上がった。アラビア半島の地図にレーザーポインターを向け、メッカの西四〇マイルの地点を示す――黒ずんだクレーターが砂漠に穴を開けた場所だ。

「われわれはSEALのチームをここに潜入させました。移動用車両は投下したときに損傷したため、チームはジッダとメッカを結ぶ幹線道路に徒歩で向かい、核兵器を運んでいると疑われるトラックを待つことにしました。彼らはけさ、この地点でトラックを阻止すべく、襲撃の準備を行なうと報告してきました」キノウィッツは爆心地から至近距離の地点を指した。「それが最後の報告です。われわれは、チームがトラックを阻止したと推定しています。北朝鮮の工作員は、捕虜になるよりは自殺を選んだものと考えられます。大統領閣下、どうか、わが国の兵士がメッカを救ったことをお忘れなきよう、お願い申し上げます」

ブラウンはつらそうに頭を振り、顎の無精鬚をさすった。

「それを証明する方法は？」

「瓦礫のスペクトルグラフ解析は可能です。それにより、核兵器の出所は突き止めることがてきます。それは決定的な証拠になるでしょう。その結果が出るまでは、数時間以内に上空の大気のサンプルを採取すべきです。これはいくらか役立つでしょうが、決定的ではありません」

　国務長官が鼻を鳴らした。

「そんな証拠を信じるアラブ人など誰一人いないだろう。アルジャジーラは、われわれが声明を出すより前に、捏造だと決めつけるにちがいない」

　ブラウン大統領はうなずいて同意した。

　トム・ドネガン海軍大将は、大きな会議用テーブルの暗がりに座っていた。ドネガンはゆっくり立ち上がり、大きな手を机に置いて身を乗り出した。

「大統領閣下、わたしが見るところ、北朝鮮の関与を証明するのが唯一の突破口です。インドで押収された核兵器が、その裏づけになるでしょう。つい数分前、ビル・ビーマンから、核兵器を押収したと報告がありました。残念ながら、北朝鮮の工作員は死亡しましたが、核兵器を調べれば何かわかるはずです。ビーマンはムンバイ港に……」腕時計を見る。「一時間以内に帰港します」

　ブラウン大統領は重苦しいため息をついた。

「核兵器の分析ができるまで、あと数時間、全世界を戦争の瀬戸ぎわで繋ぎ止めておけるかもしれない」大統領は大画面の列をじっと見た。それから、ふと思い出したように言った。「ところで、行方不明になった潜水艦はどうなっている?」

38

ジョン・ワードは呼吸がおぼつかなくなった。手はひどく震え、携帯電話を持っているのがひと苦労だ。

彼の世界は、根底から揺さぶられていた。

今度は何が来るのか？

最初は、息子の乗り組む潜水艦が行方不明になった。海軍では、その潜水艦が海賊に乗っ取られたと見ている。それからワードには、必要とあれば〈コーパス〉を撃沈するよう、命令が下された。その時点ですでに、ワードが抱える苦悩は制御できる範囲を超えていた。

そこへ、旧友トム・キンケイドからの知らせがもたらされた。なんと、エレンが誘拐されたという。

あんまりだ。ワードはゆっくりと席にくずおれた。スチール製の机に両肘を突き、額を揉みほぐして、傾いた世界をまっすぐにしようと試みる。

小声で祈りを唱えるしか、できることはなかった。

「主よ、どうか彼女を無事にお守りください。わたしには彼女が必要なのです。とくにいまは」

そのときのワードは、室内の全員に彼の苦悩を見られ、神への懇願を聞かれても構わなかった。だが、地下司令センターでは誰もが大型液晶スクリーンを凝視しているか、それぞれの仕事に集中し、〈コーパスクリスティ〉を発見しようと躍起になっていた。誰もが壮大な、命懸けの、海中でのチェスに没頭し、ジョン・ワードが憤懣に駆られて机を拳で強打しても、気づく者はいなかった。

何かできることがあるはずだ。こんなときに、ここ日本の洞窟でじっと座ってなどいられない。悪人どもがエレンを連れ去ったというこのときに。

秘話回線の電話を摑み、トム・ドネガンの専用番号を呼び出す。

トム・ドネガン大将は、一回目の呼び出し音が鳴り終わる前に、電話に出た。

「大将、エレンがさらわれました」ワードはいっきに言った。「わたしはタイへ行かなければなりません」

「おいおい」ドネガンは父子同然の絆を持つ男に向かって言った。「深呼吸して、最初から話してくれ。エレンは誰にさらわれ、なぜきみは、そんなに急いでタイへ行かなければならんのだ?」

ワードは堰(せき)を切ったように、ドネガンに話しだした。すなわち、旧友のトム・キンケイドと国際共同麻薬禁止局(JDIA)が、大がかりな麻薬密輸を追跡し、現地の警官隊とともに、山の奥に築かれた隋海俊(スイ・カイシュン)の城塞を急襲した。だがトム・キンケイドが、武装した麻薬組織の男たちに追い立てられるエレンとその教え子たちを目撃した。さらにキンケイドは、その悪い知らせをワードに伝えながらも、彼らのあとを追っているところだ、と。

「大将」ワードは必死の思いで言った。「わたしはいますぐ、現地へ行かなければなりません。助けてくれなければ、わたしは独力で行きます。ここにじっと座って、愛する女性を麻薬組織に引き渡すことはできません。とてもそんなことは許せません」

受話器の向こうでは、一瞬の間があっただけだった。

「いいか、ジョン。きみにはそこにいてもらわねばならん。われわれは〈コーパス〉を、目的地とおぼしき日本へ向かう前に見つけなければならないのだ。そして、〈コーパス〉の事件がサウジでの核爆発と関連があるかどうかを見きわめるのだ。そのためには、わが息子よ、きみが最適な人材なのだ」

「トム、わかってくれないんですね。わたしには、エレンがタイでどうなったのかわからないまま、ここにいることはできません」

ワードの息は荒くなり、顔は紅潮していた。

ドネガンはなだめるように、沈着な口調で答えた。

「トム、きみの気持ちはよくわかる。覚えているだろうが、きみの結婚式でエレンを引き渡したのは、このわたしだ。ジムの洗礼式にも立ち会った。どうかわかってほしいのだが、苦しんでいるのはわたしも同じだ。それでも、わたしは現実と向き合っている。わたしはここワシントンDCにいて、自分の仕事をしなければならない。それが、二人のためにできる最善のことなのだ。エレンとジムを取り戻すには、最善を尽くしていまの仕事に取り組むよりほかに、できることはない。きみもそうじゃないか。きみが現地に着くころには、すべてはとっくに終わっているだろう。トム・キンケイドがエレンを解放してくれるはずだ。きみにもわたしにも、トムにそうする力があることはわかっているし、エレンときみに対するトムの思いもわかっている。それにきみは、どこかの旅客機に乗って、気もそぞろに現地へ急ぐよりも、はるかに多くのことがやり遂げられるはずだ。きみには横須賀にとどまってほしい。そして、いっしょにジムを取り戻そう」歴戦の海軍大将は、もう一度間を置いてから、最後の言葉を投げかけた。「それに奥さんだって、きみにそうしてほしいはずだ。そう思わんか、ジョン？　きみがやるべきなのは、息子を取り戻すことだと？」

ワードには、父親代わりに自分を育ててくれた恩人が言っていることが、論理としてはよくわかった。それでも、つらいことには変わりがなかった。ワードはいますぐ行動したかった。どこかに出て、誰かをぶちのめしたかった。魚雷を撃ちこんでやりたい。トマホークを、悪人どもにぶちこんでやりたい。ここにじっとして、自分以外の誰かが何かをするのを、じりじりして待つというのは、まったく性に合っていなかった。

ワードは拳を握りしめ、もう一度机を叩いた。

「わかっています、トム。わかっているんです」

その声には、忍従が色濃く滲んでいた。ワードは通話を切り、立ち上がって、決然とした表情で、液晶パネルのスクリーンの前に近づいた。

いよいよ、世界の命運を懸けた壮大なチェスが始まった。

隋暁舜（スイ・ギョウシュン）は、戦闘服のシャツの袖で眉の汗を拭った。戦闘服は裂け、いたるところに泥や血が飛び散っている。彼女は肩からAK－47を下ろし、シシャムの木陰にへたりこんだ。ささやかな遮蔽物だが、とにかく休息したかった。疲労困憊（こんぱい）し、力が残っていなかったのだ。

ほぼ徹夜で、彼らは密林の尾根の頂（いただき）を駆け通し、ひらけた場所を避けて、追っ手を警戒していた。追っ手がつねに迫ってくるのはまちがいなかった。孫令と、彼が率いる少人数の山地民の兵士たちも、著しく消耗している。隋暁舜には、次の峠を越えられたら、そこに小さな飛行場があることがわかっていた。一九六〇年代末にCIAが造ったものだが、ほとんど忘れ去られた飛行場だ。ただ、彼女が抱える麻薬の運び屋たちは覚えており、下草を刈って、一杯にした燃料タンクを隠していた。

「追っ手は一時間足らずのところまで近づいてきています」孫令は彼女の隣に座りこみ、つぶやいた。「いまだに、追っ手が政府軍なのか、お父様の兵士なのかはわかりませんが、とても人間とは思えない速さです。われわれも、もっと速く進まねばなりません」

隋暁舜には、夜明け前の暗がりで、小柄な男の姿がほとんど見えなかった。それに彼女自身も、疲労で視野がぼやけている。隋は小声で言った。「何か打つ手はあるの？　いまさら追っ手を襲う力は残っていないわ。それに、捕虜をどうするか決めないと」

「まさしくそのとおりです」孫令はほとんど叫び声で言った。「われわれの手で、彼らを始末しなければなりません。そうしなければ、われわれは逃げることも、戦うこともできません」

隋暁舜は、大きくため息をついた。決断の重みが、彼女にのしかかっている。捕虜を生かしておくことを選択すれば、逃げられる望みはほとんどない。奇妙なことに、罪のない人間を殺すのは、彼女の良心を苛んだ。しかし、彼女が父親と戦いつづけるためには、学生たちを犠牲にしてでも、ここから逃げおおせなければならない。

隋は立ち上がり、ゆっくりとためらいがちに足を踏み出して、狭い尾根の頂を行きつ戻りつした。そして、肩越しに振り向いた。

「そのとおりだわ。やるべきことをやりましょう。いますぐ、彼らを始末して。静かに殺して、遺体は見つからないところに隠すのよ」

孫令はすっくと立ち上がり、道を引き返した。孫は歩きながら、ベルトの鞘から長いナイフを引き抜いた。


捕虜たちは、隋暁舜と孫令が話し合った場所からほんの少ししか離れていない、険しい道を曲がったところにいた。そこからさらに一キロ後方、五〇〇メートル下の地点では、トム・キンケイドとベニト・ルナが全速力で走りつづけている。二人の連絡を受けたタイとマレーシアの警官隊も、現場へ急行中だ。しかし、麻薬捜査官が要求する猛烈なペースにはなかなか追いつけない。

「トム、ちょっと休もう」ベニト・ルナがあえいだ。「もう走れない。ほかの警官も……」

「必要なら、休んでくれ」キンケイドは歯を食いしばり、つぶやいた。「あいつらはエレン・ワードをさらっているんだぞ。彼女を取り戻すまで、わたしは休むつもりはない」

キンケイドは走りつづけた。速度を緩めようとさえしない。

ルナはあきらめ、頭を振った。M－4カービンを掴み、熱く湿った空気を深く吸いこむ。そして背後の警官たちに手を振り、早く追いつくよう促した。友人のあとを追うしかない。ひとたびトム・キンケイドがやると決めたら、彼を止められるものは何もないのだ。

苛酷な道のりはひたすら上り坂だ。走りつづけるキンケイドとルナの息は、突進する雄牛のように荒く、足音を忍ばせるつもりもなかった。麻薬組織の傭兵団はすでに、追っ手が迫ってくるのを知っていた。キンケイドに続く警官隊は、彼らに待ち伏せされる可能性も考慮していた。

キンケイドはようやく立ち止まり、道のきわにひざまずいた。足跡を観察し、切り払われた藪のにおいを嗅ぐ。

「一時間も離れていない」キンケイドは言った。「やつらが立ち止まって、戦闘を仕掛けてこなければ、夜明け前には追いつける」

彼は俊敏に立ち上がり、ふたたび走りだした。ルナはやれやれというように頭を振った。ひとつだけ、確かなことがある。夜明け前に、死人が出るだろう。

ロジャー・シンドランは気を失う寸前で、肉体は極限の恐怖と疲労に苛まれていた。狂気じみた傭兵団の人質に取られ、高い山々を走り抜けるのは、植物学者の野外観察とはまったく異なっていた。故国では毎日ジョギングして研究室に通っていたが、それも比較にならなかった。

「エレン、大丈夫かい？」シンドランはささやいた。「どうも、ひどくいやな感じがしてきた」

「いやな感じって？」エレン・ワードは訊いた。「あの人たちの言うとおりにしていれば、危害を加えられる心配はないだろうって、あなた言っていたじゃない。あの人たちは、自分たちが逃げおおせるまで、わたしたちを人質にしておきたいだけだって」

シンドランは手を伸ばし、彼女の手を握りしめた。

「ああ、確かにそう言った。あの時点では正しかったと思う。しかしいまは、確信が持てないんだ」

山の向こうで、何かが夜気をつんざいた。信じがたい痛みに、誰かが悲鳴をあげているのだろうか。それとも、野生動物が警戒しているのか。エレン・ワードはぎくりとした。シンドランはエレンを守るようにひしと抱き寄せた。

「モンタニャールは、神経を尖らせている」彼はささやいた。「誰かがあとを追い、近づいてきている。モンタニャールは追っ手を退けるつもりだろうが、ぼくが見るところ、彼らはぼくたちを重荷と感じている。ぼくたちの利用価値は、もうなきに等しいんだ。だから、ここで思いきった行動に打って出なければならない」

エレン・ワードは身震いした。夫なら、こうした状況に太刀打ちできるだろう。しかし、彼女には対処できない。彼女は植物学の講師なのだ。そして母親でもある。潜水艦士官の夫人会で、クリスマスチャリティの会長も務めた。でも、わたしは海軍のSEAL隊員ではない。密林を踏破して、人命などなんとも思わない凶悪な連中と接近戦を演じるのはとても無理だわ。

それにわたしには、疲れ果て、怯えきった学生たちを保護する責任がある。

「わかったわ。わたしに何をしてほしいの？」エレンは言ったものの、内心ではこれまでの人生で一度もなかったほどの不安と恐怖を覚えていた。ジョンだったら、この状況でわたしに何を期待するだろうか、何をしてほしいだろうか。

「ぼくがやつらの注意を引きつける」シンドランは、毅然とした口調で言った。「きみは学生たちを連れて、いま来た道を走って戻るんだ。何があっても、絶対に立ち止まるな。道を引き返す途中で何が聞こえても、追いかけてくる人間に出会うまで、走りつづけるんだ。追っ手がモンタニャールを追いかけているということは、モンタニャールよりも、きっとわれわれの味方をしてくれるにちがいない。わたしの言っていることがわかるか、エレン？　とにかく、何があっても走りつづけろ」

エレン・ワードはうなずき、ゆっくりと立ち上がった。斜面をほんの数歩下ったところで、学生たちが疲れ切って震えながら、へたりこんでいる。ものの数秒で、彼女は学生たちを叩き起こし、身に迫る危機を警告した。幸いなことに見張りの兵士は、ぐったりしておとなしく指示に従う捕虜たちに、あまり注意していなかった。兵士たちの心配は、追っ手との避けられない戦闘に向かっているようだ。

ロジャー・シンドランは、思いがけないほどの速さで動いた。やにわに立ち上がり、近くの兵士に飛びかかって、AK‐47をひったくる。兵士が事態を認識する前に、植物学者は銃を向け、引き金を引いて、発砲して敵を倒した。

「いまだ！」シンドランは叫び、ほかの兵士たちが銃を取って撃ち返してくる前に、彼らへ向けて自動小銃の銃弾を乱射した。

エレン・ワードは学生たちを山道に押しやり、命懸けで走らせた。瞬く間に、彼女は不意を突かれたモンタニャールの兵士たちを尻目に、暗がりで目の前がほとんど見えないにもかかわらず、登ってきたばかりの山道をがむしゃらに駆け下りた。

頭上から、恐ろしい銃声が断続的に聞こえてきたが、エレンは振り向きたくなる衝動をこらえた。いや、何が起きているのかも考えないようにした。

エレンと学生たちは、足を滑らせながらも、枝を摑んで転落を免れた。

必死に逃走しながら、エレン・ワードは心からの祈りの言葉をささやいた。


ロジャー・シンドランは、自分でも思っていなかったほどの強さを奮い起こして戦った。兵士から武器を奪い取り、最初の一撃で倒した。次の一撃で、さらに二人の兵士を殺した。

本能的に、シンドランは目についた最も大きな木の陰に飛びこみ、ほかの兵士たちが集まっている場所へ向けてもう一度連射した。さらに一人の兵士が悲鳴をあげ、腹を押さえて倒れた。

地平線から夜明けが兆し、穏やかな光であたりを金色に照らす。その光でシンドランには、慌てて物陰へ走るほかのモンタニャールの姿が見えた。

しかし同時にその光で、孫令にもまた、不意に起きた事態が見えた。孫は山道を滑り降り、尾根の岩をまわって、シンドランが隠れている木の一〇メートル裏手へまわった。そこから、孫令は慎重に照準を合わせ、引き金を引いて三連射を浴びせた。孫の目の前で、銃弾は植物学者の汗にまみれた背中を抉った。

信じがたいことに、植物学者は立ち上がり、向きを変えて、孫令が茂みに隠れて立っているほうへ、銃火を浴びせてきた。孫令のＡＫ－47のフルオートでの一撃で、シンドランは後ろによろけ、木につまずいて、膝を屈した。

植物学者は自動小銃を落とし、前のめりに倒れた。

「エレン、走れ！」シンドランは叫んだ。「走れ、愛しい人、走るんだ」

39

アドルファス・ブラウン大統領は受話器を叩きつけ、重厚なマホガニーの机で電話機が跳ね上がった。

「アラブ人どもめ」大統領はつぶやいた。「皇太子は無礼にも、わたしからの電話を途中で切ったぞ。側近から、イスラエルの核爆弾だと思いこまされているんだ」

大統領は会議用テーブルをまわり、どっと疲れたように座りこんだ。眉間に深い皺が刻まれている。中東で全面戦争が勃発するのを食い止めようと、不眠不休で四十八時間働いてきた大統領の目の下はくぼみ、黒いくまができていた。

「キノウィッツ博士、最新情報は？」大統領は疲れ切った嗄れ声で促した。朗報に飢えた口調だ。「頼むから、いい知らせを聞かせてくれ」

国家安全保障問題担当補佐官は、キーボードを叩きながら、目を上げた。キノウィッツは小さく首を振った。

キノウィッツがキーを叩くと、危機管理室（シチュエーション・ルーム）の大型パネル画面に、彼のラップトップの画面が投影された。中東の地図は、色とりどりの幅広の矢印で一杯だ。その矢印はどれも、各国の軍勢の動きを表わしていた。メッカへの攻撃は、古くからの仇敵同士を団結させ、共通の利益によって久しく忘れ去られていた怨恨（えんこん）を復活させた。シナイ半島の国境沿いには、エジプト軍を主体とし、リビア、チュニジアなど北アフリカ諸国の軍勢も加わって、百万名近くの兵士と五千両もの戦車部隊が集結している。イランはヨルダンやシリアへ空挺部隊を派遣していた。トルコでさえも、師団を動員している。

「あらゆる国が軍を総動員しているようです。アラブ国家で軍を動員していないのはドバイだけですが、これは国土防衛に戦力を温存しているからです。もちろん、いまの状態が続いた場合、ひそかに軍を動かす可能性はあるでしょう」キノウィッツはポインターをイスラエル南部のネゲブ砂漠へ動かした。「衛星写真では、イスラエルが核戦力を臨戦態勢にしたことがわかっています。われわれは核戦争の瀬戸ぎわにあり、断崖絶壁に立たされているのです、大統領閣下」

ブラウン大統領は頭（かぶり）を振った。

「彼らを責めるわけにはいかないだろう。どこの国も、国家の存亡を懸けているのだ。しかしこれでは、一九一四年の再来になりかねない。われわれは暴走列車に乗っていて、世界じゅうの誰にも停められないかのようだ」

「せめてもの救いは、どの国も先制攻撃を仕掛けていないことです」キノウィッツは言った。「まだ、一縷(いちる)の望みは残っているかもしれません」彼のポインターが、インドとパキスタンの国境地帯に転じた。「インドは正規軍を動員しています。海軍の艦艇の大半は出動しているか、四十八時間以内に出動するでしょう。戦闘機群は戦時空域へ向かって展開しています。パキスタンもその動きに呼応していますが、いまのところ、どちらも国境に大部隊を動かしてはいません」

「ささやかな慰めに感謝しよう」大統領が鼻を鳴らしているあいだに、国家安全保障問題担当補佐官は深呼吸し、画面にデータを映し出した。

「メッカの核爆弾の同位体分析が終わりました。その結果、旧ソ連型の核弾頭である可能性が有力になっています。ビル・ビーマンが貨物船で発見したものと同一のタイプです。インド政府が、物理学者のチームに分析させています。旧ソ連で造られた確証が得られたら、われわれの外交努力を後押ししてくれるでしょう」

ブラウンは国務長官のほうを見た。

「パキスタンで最優秀の科学者が分析作業に参加できるよう、インドに働きかけてくれ。どんな脅しをちらつかせてもいいし、どんな約束をしても構わない。とにかく、共同研究を実現させるんだ。ムスリムの物理学者の手で、核爆弾の生産国を解明させれば、アラブ諸国も納得するだろう」大統領はしばし、顎をさすった。「それからもうひとつ、北朝鮮の情報源から得られたこれまでの情報を、リークするんだ」

キノウィッツ博士は読書用眼鏡の縁から、大統領を見据え、強い口調で反対した。

「しかし、大統領閣下、そうすれば情報源が明かされてしまいます。われわれはかけがえのない人的資産を失い、北朝鮮は彼を拘束して、温情をもって処遇することはまずないでしょう」

ブラウンはゆっくりと頭を振った。そして、重苦しい口調で告げた。

「わたしが見るところ、ほかに方法はない。われわれは一人のスパイと引き換えに、大戦争を止めるのだ。これはやむを得ない犠牲だ。われわれのリークした情報が世界じゅうで報道されたら、金在旭（キム・ジェウク）の保安機関は数時間以内に、情報源を特定して拘束するだろう。知ってのとおり、アラブ諸国も、北朝鮮国内に優秀な情報源を持っている。われわれの協力者が逮捕されてほどなく、アラブ諸国も陰謀の存在を裏づける有力な確証を得るだろう」

大統領が言うまでもなく、その〝有力な確証〟というのは、北朝鮮の凄惨な拷問によって引き出された自白に基づく。スパイは多大な苦痛を味わってから死ぬにちがいない。室内の誰もが、そのことを承知していた。

ブラウン大統領は、自分の椅子に背を預けた。

「では、別の問題に移ろう。わが軍の潜水艦の所在は判明したのか？」

〈コーパスクリスティ〉は静かに北へ向かっていた。アメリカ第七艦隊が総動員した対潜テクノロジーや装備をもってしても、黒い生霊（いきりょう）さながらに深淵を潜航する原子力潜水艦を探知することはできなかった。この三日間、誰一人としてその徴候すら摑んでいない。捜索範囲は拡大され、いまは半径二〇〇〇海里以上に達していた。

ジム・ワードはこの二日間、何も感じることのない麻痺状態にあった。目の前でニール・キャンベルを処刑され、むごたらしい光景を見せつけられた衝撃から立ちなおれなかったのだ。それからワードはずっと無言で、食堂のテーブルの前に座り、乗組員の誰とも口を利かず、後部隔壁をひたすら見つめていた。あれから何も食べることができず、一睡もしていなかった。ただそこに座ったきり、脳裏によぎる光景に戦慄していた。

ディアナッジオ先任伍長が食堂に足を踏み入れ、ワード青年の隣に座った。

「おい、しっかりするんだ」イタリア系の先任伍長は、ふだんよりボルティモア訛りの強い口調で言った。「いつまでもくよくよしていたって、どうにもならない。死んだのはきみじゃないんだ」

ワードはかすかに肩をすくめて応えた。

「いいか、みんな、きみが頼りなんだ」ディアナッジオは咎めるような語調で続けた。「きみがここに座ったまま、いやなことをずっと引きずっていたら、誰もついてこないぞ。泣き虫を頼りにするやつがどこにいる？」

ジム・ワードの顔が怒りで朱に染まった。不意に拳をテーブルに叩きつける。

「この薄情者！」ワードは叫んだ。「やつらはキャンベルを殺したんですよ。まるで食肉処理場の子牛のように、切り殺したんです。それを忘れろというんですか！」

稲妻のように、ワードはディアナッジオに飛びかかり、喉元を絞めようとした。しかしディアナッジオのほうが一枚上手で、酒場の乱闘で鍛えられていた。若い候補生の鉤爪のような手を、がっしりした腕で押さえこみ、力で圧倒した。

テロリストの見張りが食堂の席から立ち上がり、拳銃を引き抜いてすっ飛んできた。

ワードはいきなり嗚咽し、くずおれた。ディアナッジオが若者を抱擁し、苦悩の涙を受け止める。見張りは酷薄な笑みを浮かべ、その場に立ったまま、奇妙な愁嘆場を見物していた。

ジム・ワードは徐々に落ち着いた。手の甲で涙を拭い、かろうじて聞き取れる声で「ありがとうございます」とつぶやいた。

ディアナッジオの顔に、笑みのような表情が浮かんだ。

「きみには、気合いを入れなおすやつが必要だったんだ」見張りは興味を失い、食事に戻った。先任伍長は声を低くし、ささやいた。「ミスター・キャンベルやほかの仲間の死を無駄にしないように、俺たちに考えがある」

ワードはディアナッジオを一瞥してから、目を逸らした。見張りは話し声の聞こえないところへ戻り、深皿一杯のアイスクリームに没頭している。テロリストにとってこんなにおいしいものは、生まれて初めてだったのだ。

「どんな考えですか、先任伍長？」ワードはまだ涙を拭いながら、ささやいた。「やつらを不意討ちするとかいうのは、まず成功の見こみがありませんよ。また何人も殺されるのが落ちです」

「ちがう。水上艦に、俺たちの位置がわかるようにするんだ。スアレス機関兵長が、耐圧殻の四番給水ポンプを応急処置で防音していたのを覚えているだろう。下部ラジアル軸受が原因で、騒音を出しているんだ。ウィンズロウ中尉が、そのポンプがつねに稼働するように細工している。それできみに、発令所に行ってもらい、テロリストどもに察知されないようにしてほしいんだ」

ワードはうなずいた。「あいつらが本艦のノイズチェックをするとは考えにくいです。

そこまで頭のまわる人間はいないと思います」

「ああ、俺もそう思う」ディアナッジオは答えた。「しかし、ソーナー画面に新たな音源が何も映らないというのも困るんだ。それに、味方の艦艇がこっちの音を探知したら、できるだけ四番ポンプを水上に向けるような姿勢にしたい。水上艦に、触接を失ってほしくないからな……このちょっとした海中クルーズをやめさせてくれるまで」

ジム・ワードは、露見した場合にどうなるかは考えないようにした。そして、ディアナッジオにウィンクした。

「なんとかやってみましょう、先任伍長」


「発令所、こちらソーナー室です」

原潜〈トピーカ〉発令所のソーナー系統（27MC）スピーカーががなり、サム・ウィッテ副長はぎくりとした。〈トピーカ〉の副長と艦長は、交替で哨戒指揮官として配置に就いている。サム・ウィッテ流の表現では、〝保護者による監督〟だ。ウィッテは二〇〇〇時から〇八〇〇時まで、夜間の当直を受け持っている。艦長のドン・チャップマンは、〇八〇〇時から二〇〇〇時までの受け持ちで、いまは自室の寝台で眠っていた。階級にはそれなりの特権があるのだ。

ウィッテは27MCのマイクを取り、応答した。「発令所だ」

「たったいま、一六〇ヘルツの信号音を探知しました。きわめて微弱で、マイナス一六デシベルです。TB‐23曳航式ソーナーによるものです。最良方位は二一二もしくは三二八です。潜航中の潜水艦による音である可能性が、最も高いと思われます。方位二一二のコンタクトをS83、方位三二八のコンタクトをS84とします」

TB‐23曳航式ソーナーでは、左右どちら側の音なのかは判別できない。受信する信号は、左右対称に表示されるのだ。コンタクトがどちら側にいるのかを判別するには、潜水艦をどちらかに近づけるしかない。

ウィッテは発令所のリピーターに、パッシブ狭帯域ディスプレイを表示させた。なるほど、小さな輝点だ。海生生物などの背景雑音にまぎれてほとんど識別困難であり、草むらのなかで羽毛を捜すようなものだ。潜水艦のコンタクトと呼べるほど、充分な強さの音ではない。それでも、追跡するだけの価値はある。

「ソーナー室、目標の方位線が曲がりはじめる（目標が変針すること）まで現在の針路を維持する」

ウィッテは当直先任を振り向き、命じた。「総員、静粛に戦闘配置に就け」

それから、ウィッテは足を踏み出し、発令所を出てすぐのところにある、艦長室の扉を一度ノックした。相手の返事を待たず、ウィッテは暗い部屋に頭を突き出した。

　ドン・チャップマンはすでに作業服姿で、寝台に座っていた。

「艦長、コンタクトがありました。〈コーパス〉のものと思われます。断定はできません。きわめて微弱な信号です。かなり距離もありそうです。現時点の距離は五〇〇〇〇ヤード以上と推定されます。総員戦闘配置を命じたところです」

　チャップマンは立ち上がり、靴を履いた。

「ありがとう、副長。27MCで、ほとんど聞いていた。一六〇ヘルツの信号音は、ロサンゼルス級と考えられる。わたしが知るかぎり、太平洋のこちら側にいるロサンゼルス級の潜水艦は、われわれ二隻だけだ。相手の位置を割り出し、第七艦隊潜水艦部隊に報告しよう。しかし、潜望鏡深度で送受信しているあいだに、コンタクトを失うわけにはいかん」

　二人は発令所に戻るまでに、戦闘配置に就く十数人の乗組員をかき分けなければならなかった。チャップマンが潜望鏡スタンドに上がるころには、優れた技倆を誇る乗組員全員が、発令所の制御卓に向かっていた。

〈トピーカ〉の精鋭メンバーが戦闘配置に就いた。そしてその一人一人が、戦闘にともなう犠牲の大きさを承知していた。

40

ジム・ワードはこわごわ、海図台のほうを一瞥した。マンジュ・シェハブに疑いをかけられたら、ワード青年はたちまち、同僚の候補生だったニール・キャンベルと同じ運命をたどり、彼と同じ冷凍庫の遺体袋に入れられるだろう。ワードの脳裏に、数日前の残酷な処刑の場面がよぎり、彼は吐き気をこらえた。

〈シティ・オブ・コーパスクリスティ〉はいま、東京湾の南南西五〇〇マイルの地点にいる。目的地はもう目の前だ。給水ポンプの騒音は、いまごろは水上艦に探知されているだろう。〈トピーカ〉や第七艦隊のアーレイ・バーク級駆逐艦が、彼らを止めるべく配置に就いているはずだ。

これらの艦艇の誰もが、〈コーパスクリスティ〉にただならぬ異変があったことを察知しているにちがいない。しかもそれが、沈没事故の類ではないことを。すなわち同艦が何者かに制圧され、ひたすら日本へと直進して、呼びかけに応答せず、通常の報告の送受信も行なっていないことを。以上の事実から捜索関係者は、同艦が邪悪な意図を持つ勢力に掌握されていると推測するだろう。

そして彼らは、〈コーパス〉を止めるために何をしなければならないかもわかっている。ワードはかすかに身を震わせ、航海用ディスプレイをすばやくCCSマーク2発射管制多機能ディスプレイに切り替えて、テロリストに見られないうちにソーナー画面を確認した。画面は真っ白で、コンタクトは映っていない。〈コーパス〉が追尾されているとしたら、相手は慎重に音を忍ばせているのだ。

ワードは危険を冒し、発令所内を見わたした。薄気味悪いほど静かだ。ふだんなら、潜水艦の神経中枢にあたるこの場所には人がひしめき、活気に満ちているのに。

艦長のボブ・デブリン中佐は、定位置に座っている。潜望鏡スタンドの左側の折りたたみ椅子にだらりと座り、表情は恍惚(こうこつ)としていた。ほぼ一週間前、〈コーパス〉が海賊に制圧されて以来、ほとんど一歩も動いていない。ワードはかつて、この男を畏怖していたことが不思議だった。いまのデブリンは、抜け殻同然に見える。

操艦しているのはデブリンともう一人の乗組員で、ジム・ワードのほかに発令所にいるのは、三人のテロリストだけだった。マンジュ・シェハブと呼ばれているリーダー格の男は、海図台のそばに立ち、大型拳銃の手入れにいそしんでいるが、この男は艦を乗っ取ってからずっと、肌身離さず拳銃をいじっている。ワードが思うに、アジアじゅうどこを探しても、これほど手入れが行き届いている拳銃はほかにないだろう。

若い候補生は、ソーナー画面を見るふりをしながら、静かに祈りの言葉をつぶやいた。

「艦長」サム・ウィッテ少佐は声をひそめて言った。「ソーナーより、目標変針との報告です。針路変更の準備、完了しました」

ドン・チャップマンは目を上げ、うなずいた。艦長が一瞥した〈トピーカ〉のCCSマーク2発射管制多機能ディスプレイは、〈コーパスクリスティ〉に装備されているものとまったく同じだ。彼らが〈シティ・オブ・コーパスクリスティ〉と考えている白い点線は、モニター画面をまっすぐに伸びている。艦長はいま一度、画面に目をやった。

「解析値を報告せよ、水雷長」艦長は言った。

マーク・ルサーノが振り向いて答えた。「方位三五五、距離四三〇〇、針路〇一五、速力一二です。艦長、われわれがこの音紋を探知してから、目標は一度も針路を変更していません。探知された周波数も、ずっとそのままです。ひたすら、海中をのんびりと潜航しています」

チャップマンは若い士官の肩を叩いた。

「いい仕事だ。だが、わたしが見るところでは、〈コーパス〉の乗組員はのんびりしているわけではないだろう。誰か頭のまわる人間が、われわれが追跡できるように、この音源を発信しているんだ。頭がまわるだけではなく、勇敢な人間にちがいない。きみもわたしも知ってのとおり、向こうが本気になって姿を隠そうと思えば、われわれにだって見つけるのは至難の業だ」艦長はウィッテに向きなおり、命じた。「取舵一杯、針路三五五。前進原速」

操舵員は舵を左に切った。大型原潜が針路変更していることを示すものは、艦首が変針するあいだ、めまぐるしく動くコンパス・リピーターだけだ。

「針路定針しだい、前進半速に減速せよ」チャップマンは艦の速力を利用してすばやく回頭し、少しでも早く、大事なTB‐23曳航式ソーナーを新たな針路で安定させようとしている。TB‐23が新たな針路で安定するまで、彼らは目隠しされたも同然なのだ。そのあいだに〈コーパスクリスティ〉が急な動きをしても、彼らには知るすべがなく、ようやくソーナーが使えるようになったときには、目標を見失ってしまうということもありうる。

チャップマンは艦長専用通話装置の21MCマイクを掴み、通話ボタンを押して通信室に告げた。

「通信室、艦長だ。SLOTブイを射出準備。本艦の現在位置と、〈コーパスクリスティ〉の解析値を入力してくれ。そろそろ、〈ヒギンズ〉のウィルソン艦長にご機嫌うかがいをするころだ」

潜水艦発射信号送信ブイとは、潜水艦から洋上の味方艦艇に向けた、単方向の通信手段だ。直径三インチ、全長三〇インチの小型ブイに、小型テープレコーダー、低出力発信器、極小のアンテナが内蔵されており、潜水艦の信号発射筒から射出される。ブイは海面に浮上し、周囲の艦艇に向けて、そのメッセージを絶えず送信しつづける。ブイの内蔵バッテリーが切れたら、自動的に海底に沈没する仕組みだ。そのあいだ、潜水艦は目標を離れることなく任務を続行できる。

ドン・チャップマンは、〈ヒギンズ〉を一時的に母艦として捜索に参加しているヘリコプターSH‐60シーホーク二機や、沖縄の嘉手納基地から参加しているP‐3Cオライオン一機の飛行空域へ向けて、艦体を傾けた。SLOTブイのメッセージをそれらの航空機が受信し、関係者に届けてくれるだろう。

「艦長、針路三五五定針、宜候」サム・ウィッテが報告した。「TB‐23は十五分以内に安定します。速力を前進半速に減速中。信号発射筒、SLOTブイの射出準備、完了しました」

十五分以内に、〈トピーカ〉はふたたび、目標の特徴的な音を探知できるはずだ。

チャップマンは潜望鏡スタンド左舷の定位置に、どっかりと腰を下ろした。

「よろしい。SLOTブイ、発射。〈コーパスクリスティ〉の探知が再開できたら、知らせてくれ」

艦長は白い陶器のマグカップのコーヒーをぐびぐびと飲み、大きく息をついて背もたれに寄りかかった。「さて、あとは待つしかなさそうだ。よかったら、あそこにいる乗組員のために祈ってくれ。それに、われわれのためにも」


ホワイトハウスの危機管理室(シチュエーション・ルーム)は、混沌とした無秩序状態のただなかにあった。この二十四時間以上、アドルファス・ブラウン大統領はほとんど、重厚な会議用テーブルの首座を空(あ)けていない。大きなトレイに載せ、軽食や淹(い)れたてのコーヒーが運ばれてくる。食べ残しや使用済みのナプキンが、あたりに散乱していた。室内にはブリーフィング担当者が代わる代わる出入りし、入念にリハーサルしたプレゼンテーションを披露して、それぞれのテーマを説明しては、颯爽(さっそう)と部屋を出ていく。

いましがた終わったスライドショーは、フィリピン南部のイスラム革命勢力の現況に関する、国務省職員によるものだ。国務省の若きホープは、非の打ちどころのない着こなしをしていた——濃紺の背広、赤い縞模様の気取ったネクタイ、紺のボタンダウンのシャツ、鏡のように磨かれた、黒いウイングチップの靴。その若者は、歯切れのいいイェール大学仕込みのアクセントで、割り当てられた四十二分間を一分一秒残さず活用した。締めくくりの言葉では、国務省の豊富な現場経験と、地元当局の緊密な協力を強調した。説明者が退出したとき、国務長官は思わず笑みを漏らしたほどだ。

乙に澄ました職員が扉を閉めるや、ブラウン大統領は国務長官に、皮肉をたっぷり利かせた口調で静かに言った。「ひとつ、よくわからないことがあるんだがね。国務省がフィリピン南部の地域情勢にそれほど通暁しているのなら、どうして今回の件は、誰も察知できなかったんだ?」

哀れな国務長官は返答に窮し、何やら聴き取れない言葉をもごもごつぶやいた。そこへサム・キノウィッツ博士が助け船を出した。

「大統領閣下、たったいま、〈トピーカ〉から報告がありました。同艦が〈コーパスクリスティ〉を探知したとのことです。〈トピーカ〉は目下、魚雷発射態勢に入っています。ほかの艦艇も支援にあたっています。最も近い水上艦は、USS〈ヒギンズ〉です。アーレイ・バーク級の駆逐艦で、現在位置は〈トピーカ〉の南二〇〇マイル、現場に向かって急行中です」

国家安全保障問題担当補佐官は、大型の液晶画面にレーザーポインターを当て、出席者全員に見せた。大統領はサブマリン・サンドイッチ（細長いパンにハム、チーズ、トマト、レタスなどを挟んだもの）を口一杯に頬張っている。そして手振りで、キノウィッツに先を続けるよう促した。

「大統領閣下、目下の焦眉（しょうび）の急は、〈コーパス〉が日本本土に接近して破滅的な攻撃を行なう前に、同艦を止められるかどうかです。それが彼らの意図であるとすれば、ですが。しかし、われわれはそのように仮定して動かねばなりません。同艦が海賊の制圧下にあるとすれば、彼らの狙いは、神のみぞ知るところです。闇市場で核兵器を売買するのは、きわめて困難ですが、アルカイダのように凶悪なテロリストであれば、何か劇的で……恐ろしい行為を企てていると見るべきでしょう」

「どんな可能性が考えられる？」ブラウンは、ナプキンで口を拭きながら言った。

「彼らにトマホークを発射するノウハウがあるかどうかは不明ですが、そのような攻撃を行なうとしたら、標的に損害を与えられる距離まで接近するでしょう。ほかに唯一考えられる可能性は、行方不明になったロシアの核魚雷二発による攻撃です。それらの魚雷が〈コーパス〉に搭載されていると仮定して行動する必要があります」

「では、われわれはどうすべきだろうか、サム？」

「まずは日本政府に警告すべきかと思います」

国務長官がはじかれたように立ち上がり、テーブルを拳（こぶし）で叩いた。

「そんなことは認められません！」長官はわめいた。「われわれが日本に、ならず者に乗っ取られた潜水艦がそちらへ向かっているなどと言おうものなら、さらに厄介な国際問題を抱えることになってしまいます。原子力潜水艦を海賊の手に奪われ、彼らが日本を攻撃しつつあるなどと、どうやって説明するんですか？　それでなくても、現在のわれわれは手に余る問題を抱え、全世界から猜疑のまなざしを注がれているのです」

サム・キノウィッツは反駁しかけたが、ブラウン大統領が手を上げて制した。大統領はゆっくりした口調で、一語一句を明確に告げた。

「罪のない数百万の人々を、警告すら告げずに放置することはできない。われわれの面目を守るために隠しておくなど、論外だ。国務長官、ただちに日本の大使を呼び出し、きみの口から、差し迫った脅威を知らせるんだ」

合衆国国務長官は、大統領に反論しようとした。ブラウン大統領は、サンドイッチの断片がついた手を上げて制止した。

「国務長官、わたしが命じたとおりにメッセージを伝えるか、さもなければわたしの机に辞職願を出すかだ。一時間やろう」

国務長官は憤然とした足取りで、シチュエーション・ルームをあとにした。

扉が荒々しく閉められると、サム・キノウィッツはレーザーポインターを北朝鮮の地図に当てた。地図に表示された何本かの細い線は、過去二十四時間にこの孤立した国の上空を通過したKH－11キーホール・スパイ衛星の軌跡を示している。日本海上空では、沿岸一二海里の領海ぎりぎりに、二個の小さな緑の記号が表示されていた。それらはEP－3空中偵察統合電子システム信号情報収集機と、RC－135リベットジョイント情報収集偵察機の飛行ルートを示している。

「さてと、サム、このごちゃごちゃした地図を説明してくれるかな？」大統領が訊いた。

「北朝鮮の領域周辺で、興味深い情報が得られました。どうやら金大長大将が政府を乗っ取ろうと画策しているようです」

大統領はサンドイッチの最後のひと口で、危うく喉を詰まらせるところだった。

「なんだと？　クーデターということか？」

「われわれが知りえたかぎりでは、そのようです。彼の息のかかった人間が、平壌で活動しています。彼らはすでに、同国北部の主要な軍事施設を掌握している模様です。このままだと、金在旭が権力の座を追われることになるでしょう」

「なんということだ！　今度はいったい何が起きるんだ？　今晩の七時のニュースは、その話題で持ちきりになりそうだな」大統領は椅子からずり落ちそうになった。「世界じゅうが狂ってしまったようだ。まあいい。では、その金大長大将について、わかっていることは？」

キノウィッツ博士は、机の上のメモ帳を見て、慎重に言葉を選びながら答えた。

「これまで、表舞台にはほとんど出てきていません。われわれの情報源から得られたところによると、朝鮮人民軍特殊兵器局の局長を務めています。その地位によって、同国の核兵器開発計画で、重要人物になりました。また、国家保安委員会の重鎮でもあります。われわれの考えでは、彼こそが、最近の核兵器をめぐる動きの黒幕です。そうした動きは、政府の権力を簒奪し、北朝鮮の領域を拡大するための計略と思われます。わたしの考えでは、まず南の韓国へ侵攻するつもりでしょう。いま起こっているすべての出来事のタイミングや、懸念される核戦争の危機を考え合わせると、金大長が裏で糸を引いているという疑念がきわめて濃厚になるのです」

ブラウン大統領はうなずいた。

「なるほど、筋は通っている。では、どうする？　平壌の中心部に爆撃機の編隊を送るか？」

キノウィッツは力強く首を振った。

「いいえ、閣下。より繊細で、効果的な方法があります」

大統領はネクタイについたマヨネーズを拭った。

「〝繊細〟で〝効果的〟というのは、耳寄りな言葉だな」

サミュエル・キノウィッツ博士は、それから三十分を費やし、彼の計画を説明した。

サブル・ウリザムはそわそわと歩きまわっていた。山頂の司令部は、聖なる大義を実現するための安全な避難所というより、まるで牢獄のように思えてくる。えり抜きの手下数十人に守られているにもかかわらず、ウリザムは自分が無防備に思えてきた。この場所にいてそう思ったのは、初めてのことだ。ただじっと待つというのは、何にも増して耐えがたい。これほどの苦しみに耐えている敬虔なしもべであるわたしに、アッラーは天国でも特別な場所を用意してくれているにちがいない。

不信心者の潜水艦を乗っ取り、目的地へ向かわせてから、そろそろ一週間になる。少なくとも、彼らは目的地へ向かっているものと考えなければならない。ウリザムには、計画が継続されているかどうか真偽を確かめるすべがなかった。不測の事態が起こり、潜水艦に乗り組んでいるアメリカ人がわれわれの襲撃を撃退していたら、報道機関がこぞって取り上げ、世界じゅうのテレビのニュースで流れているだろう。ウリザムはただ、マンジュ・シェハブとその手下が、いまごろは核魚雷で東京を攻撃する準備を整えていると信じるしかなかった。

サブル・ウリザムの心の目に、海から盛大に立ちのぼるキノコ雲が見える。ピンク、金、黄色が渦を巻き、オレンジと黒の巨大な塔ができるだろう。数百万の不信心者どもは、焼き尽くされる一瞬前に恐慌を覚えるにちがいない。そして永遠に、信心深い殉教者たちに仕えるのだ。

いま、ニュースをにぎわせている核爆発は、メッカの外れで起きたものだ。アッラーに讃えあれ。メッカに被害はなかったのだから、その攻撃は失敗したにちがいない。背後に誰がいるのか？　イスラエルか？　アメリカか？　あるいはインドかもしれない。あの連中はここ数年、イスラエルといやに親しかった。だが、背後に誰がいようと関係ない。ムスリムの群衆を糾合するわたしの計画を、後押しすることになるだけだ。よきムスリムたる者、これほどの侮辱に核攻撃をもって反撃する導師（ムッラー）に従わないはずがあろうか？

東南アジアの統一イスラム国家の樹立を計画しはじめてからこのかた、サブル・ウリザムがこれほどの焦慮（しょうりょ）を覚えたことはなかった。いまや成功を目前にしているというのに、ただじっと待つよりほかにないとは。計画が順調に進捗しているのかどうか、気を揉んで待たされるのがこれほどつらいとは。

ウリザムはいてもいられず、自分の小屋を飛び出し、中庭を横切って、通信室のある小屋へ向かった。一五〇〇マイル北の海で何が起こっているか、もしかしたら知らせなり、かすかな徴候があるかもしれない。それとも、アッラーが許すまいが、マンジュとその手下はなんらかの原因で失敗し、アメリカに収監されているのだろうか。

通信室に詰めているのは、男が一人きりだった。明滅するスクリーンの大半は、見る者もなく放置されている。サブル・ウリザムが荒々しく扉を開けると、その男は驚いて椅子から転げ落ち、急いで立ち上がった。

「われわれの戦士たちから、何か連絡は？」ウリザムは詰問した。彼はありったけの自制心を動員して、首を振る小柄な男を殴りつけたくなる衝動を抑えた。「だったら、サラワクに向かう船を手配しろ」彼は命じた。「いますぐ、向かわねばならない。アッラーの命により、われわれはその地で次の大いなる一歩を踏み出し、不信心者どもを放逐するのだ」

ウリザム自身、サラワクに向かうという考えがどこから出てきたのかわからなかった。当初の計画ではここで知らせを待ち、この人里離れた山頂で、日本での栄光の大勝利を祝うはずだったのだ。

サラワクという言葉が彼の口を衝いて出たのは、アッラーの御業によるものにちがいない。神のご命令どおり、わたしはサラワクに向かおう。勝利はすぐ目の前にある。焦がれるような思いとともに、ウリザムはそう感じた。

41

エレン・ワードは無我夢中で、よろめきながら山道を下っていた。顔には涙が伝い、目に汗が染み入ってくる。崩れそうになる感情と身体を意志の力で抑え、彼女はひたすら逃げようとした。それしか、ロジャーに報いる方法はない。必死の思いで彼女を逃がしてくれたロジャーの言葉に従い、学生たちを駆り立てて安全な場所を求めるほかなかった。

ひとつだけ確かなことがある。ロジャー・シンドランの生死は不明だが、彼は命を懸けて、エレンと学生たちに生きるチャンスを与えてくれたにちがいない。彼の犠牲を無駄にしないためにも、エレンは体力の続くかぎり、危険を逃れて救いを求めようと思った。

この恐ろしい山から抜け出すため、エレンは全身全霊をかけて学生たちを導いた。それが彼女の責務なのだ。学生たち、そしてロジャーに対しての。

エレンは学生たちを追い立て、可能なかぎりのスピードで移動した。一行は猛然と山道を駆け下り、滑りやすく曲がりくねった密林を縫って走った。どうやって学生たち全員が、危険な山道を滑落せず、峡谷へ墜落もしないで下りられたのかは彼女にもよくわからない。先導の学生が、よほどしっかりしていたのだろう。

一行が急カーブの山道を曲がると、その先はふたたび登りで、たじろぐほど急峻な裂け目が待っていた。エレンは一度立ち止まって深呼吸し、木の幹に寄りかかってから、疲れ切ってあえいでいる学生たちをせき立て、彼女自らが先に登ろうとした。一度立ち止まって振り返ると、彼らはまだ五〇フィート後ろの地面で伸びている。エレンも地面に座りこんで休み、乱れた呼吸を静めたかったが、そんなことはできなかった。まだだめだ。ロジャー・シンドランが、命を顧みず、彼らを救おうとしてくれたのだから。

学生たちを連れて山道を抜け、安全な場所へ導くのがエレンの義務だ。そして彼女の責任感を培って(つちか)くれたのは、夫でもある。

エレンは背を伸ばし、力を奮い起こして、震える脚でバランスを取り、寄りかかっていた木から身体を離した。そのときだった。背後の茂みから大きな手が伸び、痛いほど強く、彼女の腕を摑んだのは。

エレンは反射的な行動に出た。彼女を摑んでいる腕から逃れようとしたのだ。しかし彼女の力は弱く、疲労困憊(こんぱい)していた。茂みから伸びてくる腕から身を振りほどこうと、格闘し、蹴り、爪を立てる。それでも相手は強い腕力で彼女を抱きしめ、しっかり押さえつけて逃すまいとした。

「エレン、落ち着くんだ」ささやき声は低く嗄れていたが、確かに聞き覚えがあった。ぼやけた夢のなかから響いてくる呼び声のように。「静かにしてくれ。大丈夫だ。きみはもう安全だ。われわれが来たんだから」

「トム？」

トム・キンケイドだわ！　ほかにこんな声の人はいない。でも、どうして彼がここに？　どうやって、わたしたちを見つけたの？　きっと夢でも見ているんだわ。でも、夢なら覚めないでほしい。それにいまは、これ以上の選択肢はない。

エレンは抗うのをやめ、彼の腕にすがって、その胸に顔をうずめ、疲労の波に身をまかせた。ぼんやりした意識で、トム以外の男たち、制服姿の警官隊が、学生たちを落ち着かせ、道の脇の下生えに誘導しているのを認めた。

エレンも学生たちも、もう安全だ。

次の瞬間、これまでの痛苦に満ちた体験の恐怖がこみ上げてきた。それを制御することはできなかった。エレンは激しく身を震わせた。涙がとめどもなく流れ、嗚咽を止められなかった。

「エレン、気をしっかり持て」キンケイドが一喝した。「いまはきみに、明晰な意識を保ってほしいんだ。さっき、銃撃戦の音が聞こえた。何があったんだ？　何人ぐらいいた？　われわれは知る必要がある」

エレン・ワードは身体を離し、キンケイドを見上げた。その汗にまみれた顔と、力強いまなざしを。その目は、大学時代、彼女が恋に落ちる寸前だったころと変わっていない。あのころエレンは、困難な選択を強いられた末、もう一人の、端整で情熱に満ちた若者を選んだ。キンケイドと競って彼女の愛を勝ち得たのは、ジョン・ワードという男だった。

すぐ近くにいるキンケイドから力を得て、エレンは歯を食いしばり、感情の波を押しとどめた。そして深呼吸し、かつて彼女が失意に追いやった男に、一部始終を話しはじめた。

「飛行甲板に人員を配置し、ヘリを発艦せよ」ポール・ウィルソン艦長は命じた。

灰色の海には怒濤(どとう)が逆巻き白波が立っている。海面状況は4だ。第七艦隊気象・海洋学センター(METOC)によると、今後二十四時間以内に嵐が東シナ海方面を襲い、海況は7、風速は五〇ノット以上に悪化するという。現在進行中の状況すべてに照らして、荒天による脅威は朗報ではない。台風が接近しているが、最も猛威をふるうのははるかに南のフィリピン方面だ。少なくとも、METOCはそのような見通しを発表している。いまや全世界が戦争の危機に瀕(ひん)しており、正体不明の勢力に掌握された潜水艦の動向も、神のみぞ知るところだ。ウィルソンの考えでは、母なる自然は嫉妬に駆られ、人々の注目を集めたいのだろう。

「艦長、本当にいいんですか？」ブライアン・サイモンソン大尉は問い返した。「この荒れ海でヘリを発艦させるのは可能でしょうが、気象予報が正しければ、着艦させるのは不可能になります」

ウィルソンは艦橋の手すりを摑み、艦尾方向に身体を向けた。猛烈な風に煽られ、青い自艦のロゴ入り野球帽が飛ばされて沸き立つ海に落ちそうになる。〈ヒギンズ〉で航行中の乗組員全員はもとより、二機のヘリ搭乗員の安全に責任を負っているのは、ウィルソン艦長だ。しかし、上官であるミック・ドノヒュー大佐らの命令は、このうえなく明確だった。すなわち原潜〈トピーカ〉が、ならず者に乗っ取られた潜水艦を探知し、魚雷発射態勢に移行している。〈トピーカ〉にはただちに支援が必要だ。乗っ取られた潜水艦の乗員が生き残った場合にも、支援は必要になる。したがってポール・ウィルソンは二機のMH－60Rヘリコプターを発艦させて支援にあたらせ、〈ヒギンズ〉を現場海域へ全速力で急行させなければならない。天候がもてば、二機のヘリは〈ヒギンズ〉に着艦させる。天候が悪化した場合は、ヘリは沖縄の嘉手納基地へ帰投することになる。

しかしそれには、ヘリが充分な燃料を残している必要がある。ひどい暴風にならないことも必要だ。撃墜されずに無事に飛んでいることも。懸念はいくつも考えられた。

それでも、ウィルソンは決然としてうなずいた。

「いいんだ、ミスター・サイモンソン。本当にいいんだ。ヘリの発艦を敢行せよ。それからジョー・ペトランコに、五〇口径を用意してヘリに搭乗させろ。火力が必要になった場合に備えるんだ」

ウィルソンが艦橋を出て戦闘指揮所（CIC）へ向かったとき、〈ヒギンズ〉はすでに、嵐の海へ艦首を向けていた。下の通路から、飛行甲板へ慌ただしく向かう要員の足音も聞こえてくる。

戦闘指揮所でウィルソンが自席に座るころには、MH-60Rヘリの最初の一機が発艦し、危険に満ちた任務へ向かった。

艦長は中央の液晶パネルの戦術ディスプレイに目を向けた。〈ヒギンズ〉と記された緑の円と、〈トピーカ〉と書かれた逆さの半円との距離は、画面上では数インチだが、実際には二〇〇マイル以上もある。さらに〈トピーカ〉から一〇マイルの地点に、赤い逆V型の記号が映っており、〈コーパスクリスティ〉と表示されていた。そこから三〇〇マイル西に、沖縄を表わす光点が映っている。

ポール・ウィルソン艦長はパネル上の記号に目をすがめた。二機のヘリには運が必要だ。かなりの強運が。

「艦長、最良解析値、距離二二〇〇〇、方位〇四六、針路〇一一、速力一〇です。追尾行動の準備、よろしい」

サム・ウィッテ副長は、熟練した平板な口調で情報を読み上げた。一見すると、彼らはハワイの訓練センターで、シミュレーター上の標的を追っているかのようだ。誰一人、声をこわばらせている者はいなかった。しかし、ここで展開している光景は、すべて訓練ではなく現実だ。彼らは〈コーパス〉を追っている。同型の味方艦を、彼らは標的にしているのだ。

「よろしい」ドン・チャップマン艦長の返答も、ウィッテと同じく感情を抑えていた。「もう少し、現在の針路を維持する。S84(シエラ)が方位〇七五に達したら、まわりこんで同艦の正横につく。その後、S84の八〇〇〇から一〇〇〇〇ヤード艦尾方向につくまで、螺旋(らせん)状に降下する」潜水艦の艦長は、間を置いてから言った。「その地点から、本艦は魚雷を発射する」

ウィッテは、チャップマンがコンタクトを「S84」としか言わず、一度も〈コーパスクリスティ〉と言わないのに気づいた。それが軍人として任務を遂行するための方法だった。あたかも、演習での名もない標的や、シミュレーターのソーナー画面に映る敵艦を相手にしていかのようだ。しかし実際には、彼らの標的は、アメリカ海軍の潜水艦だった。その艦を動かしているのは、〈トピーカ〉と同じ作業着を着て、陸軍チームとのフットボールの試合では海軍のタッチダウンに歓呼し、寝台の近くの隔壁に恋人や妻子の写真をテープで留めている乗組員なのだ。

「イエッサー」ウィッテは返答した。「発射運動までの予想時間は、あと二十二分です。その時点でS84は、距離一八〇〇〇ヤード、方位〇七五に到達すると予測されます」

その口調は力強く、明確だったが、彼の胃はうずき、吐き気をこらえていた。

サブル・ウリザムはアッラーの手に導かれていることを確信していた。山頂の司令部で得られた感触は、いよいよ揺るぎないものに思われる。まるでアッラーご自身が、ウリザムだけに聞こえる声で、おまえはサラワクに行かねばならないと語りかけているかのようだ。彼にとって宿命となる出来事が、ビントゥルで待っている、と。

太陽は地平線で安らい、壮麗な赤とオレンジの輝きは、ウリザムが覚えているどの日没よりも神々しかった。この見事な夕陽もまた、アッラーの示された吉兆にちがいない。

ウリザムが命じたとおり、高速艇がイサベラの桟橋で待機していた。彼が黒の大型のメルセデスから降り、ゆっくりした足取りで波止場へ向かい、梯子を降りて高速艇に乗るのを、誰一人気に留めなかった。ここからサラワク州までは、スールー諸島とボルネオ島沿岸を通り抜ける船旅だ。

飛行機に乗ればはるかに速いが、まだサブル・ウリザムが同胞に混じって堂々と旅行できる情勢ではなかった。だがそのときは、もうすぐそこまで来ている。そうなった暁には、ウリザムがフィリピン国家捜査局の不信心者による拘束や殺害を恐れる必要はなくなり、信徒の阿諛追従を逃れる心配をすることになるだろう。

ウリザムは、ふかふかした贅沢な船室の座席に身を沈めた。操縦士に向かい、そっけなく手を振る。出港のときだ。

栄光の勝利を得られたときの昂揚感に耽っていたウリザムは、前部隔壁の真鍮の気圧計の動きに気づかなかった。その数値は七〇〇ミリメートルで、さらに急降下しており、そちらに視線を向けていたら、針が動くのが見えたかもしれない。サンボアンガの陸地が、東から近づいてくる高波から彼らを守り、西の水平線に立ちこめる不吉な黒雲を覆い隠していた。

波止場から離れるや、サブル・ウリザムはエンジンの音に身をまかせ、うたた寝した。洋上に出ると、ウリザムはふたたび、アッラーの声が聞こえると確信し、この旅は神の命令によるものだと信じた。これは、敬虔なしもべとして神の命に従う最後の旅であり、その旅の終わりで、彼はこの世での行ないへの報いを与えられるのだ。
サブル・ウリザムにとって、疑念の余地はなかった。彼の究極の目的は、すぐにも果たされるだろう。

金大長（キム・ダイジャン）大将は、怒りに拳（こぶし）を叩きつけた。メッカで爆発するはずだった核兵器は、どういうわけか誤爆し、数百万のムスリムを焼き尽くすのではなく、なんの価値もない砂漠でむなしく燃焼してしまった。アラブ世界全域が動揺し、臨戦態勢に入ったものの、金の計画遂行に必要な見境のない怒りにはほど遠かった。ムンバイ経由でプーナを標的とした攻撃は、もう二日も遅れている。アジアが核戦争による戦乱に巻きこまれることが、金の計画には決定的に重要だったのだ。金が周到に組み立ててきた計画は、いまや崩壊しようとしている。この無能さの代償を、誰に支払わせてやろうか。

それでもまだ、チャンスはある。金は依然として絶大な権力を握っているのだ。主要な軍事施設はすでに押さえてある。強権を発動し、国家保安委員会を招集して、たとえメッカの陽動作戦が計画どおりに運ばなくても、南の韓国へ進撃を開始しよう。委員はみな、頽廃（たいはい）的な遊び人の金在旭（キム・ジエウク）を追放することに喜んで同意するにちがいなく、それを実行するのは、いまをおいてほかにない。インドでの二発目の核爆発が起こらなかったとしても、いったん行動を起こしてしまえば、あとはなんとでもなるだろう。

金は専用の赤い電話機の受話器を取り上げた。人民軍緊急司令部への直通回線だ。

当直将校である人民軍の将官は、最初の呼び出し音が鳴り終わる前に応答した。

「金大長大将、どのようなご用件でしょうか？」

「国家保安委員会の緊急会合を招集する。一時間以内に、司令部に委員を集めろ」

「申しわけありません、閣下」当直将校の慇懃（いんぎん）な答えに、申しわけなさそうな響きは微塵もなかった。「国家保安委員会はすでに、平壌（ピョンヤン）の人民宮殿で開会中です。なぜ閣下がお出にならないのかはわかりかねますが」

金は、最後の言葉にこめられた皮肉な口調を聞き逃さなかった。当直将校はそれきり何も言わず、通話は切れて、冷たい信号音だけが聞こえた。

「なんだと？　そんなはずはない！」金はようやく言った。彼がいなければ、委員会をひらけるはずがない。金は委員会で最大の実力者なのだ。彼の与（あずか）り知らぬところで、招集できる者はいない。仮にそんなことをしようとしても、すぐに金の知るところとなる。

そこで金ははたと思い当たった。委員会を招集できる人間が、ほかに一人だけいる。誰あろう、金在旭だ。金在旭の威光をもってすれば、金大長の情報源も沈黙させることができるだろう。

しかし、そんなことはありえない。あの愚かな男に、この金大長大将と張り合えるほどの頭脳や気概があるはずがなかった。

金は机の抽斗（ひきだし）に手を入れ、ホルスター入りの拳銃を出した。ちょうど軍服の上着にそれを留めたとき、扉がノックされた。

金大長大将は応対しようと扉へ向かった。扉の前に立っていた武装兵士の集団を見ても、金はかすかな驚きしか覚えなかった。まだ若い大尉が直立不動で敬礼し、言った。「こんばんは、大将。拳銃を引き渡し、われわれとともに人民宮殿へ出頭願います。人民共和国への反逆罪により、閣下を逮捕します」

ここに至って初めて、金大長大将は驚きに目を見張った。

「わたしはこれまで、祖国統一に一命を捧げてきたのだ。それ以外のことをした覚えはない。朝鮮半島全土を、人民の手に取り戻そうとしてきただけではないか」

「ご同行願います、大将。拳銃をお渡しください」

金は拳銃に手をやり、しばしその硬く冷たい感触を確かめた。この若い大尉は、わが祖国がふたつに分断されてしまったとき、まだ生まれてもいなかったのだ。金と同じ志（こころざし）を抱く愛国者たちが、帝国主義者の手から南を奪還し、再統一しようとしたときにも。

ところがここへ来て、いままでの努力は何もかも、瞬時に水泡に帰した。万事休す。

金大長はゆっくりと、拳銃を黒光りした革のホルスターから取り出し、しゃちほこばった大尉に手渡すようなそぶりで握りしめた。

しかしやにわに、思いがけないほど敏捷な動作で、金大長大将は銃を上に向けた。そして銃身で自らの唇と歯を狙い、大尉やその部下たちが止める前に、引き金を引いた。

42

深い霧のようなねむりのなかで、ジョン・ワードは誰かに肩を揺すられた。

やめてくれ。どうしてエレンは、あと三分寝かせてくれないんだ？　くたくたに疲れているんだ。あと三分だけ。ワードは寝返りを打ち、妻に手を伸ばして、摑み、抱き寄せて、償い(つぐな)をさせようとした。

「司令官！」

その声はまちがいなく男だ。ワードは目をぱっとひらいた。そういえばここは、快適とは言いがたい第七艦隊の地下司令部のソファだった。バージニアビーチの自宅の寝室からは、地球を半周も隔てている。それに目の前にいるのは、見覚えのない当直士官の若い少佐だ。クリップボードを片手に、ソファの前に立っている。カーキ色の制服には皺が寄り、腋の下には汗が滲んでいた。胸ポケットの上に、金の翼の徽章が光っている。

「いったい何事だ？」ワードは不満げに言った。

「司令官、お邪魔して申しわけありません。たったいま、嘉手納(かでな)基地所属のP‐3による中継メッセージを受信しました。〈トピーカ〉が射出したSLOTブイを中継したものです。同艦は、〈シティ・オブ・コーパスクリスティ〉を探知したと報告しています。九州から約三〇〇マイル南の地点です。〈コーパス〉は現在、東京湾へ向かって直進していまず」

ワードははじかれたように立ち上がり、よれよれの軍服の皺を伸ばそうと無駄なあがきをしながら、当直士官の前を通りすぎ、すぐ隣の司令部に足を踏み入れた。室内にひしめく当直要員は声をひそめ、昼夜を問わず、新たな情報を追いかけている。向かいの壁に掲げられた大型液晶ディスプレイには、統合戦術データ情報システムが表示されていた。そこには台湾と日本のあいだに横たわる、西太平洋と東シナ海が示されている。緑の逆半円と赤の逆三角形が、日本の南に光っていた。それが〈トピーカ〉と〈コーパス〉だ。厳密には、二隻の推定位置である。そこから西に一〇〇マイルほどの地点には、〈ヒギンズ〉を示す緑の円があり、二隻の原潜と駆逐艦のあいだには、二個の緑の半円がある。それらは〈ヒギンズ〉から飛び立った二機のMH‐60Rヘリを示していた。さらに遠くには、いくつもの円形の記号が固まっており、二隻の潜水艦へと集結する艦艇や航空機を表わしていた。

　ワードは一瞥（いちべつ）しただけで、それらの意味をすべて理解した。もう何度目かわからないが、内心で祈りをつぶやき、この穴倉から抜け出して息子を助けに行けたらと願う。しかし、それはかなわなかった。ジョン・ワードはここにいることが務めなのだ。彼の義務は〈コーパス〉を食い止め、日本が地獄の業火に包まれるのを防ぐことだ。

「司令官、問題が発生しています」当直士官がワードの肩越しに言った。「海況は6強で、さらに悪化しているところです。〈ヒギンズ〉から出動した二機のヘリによると、風速は七〇ノット以上とのことです」

　ワードはうなずき、唇を引きしめた。

「対潜作戦（ASW）には最悪の条件だな」血色の悪いこの司令官は、歴戦の潜水艦乗りだった。

「この台風はフィリピンを通過していると思ったのだが」

「おっしゃるとおりです。ですが、きわめて強大な勢力に成長しています。おかげで西太平洋全域が大荒れです。グアムは水浸しで、嘉手納も二時間以内に嵐に見舞われるでしょう。ＭＨ-60Ｒが着陸するには相当な悪条件です。もとより、〈ヒギンズ〉に着艦するのはとても不可能ですが」

　ワードは中央司令コンソールへ近づいた。二、三分スクリーンを凝視してから、彼は告げた。「では、こうしよう。〈コーパス〉の進路にＭＨ-60Ｒを低空飛行させ、音響通信ブイを投下させてくれ。そして同艦に、ただちに浮上して停止しなければ、撃沈すると伝えるんだ。日本にこれ以上接近したら、ただちに撃沈する、と」

ワードは命令に従っていないことを自覚していた。最高司令官である大統領からは、問答無用で撃てと命令されているのだ。原潜が探知網を逃れる懸念は大いにあり、いったん逃げられたら、今度所在がわかるのは、東京に目が眩むような核爆発が起きたときということになりかねない。対潜作戦は確実性が低く、リスクはあまりに大きかった。

しかし、命令がなんだ。潜水艦には息子が乗り組んでいるのだ。ワードの息子以外の乗組員も、誰かの息子であり、父であり、夫なのだ。

やれるだけのことはやってみよう。

当直士官はうなずき、マイクに向かって命令を伝えた。

ワードはコーヒーポットを手に取ろうと、室内の奥へ向かった。そして肩越しに命じた。

「それから、電話でホワイトハウスを呼び出してくれ」

ジョー・ペトランコはいま一度、安全ハーネスを確認した。ただでさえ、ヘリコプターに乗って飛ぶのはいやでたまらないのに、この悪天候だ。一〇〇〇フィート眼下では、灰色の太平洋が、まるで生き物のように猛り狂い、渦を巻いている。MH‐60Rヘリは風に揉まれてがくんと跳ね上がり、あるいは急激に下がった。この一等掌砲兵曹にも、これほどひどい揺れは記憶になかった。

ペトランコは両手を走らせ、M－2五〇口径重機関銃の銃床に置いた。この機関銃は第二次世界大戦時代の重機関銃の、直系の子孫だ。基本設計はほとんど変わっていない。ペトランコは、その点が気に入っていた。単純明快で、信頼性の高い兵器だ。引き金を引けばたちまち、怒れるライオンのような雄叫びをあげ、直径半インチの鋼製のM－20徹甲弾の雨を、狙ったところへ必ず発射してくれる。それに引き換え、現代流のリモコン操作の機関銃は、小部屋にこもった射手がビデオゲームさながらに、コンピュータ画面越しに発射ボタンを押す仕組みだ。いやしくも自尊心のある射撃手が、コンピュータ画面を使うだろうか？

ヘリコプターがなんの前触れもなしに一〇〇フィートも急降下し、ペトランコは、胃に入っていた朝食が喉元までせり上がるのを覚えた。ウィルソン艦長の全幅の信頼が、ときおり疎ましく思えてくる。艦長に指名されていなかったら、いまごろは〈ヒギンズ〉の暖かく安全な下士官室に座っていられただろう。しかしいまは、乱高下するヘリに乗って、ハリケーンのただなかで、ならず者に乗っ取られた潜水艦を捜している。

ペトランコのイヤホンから、不意に声が聞こえた。操縦士がセンサー操作員に何か話している。

「おい、マック。音響通信ブイの投下用意だ。第七艦隊のイカれた司令官が、この先二〇マイルの地点で投下しろってさ。準備できたら、メッセージを伝えるからな」

ペトランコの見ている前で、その下士官はヘリの後部の収納棚から、長い円筒形のものを引き出した。ペトランコは機会に恵まれたら、ヘリのことを少しでもよく知っておこうと思った。そうでもしなければ、見知らぬ人間に囲まれて墜落したら最後、たちまち死んでしまうだろう。

下士官が投下用チューブにその円筒形のものを装塡し、連結器を装着して、マイクに向かって何やらつぶやき、コントロールパネルのボタンを押した。

ジョー・ペトランコには、眼下の荒れ狂う海に音響通信ブイが投下される音さえも聞こえなかった。

サム・ウィッテ少佐はコンピュータ画面から目を上げた。いくつもの点が、垂直に積み重なっていく。疑いの余地はない。標的を捕捉したのだ。それはまるで、オアフ島の自宅にある板石のテラスで、這っていくカタツムリを見ているようだった。〈コーパス〉は針路も速力も一定しており、曲線運動する気配はまったくない。そしていま、ウィッテの艦は、艦長が魚雷を発射すると言った地点に到達している――標的の左舷側、五〇〇〇ヤード艦尾下方向だ。

ウィッテは唾を飲もうとした。口のなかがからからだ。飲みこむ唾もなかった。

ここで撃たなければ、標的の原潜に逃げられてしまうかもしれない。あるいは回頭し、逆探知されるだろうか。とにかく標的艦を生かしたまま逃したら、水中の乱闘では追う者が追われる者になってしまう。標的艦を乗っ取っている者は、魚雷を撃つ方法を知っているだろうか。

しかしそれでも、やり場のない感情がわだかまる。これから撃とうとしているのは、味方なのだ。いや、味方というだけではない。同じ海軍の乗組員だ。しかも、その彼らを背後から撃とうとしている。

サム・ウィッテは深く息を吸い、内心よりもはるかに冷静な声で告げた。「艦長、魚雷発射解析、終了しました。魚雷発射始めを推奨(リコメンド)します」

ドン・チャップマン艦長は静かに、ウィッテの隣に立った。コンピュータ画面を見てから、艦長は号令した。「魚雷発射始め――発射第一法、二番発射管。一番発射管は、予備とする」

ウィッテが間髪(かんはつ)を容れずに答えた。「解析よし」

哨戒長が続く。「発射用意」

マーク・ルサーノが魚雷モニタリングパネルを確認し、声を張った。「魚雷よし」

「解析方位に向けて発射」

「なんてことだ」発令所の誰かが小声で言った。

マーク・ルサーノは重厚な真鍮のハンドルを左へ引いた。表示灯の列が、赤から緑に切り替わる。

「発射用意」ルサーノはわれながら、声の強さに驚いた。実戦で魚雷を発射するのは初めてなのだ。本当に生まれて初めてだった。彼はハンドルを右に引いた。訓練で数えきれないほど繰り返してきた動作だ。「二番管、発射」

チャップマン、ウィッテ、ルサーノが自らの感情と葛藤している発令所の二層下では、魚雷室の電磁弁がひらき、一五〇〇ポンド毎平方インチの高圧空気が、発射ピストンの後部に注入された。ピストンの勢いで、海水が前に押し出され、二番魚雷発射管の後部に配置されたスライドバルブを作動させる。高圧の海水は、二番発射管に装塡されたマーク48 Mod6ADCAP魚雷を強力に押し出し、射出した。魚雷が数インチ進んだところで、魚雷本体のマイクロプロセッサーに標的の最終解析値をダウンロードしたばかりのAケーブル接続が切断された。魚雷を押し出した力により、魚雷が前扉を通過すると同時に、魚雷後部の加速スイッチが入る。このスイッチは電子回路を作動させ、小型の点火装置が働いて、魚雷の回転斜板（収納スペースが限られる場合に使われる、ピストン運動を回転運動に変換する機構）エンジンを動かす。点火装置によって駆動したエンジンの燃焼室にはオットー燃料が噴射され、魚雷を加速させる。極小のエンジンに取りつけられた加速ジェットも、スピードをいや増す。魚雷が所定の速度に達すると、縦横舵の方向制御により、ADCAP魚雷は四分少々で、〈シティ・オブ・コーパスクリスティ〉を阻止する位置へ到達することになる。

四分。魚雷が予定どおりに航走すれば――故障する可能性はかぎりなく低い――それが、ならず者に乗っ取られた潜水艦の乗員に残された命数だ。

ジム・ワードは針路をわずかに面舵に修正した。命令された針路は〇二二だ。潮流で艦が左舷に押し流されているように思える。洋上では猛烈な嵐が吹き荒れ、海面下二〇〇フィートの彼らにまで影響を与えているにちがいない。ワードはパッシブ広帯域ソーナー・ディスプレイに目をやった。確かに、モニター画面にはいまやおなじみとなった山形の帯が列をなしている。高波は南東から来ているようだ。ワードは操作手順書で勉強した暗算法を使ってみた。海面状況は6以上にちがいない。

いきなり水中電話の音が耳をつんざき、誰もがぎょっとした。ワードの目の前でデブリン艦長が、この四十八時間以上じっと座っていた椅子から立ち上がり、それまでの恍惚(こうこつ)状態から覚めた。だが、シェハブと呼ばれているテロリストが艦長を椅子に突き戻し、水中電話のほうへ向かった。

「〈コーパス〉へ告ぐ！　〈コーパス〉へ告ぐ！　ただちに浮上せよ。さもなければ撃沈する」

警告が発令所内に響きわたる。

音響通信ブイにちがいない。とうとう海軍が来てくれた。ワードは笑みをこらえるのに苦労した。しかしすぐに、苛酷な現実に気づいた。アメリカ海軍に撃沈される前に、どうやってテロリストを止め、〈コーパス〉を浮上させればよいのか？　これ以上、人口稠密(ちゅうみつ)な陸地へ艦を接近させることはできない。海軍はいまだに、〈コーパス〉の正確な意図を知らないのだから。だが一連の状況から、海軍関係者が正しい推測をしている可能性もある。その場合はなおさら、彼らは断固として〈コーパス〉の接近を阻止するだろう。

テロリストの注意を逸らす方法は、きっとあるにちがいない。潜水艦を回頭させ、洋上の艦艇にそれを知らせる方法が。しかしいま、警告メッセージが大音量で鳴り響くなかで、ジム・ワードにそのための方法は思い浮かばなかった。

無理にも考えようとしたとき、シェハブが三五七口径の大型拳銃を振りまわした。

「やつらから逃げろ！」テロリストは叫んだ。シェハブの銃口が、ジム・ワードの鼻梁（びりょう）にまっすぐ向けられる。「さっさとスピードを上げろ！　やつらの艦艇から逃げるんだ」

ワードは手を伸ばし、速力指示器（エンジン・オーダー・テレグラフ）を〈前進最大速〉に合わせて、三度ベルを鳴らした。いますぐ速力を上げろという合図だ。指示を受けた機関員は空洞雑音（キャビテーション）に構わず、すぐさまスロットルを全開にする。

艦が指示に応え、はじかれたように前へ飛び出すのがわかった。ピトー式速度計が右側へ跳ね上がる。

一〇ノット。一五。二〇。二五。

キャビテーション――〈コーパス〉が浅い深度で高速を出したことで、無数の気泡が潜舵や横舵の圧力の低い部分に形成され、その気泡が後方ではじける現象――による機関銃のような音が、発令所内にこだました。

速力は三〇ノット以上に達している。感覚を麻痺させるような音が、ほかのあらゆる音をかき消した。まともに考えることさえできない。

ワードにはわかっていた。これほどの高速で浅深度の海域にとどまっていれば、航跡ですぐに居場所を知られてしまう。キャビテーションは周囲の艦艇のソーナー画面にも映り、大型の原潜がこのまま突き進めば、海面に大きな〝ベルヌーイのこぶ〟（水中を航行する物体により、海面が隆起する現象）ができるだろう。

シェハブはさらに銃を振りまわし、怒鳴り散らしている。と、今度はＷＬＲ－９音響逆探受信機が、発令所の騒音のさなかで警報を発した。

バラスト制御パネルの前に座っていたディアナッジオ先任伍長が、声をかぎりに叫んだ。

「水中を魚雷接近！　魚雷接近中！」

先任伍長は本能的に手を伸ばし、ボタンを操作して、囮となる回避装置を二基、艦体肩部に装備された発射筒から射出した。直径五インチ、全長六フィートの回避装置は、魚雷を標的から逸らすため、艦の後方の水中でノイズと混乱を作り出す。

発令所は大混乱に陥った。乗組員が訓練どおりに各自の任務を遂行しようとするなか、テロリストたちはわめいている。ワードが慣れ親しんできた、プロ集団の冷静沈着さは、海賊どもにはなかった。

だが、混沌としている発令所のなかで、ボブ・デブリンは黙然と座り、迫りくる危険も意識していないようだ。

ジム・ワードもまた、驚くべき冷静さで、周囲の喧噪を眺めていた。ＷＬＲ－９警報が受信する、接近中の魚雷の信号音はますます大きくなっている。テロリストたちの目によぎる恐怖と混乱も、ワードは見逃さなかった。

彼自身の潜在意識の奥深くにある、静かな場所から、ひとつの考えが浮かんできた——こうした状況で、父だったらどうするだろうか？

そこにワードはチャンスを見て取った。それはまるで、父ジョン・ワードが耳元でささやいてくれたかのようだ。ワードは瞬時に、やるべきことを理解した。

ワードはとっさに、躊躇なく操舵装置を取舵一杯にした。彼らが立っている場所の二〇〇フィート後方で、艦の巨大な舵が従順に向きを変え、流れていく水を強く切る。高速のジェット機さながら、艦は急角度を描いて左に向かい、ほとんどひっくり返りそうになった。傾斜計の数値が、床の傾きを示している。その角度は四五度を優に超えていた。この操舵により、ふたつのことが起きた。艦首が左に急転回したのと同時に、艦が前のめりになり、海底へ急降下しはじめたのだ。

しっかり固定されていなかった物も人間も、ことごとく左前方へ激しく押し出された。発令所内にいた者も、いっせいに転倒した。

マンジュ・シェハブが、バラスト制御パネルのすぐ後ろにある油圧系統の配管に叩きつけられた。すかさずボブ・デブリンが席から立ち上がり、もがきながらも勢いをつけ、転倒した海賊に飛びかかる。ありったけの憤怒をこめた咆吼とともに、デブリンはシェハブの喉元に組みついた。配管に強打され、顔面が血まみれのシェハブは、目の前が見えないまま反撃を試みた。二人は急傾斜する床に転がり、前に滑りながら格闘した。ワードは取舵を一杯に切りつづけた。コンパスがめまぐるしくまわり、数値さえも読み取れない。深度計もぼやけている。ワードは下げ舵に押さえていた操舵装置を、渾身の力で切り返し、潜舵を上げ舵にして、圧潰深度への突入を免れようとした。

格闘している二人の身体のどこかから、シェハブの拳銃が一度暴発し、さらにもう一度轟いた。発令所内が跳弾に見舞われたが、弾丸はやがて慣性力を失い、後部のどこかで止まった。

格闘が終わった。デブリンが転がって身体を離し、手近なものを摑んで起き上がった。作業着の前面が血まみれだ。彼は床にうつ伏せに倒れた。背中の貫通銃創の切断された動脈から血がどくどくと噴き出したが、ほどなく止まった。シェハブは絶命し、ぴくりとも動かない。頭部が吹き飛ばされ、血や脳漿が後ろのパネルに飛び散っている。

ジム・ワードは面舵にすることで、艦の急降下を止めようとした。指示器を〈後進緊急〉に切り替える。もしかしたら、メインエンジンが安全な深度まで艦を戻してくれるかもしれない。それでも深度計は下がる一方で、彼の操艦を受けつけなかった。

艦はすでに試験深度より深く潜航し、これまでに経験のない深さにいた。このままでは、圧潰深度も超えてしまう。

「最先任、沈下が止まりません！」ワードは叫んだ。

「深度が深すぎます」

「緊急ブロー！」ディアナッジオ最先任上級兵曹が叫び返した。

最先任上級兵曹は頭上に手を伸ばし、二本の真鍮の〝チキン・スイッチ〟と呼ばれるハンドルを握った。最初の一本を上げる。発令所にはたちまち、高圧空気の轟音(ごうおん)が響き、緊急ブローシステムが稼働して、前部バラストタンクに四五〇〇ポンド毎平方インチの空気を送りこんだ。じれったいほどゆっくりと、潜水艦の艦首が上がりはじめる。ダウン四〇度、二〇度、一〇度。艦首が水平になるとともに、ワードは指示器を〈前進全速〉に切り替えた。ふたたび、メインエンジンの動力で前進するのだ。まさにそのとき、ディアナッジオがもう一本の緊急ブローバルブを上げ、後部バラストタンクに高圧空気を注入した。ごみや備品や負傷者が、今度はいっせいに艦尾へ向かって滑り出す。

深度計は瞬(また)く間に上昇しはじめた。

こうして、〈コーパスクリスティ〉は海面へ向かって急浮上を開始した。

43

信じがたい眺めだった。たぎり立つ海から原子力潜水艦の巨大な艦体が飛び出し、空に向かって艦首を突き出している。上空のヘリコプターの座席から見ていたジョー・ペトランコには、途方もなく大きな黒いイルカが戯れに海面を飛び跳ねているように見えた。艦は盛大な飛沫を上げ、ふたたび波立つ海に消えた。

ペトランコ一等掌砲兵曹は何度も目をしばたたき、果たしていまの光景は現実なのだろうかと思った。それとも、強烈な風雨に飛ばされた飛沫が、一瞬の幻影を作り出したのか？　揺れがあまりにひどかったせいで、幻覚を見たのかもしれない。

そのとき、怪物が嵐のなかで縦横に揺れながら、ふたたび海面に戻ってきた。

「潜水艦が浮上したぞ！」ペトランコが叫んだ。「相対方位一二〇。距離およそ二〇〇〇ヤード」

ペトランコがヘリの開いた側面扉から、灰色の海に溶けこむ黒いものをよく見ようと身を乗り出したとき、強い風に叩きつけられた。

ほとんど同時に、大型ヘリコプターが機体を傾け、方向転換した。ヘッドセットに空電の雑音が響く。それから、機長の通話する声が聞こえてきた。

「E（エコー）B（ブラボー）へ、こちらT（タンゴ）S（シエラ）機、潜水艦の浮上を確認しました。ロサンゼルス級にまちがいありません。指示を求めます」

ほとんど間を置かずに、〈ヒギンズ〉の管制官から返答があった。

「標的の周囲に、指向性指令探針ソノブイ（DICASS）（目標の方位検出が可能なソノブイ）を投下せよ。標的との無線通信を試みる。標的が深い深度に潜航を試みたら、撃沈せよ。標的の潜航限度を四〇〇フィートとする。繰り返す、四〇〇フィートだ。当該区域の深深度で、味方潜水艦が作戦行動中だ」

「こちらTS機、了解しました。海中に味方潜水艦が作戦行動中の旨、承知しました。標的が深く潜航を試みたら、浅深度で撃沈します。なお、あらかじめお知らせします。TS機は、帰還用の燃料が最小限しか残っていません。嘉手納（かでな）基地へ帰還できると認められる予備燃料を下まわっています。指示を願います」

MH-60Rヘリコプターのパイロットは、潜水艦から一〇〇〇ヤードの距離を保ちながら、その上空を旋回した。周辺の四隅に、アクティブ・ソーナーとパッシブ・ソーナーを備えたDICASSソノブイを投下する。銀色の金属製格納筒が水飛沫を上げ、すぐに深度一〇〇フィートの海中にワイヤーを下ろして、ソーナー変換器を展開した。キャニスターは海面にとどまり、極小のUHFアンテナを荒波から守る。海中の四基のブイは、潜水艦を取り囲んでいる——標的艦が停止し、潜航して逃げようとしないかぎり。

センサーの操作員が、キーボードに指を走らせる。その目は、眼前で明滅する二台の液晶スクリーンに注がれていた。ペトランコにも、操作員がヘッドセットに一心に耳を澄ましているのはわかった。ということは、極小の装備が正常に機能しているのだ。

ようやく操作員が目を上げた。その表情にかすかな笑みが浮かんでいる。

「四基とも、ソノブイは機能しています」インターコム越しに、操作員は報告した。「四基とも、コンタクトを受信中です。四基すべてから、コンタクトへの探針音の発信が可能です」

つまりソノブイの高精度の水中聴音器は四基とも、潜水艦が水中に発している音を受信しているということだ。そしてソノブイのアクティブ・ソーナーも機能しており、センサーの操作員が指示すればいつでも、潜水艦の鋼鉄の艦体に探針音を発信できる。すなわち、潜水艦は柵に囲われたも同然だ。逃げようとすれば、ただちに撃沈される。

「TS機へ、こちら〈ヒギンズ〉」母艦からの通信だ。「任務完了まで、上空で待機されたし。P（パパ）3C（チャーリー）がそちらへ向かっている。到着予定時刻（ETA）は未定だ」そこで通信員の口調が変わった。「標的をしっかり捕まえておいてくれ。本艦も全速力で助けに行く」

「艦長、〈コーパス〉で不思議なことが起きたようです」サム・ウィッテ副長が告げた。「同艦は最大速で回避しましたが、なんらかの理由で浅深度にとどまっていました。そのため、ADCAP魚雷がキャビテーションに飲みこまれました。そして、同艦が射出した回避装置に惑わされ、針路を逸れてしまったのです。それから〈コーパス〉は急転回し、深く潜航したようです。とても深く。ADCAPは追跡した結果、圧潰（あっかい）深度にまで達してしまいました。そこで〈コーパス〉は緊急浮上したようで、ADCAPの捕捉用円錐領域を抜け出しました」

ドン・チャップマン艦長は、ジョー・カリーの肩越しにモニターを見ながら、ウィッテの報告に耳を傾けた。この発射管制指揮官は、魚雷発射コンソールの前に座り、マーク48ADCAP魚雷が送信してきた情報を見ている。〈トピーカ〉はこの高速魚雷に極細の銅線を繋ぎ、情報のやり取りをしているのだ。魚雷は複雑な再攻撃プログラムを実行中で、一度見失った標的の潜水艦を見つけようと、引き返しているところだった。

ドン・チャップマンは頭（かぶり）を振った。

「操艦していたやつは、よほど腕が立つのか、さもなければ強運の持ち主にちがいない。操作のタイミングが数秒ちがっていたら、いまごろ全員死んでいただろう」

チャップマンはウィッテに目をやった。

「〈コーパス〉はいま、どこにいる？」艦長は訊いた。「ソーナーにコンタクトはあるのか？」

「イエッサー」ウィッテは間髪を容れずに答えた。「〈コーパス〉を探知しています。方位〇三三です。ドップラー反応はなく、方位には変化がありません。ソーナーの報告では、完全に停止しています。海面に浮上して、停止していると見てまちがいないでしょう」

「よろしい」チャップマンは了解した。そしてカリーに向きなおり、命じた。「ADCAPの戦術変更だ。上昇限度を深度一〇〇フィートに設定。それから、静止目標探知機能を停止してくれ」

カリーはチャップマンのほうを振り向いた。

「しかし、艦長」カリーは言った。「それでは、魚雷が標的を捕捉できなくなります。燃料切れまで、標的から半径一〇〇フィートの円を周回しつづけることになるでしょう」パネルからひもでぶら下がったストップウォッチを見る。「燃料切れまで、あと六分ほどです」

チャップマンは上機嫌な表情で、発射管制指揮官の肩を叩いた。

「まさしくそうしてほしいのだ。潜航して逃げようとしたときに備えて、猟犬のように目標の下の海域を吠えまわってくれればいい」

「艦長、ソーナーの報告によると、DICASSソノブイが〈コーパス〉の方位に探針しています」ウィッテが割って入った。「助けが到着したようです」

チャップマンはうなずき、安堵の笑みを浮かべた。どうやら、作戦は一人の死者も出さずに完了したようだ。

魚雷が標的に命中したときとちがい、歓声をあげる者も、ハイタッチを交わす者もいないが、発令所にみなぎっていた緊迫感は瞬時に消えた。作戦は見事に成功し、立派な勝利に終わったのだ。それはまぎれもない事実だった。あわや僚艦を撃沈するところだったのだから。

「上昇して、様子を見よう」チャップマンは号令した。「潜航長、深さ六二。副長、本艦をADCAP魚雷の柵の外で待機させてくれ」

〈トピーカ〉が上昇を開始すると同時に、ウィッテが朗(ほが)らかに声を張った。「イエッサー。針路三二〇」

〈シティ・オブ・コーパスクリスティ〉は荒海に揉まれていた。ジム・ワードは惨憺たる発令所のありさまを見まわした。書籍、コーヒーカップ、工具——留められていないものや、収納されていないものすべて——が、床に散乱し、山積みになっている。数人が床に横たわり、あるいは備品の上に倒れ伏して、傷の痛みにうめいている。階下の食堂から、激しい乱闘の音や、怒号が聞こえてきた。銃声が一発響く。もう一発の銃声に続き、断末魔の悲鳴があがった。

ディアナッジオ最先任上級兵曹は、バラスト制御パネルのかたわらに立ち、シェハブの拳銃を握って、発令所の前部と後部の扉を見張っていた。

「さて、どうする、ミスター・ワード?」ディアナッジオが訊いた。

ワードは不思議そうに、白髪混じりの先任伍長を見た。いったいなぜ、誰もが俺の指示を仰ぐ? そこで彼ははたと気づいた。いまこの艦の指揮を執っているのは、自分なのだ。発令所内でまともに動けるのは、この二人だけだった。

ワードは潜望鏡スタンドに飛びつき、手を伸ばして赤い昇降用ハンドリングを叩き、潜望鏡を上昇させた。「第二潜望鏡、上げ」彼は告げた。「最先任、BRA-34第一アンテナを上げてください。通信室を呼び出し、戦術通信系に接続させ、通信可能な艦艇と通話させましょう」

ワードは接眼部を覗(のぞ)き、ゆっくりと円を描いて全周監視した。

「近接目標なし」ワードは叫んだ。「左舷約一〇〇〇ヤード上空にヘリコプターが一機飛行中。それ以外にコンタクトはありません」

ディアナッジオが訊いた。「艦橋に上がろうか？　われわれが敵ではないことを伝えに」

ワードは首を振った。

「やめておきましょう。波が荒すぎます。セイルから大量の海水が降ってくるでしょう。艦に移乗しようとする人間がいたら、甲板で波に流されるか、艦内で溺死してしまいます」

「発令所へ、通信室です。潜水艦任務部隊(CTF74)と繋がっています。通話を発令所に切り替えます」

ジム・ワードは赤い受話器を取り、耳に当てた。通話ボタンを押したとき、暗号化装置が同期するバリバリという電子音に続き、声が響いてきた。

「〈コーパス〉、こちらはCTF74だ。状況を報告せよ」

ワードは深呼吸し、通話規則どおりに話そうとした。

「CTF74、こちら〈コーパス〉です。本官はジム・ワード候補生です。目下、発令所の指揮を執っています」

受話器の向こうから聞こえてきたのは、耳になじんだ声だった。

「ジム、おまえか？　無事なのか？」

安堵の波が、堰を切ったようにワード青年に押し寄せた。床に崩れ落ちそうになるのを、唇を嚙みしめてこらえる。恐ろしい悪夢は終わろうとしているが、生き残った全員の安全を確認できるまで、気を強く持たねばならない。

「父さん、俺です。幸い無事です。負傷者と死者が数人ずつ出ています。凶悪なやつらに艦を乗っ取られてしまいましたが、いまは制圧し、艦の指揮権を取り戻したと思います。いましがたまで格闘の音がしていましたが、静かになったようです」

「ジム、聞いてくれ。いま救援を向かわせているところだ。二、三時間以内に水上艦が到着する。〈トピーカ〉が諸君の右舷側、一五〇〇〇ヤードの地点で待機している。同艦の報告によれば、海面状況は荒れており、浮上は見合わせているということだ」

「助けが来るまで、このまま持ちこたえます、父さん。何かしてほしいことはありますか？」

回線の向こうは、数秒間無言だった。ジム・ワードが、通話が切れたのかと思ったとき、父の力強い声がふたたび聞こえてきた。

「そこにいてくれ、ワード候補生。人員を移乗させ、魚雷室に積みこまれた核兵器が安全であることが確認できるまで、うろうろされたら困るからな」そこで間があり、父は語を継いだ。「それからミスター・ワード、おまえの声が聞けてどれほどうれしいか、言葉にできないぐらいだ」

ジョー・ペトランコは、〈ヒギンズ〉への機長の報告を聞いていた。その声は確かで力強いものの、ひどい揺れで酔っていた。

「ホワイト・ビーチ（沖縄本島東岸のうるま市にある米軍基地）への帰還に最小限の燃料が残っています。追い風のおかげで、ホワイト・ビーチまで到達可能であり、二分弱の予備燃料を確保できそうです」

〈ヒギンズ〉の戦術管制士官（TAO）が、即座に返答した。

「ホワイト・ビーチへの最小限の燃料が残っているとのこと、了解した。針路二二〇へ飛行せよ。これより、嘉手納の飛行管制センター、周波数三二・四メガヘルツに切り替える。〈ヒギンズ〉より、BZ（ブラボー・ズールー）（米海軍内の用語で、〝よくやった〟の意）」

MH-60Rはすでに南西に向かい、上昇している。ペトランコの耳に、機長の応答が聞こえた。「針路二二〇、了解。BZも了解しました。これより通信を三二・四に切り替えます。TS機、通信終わり」

ヘリは着陸できる地上をめざしている。吹き荒れる嵐に背中を押され、どうにかたどり着けそうだ。

猛烈な台風は、フィリピンに大きな被害をもたらそうとしていた。気象衛星の画像では、とてつもなく大きな台風の目がルソン島北端へまっすぐ向かっている。台風の勢力は超大型で、北は九州から南はパプアニューギニアまでの広い範囲に暴風警報が出ていた。西太平洋全域の商船は、数日前から台風を回避する航路を採っている。陸上では、店舗にも家屋にも防風用の板が打ちつけられ、海抜の低い海岸地区の人々は、高台へ避難していた。誰一人、空前の勢力に達したカテゴリー5の台風の前で、あえて危険を冒そうとする者はいなかった。

しかし、サブル・ウリザムの耳にこの恐ろしい嵐の情報は届いていなかった。仮に届いていたとしても、どのみち彼は意に介さなかっただろう。ウリザムは、アッラーがそうした危険から身を守ってくれることを確信しきっていたのだ。

ホロ島で最大の町、ホロの灯(ともしび)が船尾をよぎっていく。荒れ海を突っ切ろうとするボートで、ウリザムは不安定な縦揺れと横揺れに見舞われた。高波と強風に阻(はば)まれ、船は思うように進まない。スールー諸島からボルネオ島沿岸を通過してサラワクへ向かう旅は、すでにひどく長い時間がかかっていた。

ボートの操縦士は、むっつりと押し黙っている。操縦士から、ひどい天候なのでホロで嵐をやり過ごすべきだと勧められたとき、ウリザムは激怒してはねつけた。おまえにはアッラーのお力への信心がないのか、とウリザムは罵った。

ウリザムは立ち上がり、おぼつかない足取りで開放式の操舵席へ向かった。風に飛ばされた波飛沫が船首に覆いかぶさり、ちょうど船室から現われたウリザムをずぶ濡れにした。ウリザムは身を震わせた。熱帯の海にしては、氷のように冷たい水に感じた。

ウリザムは操縦士の耳元へ、針路を変えてスールー海の外海へ直進しろと叫んだ。直進ルートを採れば、二〇〇キロ近く短縮できる。そうすれば、十二時間早くサラワクに到着できるはずだ。ウリザムは新たな針路を指さし、右に四五度変針するよう命じた。

操縦士は猛然と首を振り、まっすぐ前を指さした。この小さなボートに、外海は危険すぎる。

こらえかねたウリザムは操縦士を席から押しのけ、甲板に蹴り出した。アッラーの御業に、こんな弱虫の居場所はない。もう一度、操縦士を蹴りつける。ウリザムは躊躇なく、その哀れな男の襟首を掴み、船外へ投げ出した。波濤に飲まれそうになり、助けを懇願する哀れな男に構わず、ウリザムはボートの速度を上げた。ものの数秒で、操縦士は船から遠ざかり、哀願の声も風のうなりにかき消された。

ウリザムは舵輪をまわし、コンパスを新たな針路へ向けて、そこで舵輪を固定した。

外海を半ばほど進んだところで、台風の真の脅威が牙をむいた。風と波がいとも簡単に小型ボートを破壊し、船体を木っ端微塵にした。

ウリザムはボートから、冷たく暗い海に投げ出された。彼はたちまち、やみくもな恐怖に襲われた。押し寄せる波であがき、水面に頭を突き出そうとするが、激しい飛沫で息ができない。

これが終わりであるはずがない。わたしはアッラーの使者なのだ。必ずや、神が守ってくださる。

そのとき、奇跡のように、水をかく手が硬いものに当たった。ボートの漂流物だ。それは船室のクッションだった。アッラーはやはりわたしを守ってくださる。この嵐で、信仰心を試されているだけなのだ。

クッションを胸に寄せ、水から顔をそむけようとしたとき、一匹目のサメが襲ってきた。その捕食者は剃刀のように鋭い歯で、ウリザムの左脚の大半をいっきに噛みちぎった。その一瞬後、二匹目のサメがウリザムの上半身を下半身から引き裂いた。

アッラーは最後に、この道に迷ったしもべにいくらかの慈悲を見せてくれた。身体を食われる断末魔の苦しみは、ほどなく終わったからだ。

エピローグ

台風はフィリピンを横断し、南シナ海をかき乱して、中国南部へ上陸してからも吹き荒れた。ジグザグのコースを描いてタイの高地へ到達するころには、突発的な雨混じりのスコール程度のものになっていたが、それでも大きな被害の爪痕を残した。きわめて高価な高速艇の残骸に気を留める者など、誰一人としていなかった。台風の通ったあと、サラワクの海岸に打ち上げられた難破船の残骸にすぎない。サブル・ウリザムが最後に下した、サラワクへ行くという決定が正しかったのかどうかは、誰にもわからなかった。アッラーが彼をサラワクへ呼んでいたという。しかしウリザムにも、その理由はわからずじまいだった。

隋暁舜(スィ・ギョウシュン)は足音を忍ばせ、密林の縁の茂みを通り抜けた。一週間にわたって父親の手下の目をかすめ、夜闇（やあん）にまぎれて、ほとんど使われていない狭い山道を逃げてきた彼女は、ようやく安全な場所にたどり着いた。しなやかな身体に驚くほどの体力を備えた、小柄な山地民（モンタニャール）の孫令（スン・レイ）が唯一生き残り、地獄のような逃避行を彼女とともにしてきた。

隋暁舜は残された最後の体力を振り絞り、開拓地を足早に横切って、短いタラップを上がり、ガルフストリームの贅（ぜい）を尽くした機内に乗りこんだ。ふかふかの革張りの座席に彼女が身を沈めたとき、ジェット機はすでにでこぼこした誘導路を動き出していた。パイロットが滑走路のセンターラインに機を向け、二基のロールスロイス製ジェットエンジンの出力を上げて、離陸の準備を始める。

わずか二分足らずで、隋暁舜は暑熱のジャングルの悪夢をあとにした。贅沢なプライベートジェットの空調システムが、汚れきって汗みどろの身体をやさしく冷やしてくれる。孫令が彼女に、氷とコニャックで満たしたクリスタルガラスのタンブラーを手渡した。

「どうぞ、これをお飲みください」孫は言った。「元気をつけたほうがよさそうなお顔です」

隋はタンブラーを受け取り、うまそうにたっぷり飲んだ。

「ありがとう。でも、シャワーは先に浴びさせてもらうわ」隋は立ち上がり、ゆっくりした足取りで、客室の後方にある専用スペースへ向かって歩きながら、汗が染みこんだシャツのボタンを外した。戸口の向こうへ消える寸前に、彼女は振り向いた。「そのあとで、父を打ち負かす次の計画を話し合いましょう」

台風一過の風が、グアムのアプラ湾の青い水面にさざ波を立て、コンクリートでできた埠頭で埃を巻き上げる。ジョン・ワードは港に立ち、片手をかざして日没を見ていた。もう片方の腕は、妻の腰に巻きつけ、彼女をしっかり抱き寄せて、まだエレンが生きてそこにいるのを確かめている。

港の外では、青と白のタグボートが、潜水艦の丸みを帯びた黒い艦体を押し、そっと埠頭へ寄せている。作業を終え、潜水艦から離れるタグボートの汽笛が静かな夕暮れに鳴り響いた。

「ジョン、あの子は二十年前のあなたにそっくりだわ」エレンは夫の耳元にささやいた。「あなたもちょうど、あんなふうにセイルに立って、世界の王様みたいに誇らしく見えた」

ジム・ワードは、〈シティ・オブ・コーパスクリスティ〉の見上げるほど高い、黒いセイルの上に立ち、かたわらにブライアン・ヒリッカー副長と、水先案内人を従えていた。ワード青年がきびきびと号令を発し、二人の教育役はときおりアドバイスをするだけだ。

その胸元には、銀の潜水艦乗員記章(ドルフィン・マーク)が、沈む夕陽を浴びて燦然(さんぜん)と輝いていた。

ワードは笑みとともに、〈シティ・オブ・コーパスクリスティ〉を母港へと誘導する息子を眺めた。

「まあ、悪くはないな。初心者にしては、なかなかのものだ」その静かな口調と顎の角度には、誇らしさが滲んでいる。

エレンは夫の腕を、さらにきつく自らの腰に巻きつけ、頬にキスした。

「ちゃんと血が受け継がれているのね」エレンは言った。

訳者あとがき

本書『ハンターキラー 東京核攻撃』は *Dangerous Grounds* の全訳であり、映画化作品『ハンターキラー 潜航せよ』のシリーズ第三作である。タイトルからおわかりのように、今回の舞台は日本を含むアジアで、南シナ海の海賊、北朝鮮の秘密工作員、イスラム過激派のテロリスト、アメリカ海軍特殊部隊（US NAVY SEALs）から合衆国大統領に至る多彩な登場人物が、世界の命運をかけて、壮大なスケールで冒険を繰り広げる。そして今回は、アメリカ海軍が誇る原子力潜水艦が、シリーズ中最大の危機に立たされる。緊迫した極限状況下のドラマを、堪能していただきたい。なお、これより先は本書の内容に触れるので、あとがきから先に読まれるかたはご注意いただきたい。

ではさっそく、本書のストーリーを紹介しよう。南フィリピンを根拠地とするイスラム武装勢力アブ・サヤフの宗教指導者サブル・ウリザムが、北朝鮮を通じて、旧ソ連製の核魚雷を入手しようとする。その目的は、南シナ海を囲む統一イスラム国家を樹立し、自らがその最高指導者に君臨することだ。東南アジア諸国を従わせるためには、効果的な標的を選んで、見せしめにする必要があった——たとえば世界有数の巨大都市を。

一方、北朝鮮の実力者、金大長（キム・ダイジャン）大将も狡猾な策略を弄し、世界を核戦争による大混乱に陥れて、その隙に韓国を侵略し、朝鮮半島を統一しようと陰謀を画策する。

ロシアの核兵器が行方不明になった情報は、ほどなくアメリカの知るところとなった。事態を重く見たアメリカ政府首脳部は、横須賀基地に前線司令部を置いて海軍特殊部隊SEALを北朝鮮に潜入させ、核兵器の行方を突き止めて破壊しようとする。

果たしてアメリカは、テロリストたちの恐るべき陰謀を食い止めることができるのだろうか？　東京そして世界の運命は？

こうしたストーリーを軸に、シリーズの読者にはおなじみの登場人物のほか、新たな人物も加わって、世代交代を印象づける。

まずは潜水艦部隊司令官ジョン・ワードの息子ジムと、妻のエレンだ。ジムは海軍兵学校の学生で、少尉候補生として、胸を躍らせてロサンゼルス級原子力潜水艦〈シティ・オブ・コーパスクリスティ〉に乗り組む。エレンは植物学者として、教え子を引率し、ランの学術調査を行なうためタイへ向かう。

前作『ハンターキラー 最後の任務』の読者にはおなじみの麻薬王、隋海俊（スイ・カイシュン）も健在だ。今回は彼の美しい一人娘、隋暁舜（スイ・ギョウシュン）が登場、前作で自らを追放した父への復讐に燃え、骨肉の争いを繰り広げる。なお、隋海俊はジョン・ワードの妻、エレンと思いがけない形で出会うのだが、詳しくは本篇で。

もう一人、麻薬王を追う者がいる。国際共同麻薬禁止局（JDIA）のトム・キンケイド局長代理だ。麻薬密輸の取り締まりをライフワークとするキンケイドは、ワード夫妻の大学時代の親友でもあり、前作に引き続いての登場だ。今回はフィリピン国家捜査局のベニト・ルナとともに東南アジアをまたにかけた捜査活動を展開する。

ジョン・ワードの親友でSEALチーム3の指揮官であるビル・ビーマンや、頼れる海軍大将トム・ドネガンも登場し、ほぼオールスターキャストだ。彼らをどう活躍させ、複雑に絡み合うプロットをどう収束させるのか、作者の手腕と構想力をお楽しみいただこう。

本書は、アメリカ海軍潜水艦関係者向けの機関誌〈The Submarine Review〉二〇一六年八月号に取り上げられている。その理由は、「フィクションの利点を活用し、アメリカ海軍の潜水艦に長年乗り組んできた人たちならではの信頼すべき描写を読むことで、極限状況に置かれた潜水艦乗組員が、いかにそれらに反応し、対処するかを考えるきっかけになるから」であり、本書が「まちがいなく、そうした極限状況の有益な事例を提供してくれる」（同誌書評より）からだ。その中身は本書の核心部分になるのでここでは明かせないが、アメリカ海軍関係者が本書のようなケースを想定し、なんらかの対策を打っているということは、確実に言えるだろう。訳者の推測をあえて書かせていただくなら、過去に似たような事例があったのかもしれない。

そう思って調べてみたら、なんと、過去に全米を騒がせた事件があった。原潜〈トレパン〉乗っ取り未遂事件である。同艦は一九七〇年から一九九九年まで現実に就役していた、スタージョン級原潜だ。

一九七八年、元海軍軍人で〈トレパン〉乗組員だったジェイムズ・コスグルーブ、保険会社社員エドワード・メンデンホール、カーペット清掃員カーティス・シュミットの三人が、連邦捜査局（FBI）に逮捕される。

三人は、十二人乗りの海賊船でニューロンドンの軍港に突入、補給艦を襲撃した混乱に乗じて原潜〈トレパン〉に乗りこみ、百名以上の乗組員を殺害して、同艦で大西洋に向かい、マフィアに売り渡す計画だったという。

荒唐無稽と言うほかない計画で、およそ成功するとは考えられないが、彼らに実行するつもりはなく、マフィアに計画を持ちかけ、頭金を支払わせて詐取するつもりだったらしい。三人は当初、共謀罪の容疑で逮捕されたが、結局はコスグループとメンデンホールの二人が詐欺罪で懲役刑を受けた。

本書に取り上げられた、南シナ海の海賊や、北朝鮮の核問題は、いずれも日本の生命線に直結するテーマだ。

南シナ海は概して水深が浅く、岩礁が多いこともあり、歴史的に海賊の一大出没地だった。黎財山（ライ・チョイ・サン）をはじめとした女性を含め、多くの海賊の名が伝えられているが、近年はおおむね減少傾向にある。海賊対策の過程では、本書にあるようにアメリカ海軍の協力もさることながら、沿岸各国の取り組みが何よりも重要だ。主権問題が絡むため、海賊の取り締まりを実際に行なうのは沿岸各国の海上保安機関になるからだ。日本政府の提唱により、二〇〇六年にアジア海賊対策地域協力協定（ReCAAP）が発効、ASEAN諸国、中国、韓国、インド、オーストラリア、アメリカも加わって、情報共有や提携がなされている。日本はインドネシアやベトナムに、巡視船の供与などの協力も行なっている。このことは、訳者も不覚にして知らなかった。こうした取り組みが日本主導で進められ、成果を上げてきたことは、もっと認識、評価されてよいと思う。

本書に登場するアブ・サヤフは、ミンダナオ島サンボアンガやバシラン島、スールー諸島を根拠地として活動する、実在のイスラム武装勢力であり、公安調査庁のウェブサイトにも掲載されている。このアブ・サヤフは、アルカイダの資金援助を受けて一九九〇年代に設立され、「シャリーアとスンナ（預言者ムハンマドの慣行）に基づくイスラム国家」の樹立を目的として、キリスト教聖職者の殺害、治安部隊の襲撃、身代金目的の誘拐、人質の斬首などのテロ活動を繰り返してきた。組織としての明確な輪郭はなく、いくつかの小グループが緩やかに結びついているともいわれる。フィリピン軍の掃討作戦により、創設者のアブ・サヤフ（オサマ・ビン・ラディンと接点があった）をはじめ、主要な指導者の多くは死亡、相当数の人員を失い、近年の勢力は二百人程度とみられる。

北朝鮮の核問題については、読者もお気づきのように、現実がすでに本書の先を行っている。二〇一六年には、最高指導者の金正恩（キム・ジョンウン）が核保有国であることを公認した。度重なる核実験やミサイルの発射実験がどの程度成功したかは論議の分かれるところだが、同国はすでに弾道ミサイルと核兵器を保有し、日本は全土が射程圏に入っている。北朝鮮が核武装する目的は、体制維持の保証を得ることだとされているが、世界で最も謎に包まれた国であることは確かだ。このような国が、わが国のすぐ隣に位置しているというのが、冷厳な現実だ。

作者について簡単に紹介したい。ジョージ・ウォーレス元海軍中佐は、ロサンゼルス級原潜〈ヒューストン〉の艦長を務め、SEALと共同作戦を行ない、中央情報局(CIA)より部隊勲功章を授与されている。現役時代、彼はスタージョン級原潜〈スペードフィッシュ〉の副長も歴任していた。前作『ハンターキラー 最後の任務』の読者はご記憶だろうが、ジョン・ワードが艦長を務めた艦だ。艦内の描写が精緻を極めていたのも、うなずけよう。本書に一度だけ登場する〈ウッドロー・ウィルソン〉も、作者がかつて乗り組んでいた、実在のラファイエット級原潜だ。

ドン・キースはジャーナリスト出身で、三十作以上を発表している練達の作家だ。二人の共著である〈ハンターキラー〉シリーズは、二〇二一年八月現在で八作を数える。

本書の次に出版された *Cuban Deep* のあらすじを簡単にご紹介しよう。『ハンターキラー 潜航せよ』の主人公ジョー・グラスが、原潜〈トレド〉を率いて再登場、南米支配をもくろむベネズエラ海軍提督がカリブ海に送りこむキロ級潜水艦と対決する。本書『ハンターキラー 東京核攻撃』で潜水艦に乗り組んだジム・ワードも、なんとSEAL隊員として登場、ジョン・ワード、ビル・ビーマンとともに危地に飛びこむという筋立てだ。

本書の訳出に際しては、前作に引きつづき、公益財団法人三笠保存会アドヴァイザーで元一等海佐の古宇田和夫氏にご助力を賜った。海上自衛隊潜水艦に乗り組んだご経験に基づき、ご多忙のところ、海事用語や号令の訳語に貴重なアドバイスを頂戴した。編集作業では、早川書房の込山博実氏のお力添えをいただき、軍事用語や外国の地名をより正確なものにできた。心よりお礼申し上げたい。もちろん、訳文に誤りがあれば、すべて訳者の責任である。

二〇二一年九月

訳者略歴　1970年北海道生，東京外国語大学外国語学部卒，英米文学翻訳家　訳書『眠る狼』ハミルトン，『ピルグリム』ヘイズ，『マンハッタンの狙撃手』ポビ，『ハンターキラー 潜航せよ』ウォーレス＆キース（以上早川書房刊）他多数

HM=Hayakawa Mystery
SF=Science Fiction
JA=Japanese Author
NV=Novel
NF=Nonfiction
FT=Fantasy

ハンターキラー 東京核攻撃（とうきょうかくこうげき）
〔下〕

〈NV1488〉

二〇二一年十月二十日 印刷
二〇二一年十月二十五日 発行
（定価はカバーに表示してあります）

著者 ジョージ・ウォーレス
ドン・キース
訳者 山中朝晶（やまなかともあき）
発行者 早川浩
発行所 株式会社 早川書房
郵便番号 一〇一-〇〇四六
東京都千代田区神田多町二ノ二
電話 〇三-三二五二-三一一一
振替 〇〇一六〇-三-四七七九九
https://www.hayakawa-online.co.jp

乱丁・落丁本は小社制作部宛お送り下さい。
送料小社負担にてお取りかえいたします。

印刷・中央精版印刷株式会社　製本・株式会社明光社
Printed and bound in Japan
ISBN978-4-15-041488-7 C0197

本書は活字が大きく読みやすい〈トールサイズ〉です。